创意写作书系

THE ART OF FICTION

Notes on Craft for Young Writers

小说的艺术

[美]约翰·加德纳（John Gardner）著

王威 译

中国人民大学出版社

·北京·

前言

本书的写作目的是将小说的艺术传授给严肃的、处于起点阶段的作者。我从一开始就设想，如果阅读本书的读者有这样的意愿，他就可以成为一位成功的作家，因为我所认识的大部分想成为作家的人，若能领会其中的意义所在，最终也的确成了作家。对未来作家的要求不过是，他要清晰地知道自己想成为什么人，以及要实现这一目的必须要做些什么。如果他竭尽全力，却依然做不到必须要做的事情，这本书将帮助他找出其中的原因——他不是被派到这个世界上来成为一位作家，而是要实现其他崇高的目的。一般关于写作技巧的书倾向于渲染成为一位成功的作家有多么困难，但实事求是地讲，虽然写作能力在一定程度上是一种天赋——就像打一手好篮球或者预测股票市场的能力一样——但写作能力主要还是源于良好的指导，加上对写作的衷心热爱。虽然学习写作需要时间和大量的实践，但符合普通标准的写作却非常简单。事实上，人们在杂货店、超市甚至小镇的公共图书馆中找到的大多数书写得一点都不好。如果能得到一位优秀的创意写作教师的指导，并真正热爱坐下来敲字，就连一只黑猩猩也可以写出大量更加有趣、更加高雅的作品。归根结底，大多数成年人的行为毫无疑问是二流的。人们要是没有理智，就开不好车、听不好话、吃不好饭，也吹不好口琴。这并不是说，人类都太差劲，应该被机器取代。人是优秀的、令人赞叹的造物，效率并不意味着一切。对于想发表作品的严肃的年轻作者而言，知道大多数职业作家可以被轻易超越，这是令人鼓舞的。

本书中的指导并不适用于所有类型的作者——不适用于护理书籍、惊悚小说、色情文学或者廉价科幻小说的作者，尽管适用于严肃小说的道理往往同样适用于垃圾小说（并非所有人都能够写出垃圾小说，这需要具备真正的垃圾头脑。大多数创意写作教师都有过这样的经历：他们在不经意间协助创造了一位色情文学作者。世界上最高雅的技巧，经过垃圾头脑的过滤，也可以成为高雅的垃圾技巧）。本书中的内容，无论对他人有何作用，都是针对精英人士的，即严肃的文学艺术家。

本书中的指导通过两个部分呈现，这两个部分有所重合。在第一部分中，我介绍了一种一般性的小说理论。与有关写作技巧的一般图书相比，本书更深入地探索小说是什么——小说究竟是什么、它的原理是什么。清楚地了解小说的“目的”、小说作为一种思维方式的原理，简而言之，小说的艺术是什么，这是写好作品的第一步。在第二部分中，我讨论了具体的技巧问题，并提供了一些写作练习。

无须多言，本书的任何章节都没有穷尽小说的艺术。本书囊括了多年来我作为一名创意写作教师认为有必要说明的所有内容。此外，还有一些东西非常重要，但是我并不认为有必要在此说明，所以本书并没有提及这些内容。举一个例子，熟练的写作者可以“玩弄”叙事风格和观点。比如，他可以运用古老的德国游吟诗人的口吻（“世纪之末，在D省，住着……”），他运用这样的口吻，是因为这样可以暗示叙事者具有莫大的权威，但是在故事的结尾我们可能会发现其实他并不可靠。那些已经完全消化了本书所给出的原则的写作者，并没有必要去注意讽刺性口吻和风格的运用会给叙事带来怎样的影响。只要把握了一门学科的主干，你就可以控制其分支了。

需要补充的是，在本书中，我并没有过多强调现在大学中流行的各种非传统小说。因为元小说（metafiction）在本质上是对传统小说的一种小说式的批评，也因为所谓的解构主义小说［比如罗伯特·库弗（Robert Coover）的短篇小说《诺亚的兄弟》（*Noah's Brother*）］同样运用传统的手法，所以我认为让年轻作者了解传统小说的所有复杂性更加重要，而不应该让他们过多地从基础内容的学习上分心。

多年来，我在自己教授创意写作的许多大学使用本书的理论和练习；最近在纽约州立大学宾汉姆顿分校及布雷德洛夫作家创作班中，以及在我的朋友们教授创意写作的大学里，本书也在被使用。本书私下里被称为“黑书”（The Black Book），在作家和教师中广泛流传（他们中的大多数人我并不认识，不过是朋友的朋友而已）。我会定期收到关于本书的有效性的评论，也采纳了其他读者的意见，对正文和练习进行了多次修改。今天我出版这本书的原因并不在于它终于完美无瑕——据我所知，对它所做的改动可能让人陷入困惑——而是因为我坚信它在目前阶段已足够理想，而且，据我所知，这本书是同类图书中对读者最有帮助的。

在一些早期版本中，我设置了一个开篇章节，内容是关于如何教授创意写作的——课上及课下练习的合理运用、要求的学生数量、写作工坊中的合理口吻，等等。我认为这样的讨论非常重要，因为“创意写作其实不能教”这种错误的观点已广为流传，甚至一些教授创意写作的教师也经常表达这一观点。但最终，我删掉了这一章内容，因为这些并不属于本书要探讨的主要内容，本书仅仅是关于如何写小说的。读者如果有兴趣了解我关于次要问题的观点，从我们是否有必要参加写作工坊，到我们应该用铅笔、钢笔还是打字机进行写作，都可以阅读我的另外一本书《成为小说家》（*On Becoming a Novelist*）*，它回答了人们在阅读和听讲座后最常提出的一些问题。

* 本书中译本由中国人民大学出版社于2016年10月出版。——编者注

目录

第一部分

文学美学理论指导

一 审美原则和艺术奥秘

写作初学者通常想要掌握一系列的规则，即在小说写作过程中什么可以做、什么不可以做。正如我们即将看到的，某些一般性的原则（在小说写作过程中需要思考的事情）是可以确定的，某些一般性的忠告（需要注意的事情）也可以给出。但是，总体而言，探寻绝对的美学价值完全是浪费写作者的精力。一个人一旦开始相信在小说之中某些事情一定不能做，而某些事情一定要做，他就进入了患“审美关节炎”的第一阶段，这种病的结局就是墨守成规和直觉衰退。任何真正的艺术作品——当然，也包括任何艺术尝试（因为相似的事物一定要遵守同一标准）——应主要而非绝对地依据其自身规则来判断。如果没有这样的规则，或者规则前后不一致，通常，这样的艺术作品就是失败的。

可靠的普遍的美学原则的确存在，但这样的原则是高度抽象的，对写作者而言，几乎没有任何指导意义。大多数所谓的绝对美学原则最终被证明都是相对的。它们的确是规则，但也会失灵。例如，众所周知的一个权威观点认为，“所有因小说作品而引发的预期必须在小说内得到满足，无论是以明确的方式还是以隐含的方式”。这个观点用另一种方式表述就是，“无论以何种微妙的形式，读者正在脑海中提出的所有合理问题必须在作品中得到解答，无论解答的方式多么隐晦”。例如，如果我们知道在一个特定故事中某治安官拥有哲学博士学位，我们就会产生期待——哲学一定会以某种方式协助他开展工作；如果哲学在故事中没有被再次提起，如果对故事进行最仔细的研读以后，也没有发现哲学究竟发挥了什么重要作用，我们便不会感到满足，甚至会感到恼火。我们认为，这则故事的结尾是松散的，作者把作品写得粗枝大叶、奇异怪诞。我们会以最坏的方式来揣测作者，认为他写作的目的在于金钱，他侮辱了读者的智商，他低劣的写作技巧是故意的、恶意的，事实上，我们应该将他驱逐出境。如果他还妄想凸显严肃——若他写的并不是一个怪诞故事，而是某些明显意在成为艺术品的作品——我们会认为他不过是个冒牌货，是一个自命不凡、自欺欺人的骗子。在此，我们谈论的并不是表面上的失误，比如《押沙龙，押沙龙！》（*Absalom*，*Absalom*！）中福克纳（William Faulkner）对一所房子的描写，他在某个章节中提及这所房子是由木头建造的，但在另一章节中却说它是由石头建造的。对于这一类失误，就像口误一样，设身处地的读者会默默地加以纠正。真正影响一部未来艺术品的失误是推理过程中的严重漏洞，比如某一个可以改变结局的观点或事件出现在故事中，但后来被作者遗漏了，或作者完全忘记了它的目的何在。因此，这便成为一条公理：作品应该回答它所提出的所有问题，作品中的所有因素均应实现这一目的。但是，事实真的如此吗？

没有人会否认原则的作用，特别是原则可以通过不同的方式得到应用，就像在上述例子中，或者如契诃夫（Chekhov）在《海鸥》

（*The Seagull*）第一幕中让一支枪在众目睽睽之下上了子弹一样。没有人会否认，每当作者完成了一部新作，他都应该根据这一普遍原则来检查自己的作品。但事实依然是，所谓的美学原则并不是绝对的，很早以前，伟大的作家们就对这样的绝对原则感到不耐烦。每一个读荷马（Homer）的《伊利亚特》（*Iliad*）的读者都会问：阿喀琉斯是否真爱布里塞伊丝，还是仅仅将她看作一件战利品——就像阿伽门农一样？这一点至关重要，因为它深刻影响了我们对阿喀琉斯性格的判断。如果他既爱布里塞伊丝，又将她看作自己应得的战利品（她当然是他的战利品），我们就可以充分地解释他退出战斗的动机，而他的退出一定会造成朋友的死亡；如果他不爱她，我们就很容易认为他卑鄙且怀有恶意，像一个生闷气的孩子，对荣誉过于敏感，即使他是一个古希腊人。善意和荷马对这位英雄的高度评价让我们认为，阿喀琉斯的确爱着布里塞伊丝，尽管我们在第24卷可以清楚地知道，他夸大了别人赐予他的荣誉的价值。文中只有一次回答，也非常简短，而且是通过一个次要人物（阿喀琉斯的朋友帕特洛克罗斯）的述说来回答的，此外荷马完全拒绝回答读者的这个问题，就好像整个问题对他而言有损史诗的崇高，不过是茶余饭后的消遣而已。也许，正如某些学者的观点，古希腊的英雄认为过分在意女性不是男人该做的事。或者，从另一方面来说，作为古希腊人，荷马有其对错的尺度，他对宙斯制定的包容一切的秩序［这是《奥德赛》（*Odyssey*）中的一个主题］深信不疑。他极有可能因为我们怀疑英雄的伟大和善良而倍感震惊——他或许认为阿喀琉斯的爱不言而喻。但是，无论荷马有怎样的理由，他仅仅给了我们帕特洛克罗斯的观点，或者也是他自己的观点，而在当时的情况下，他又有说谎的倾向，从来没有用自己的语言给出任何线索。

再举另一个更接近现代的例子。在莎士比亚（Shakespeare）的《哈姆雷特》（*Hamlet*）中，我们会自然地提出这样的疑问：当哈姆雷特被逼进死亡的绝境时，这个总是优柔寡断的王子是怎样用敌人的炸药炸掉他们，让他们自食其果的？这一事件是在幕后完成的，至少在流传下来的文本中没有得到真正的解释。如果我们追问莎士比亚，他有可能说，他期待我们能承认“魔高一尺，道高一丈”是文学中的古老话题——如果有必要，他可以编出烦冗的细节——整个戏剧的主题并不在于哈姆雷特长久以来所表现出的犹豫不决（任何名副其实的王子都可以干掉敌人的走卒），而在于当他面对一个特定的、形而上的困境（为一个不确定的宇宙中的更高法则去破坏现有法则，即仅仅根据一个鬼魂说的话去谋杀一位继父兼国王）时所展现的自我毁灭的焦虑。（我在此进行了简化。对于理性主义者荷瑞修，证据再明显不过，但荷瑞修并不是哈姆雷特。莎士比亚每一部戏剧的中心都是人物性格，这同所有伟大的文学作品一样。正因为哈姆雷特恐慌、愤怒并且犹豫不决，我们才会有疑问：是什么让他这一次如此果断地行动？但这一问题莎士比亚却并未回答。）然而，我用让莎士比亚的方式说出的解释也许并不一定正确。事实极有可能是，莎士比亚并没有进行思考，他只是灵光一现，看到整个问题并不重要，而且与主题无关；就像音乐领域的“白鲨”莫扎特（Mozart）一样，他也是直奔主题，拒绝因为情节逻辑或者心理统一这类无关紧要的问题而延误哪怕一刻时间——这些问题在匆匆而过的戏剧演出中不可能出现，但我们在仔细研读剧本的时候经常会提出这样的问题。莎士比亚的直觉告诉他，“回到哈姆雷特和克劳狄斯之间的恩怨上”。就这样，他风驰电掣般地回到了主题上。

作家拒绝被次要问题牵制，这样的情况在伟大的文学作品中比较常见，其滑稽的对立面也同样常见，比如，我们可以在《项狄传》（*Tristram Shandy*）开篇一章中找到对显而易见的问题的大量详细解释。但这并不能证明我们谈及的第一个一般原则——一篇作品应该以某种方式解答其所提出的所有问题——是毫无价值的。然而，荷马、莎士比亚和其他人的例子表明，审美原则有时的确可以忽视。忽视公认的审美原则当然意味着冒险，喜欢谨慎行事的教师可以对学生说：“这对莎士比亚没有问题，但是初学者却不可以。”这种解决方式带来的麻烦是，它通过限制小说、使小说变得易于把握来教授小说的艺术，然而这样的小说已不再是艺术了。

艺术在很大程度上依赖于感觉、直觉、品位。是感觉而不是某些法则，告诉抽象派画家应当将黄色放在这里而不是那里，可能接着还会告诉他应该是棕色、紫色还是豆绿色；是感觉，让作曲家惊人地从键盘旁一跃而起；是感觉，给了作家句子的节奏、情节片段的起伏、各种元素的比例，这样对话才有了恰当的长度，之后文字才被转移到描写、叙事总结或者某些具体的行动上。伟大的作家对这些事情有一种本能，就像伟大的喜剧演员那样，他对把控节奏有着精确的感觉。他用本能把控着作品中的每一条细小脉络，甚至是象征结构最模糊的边缘。他知道应该在何时何处进行虚构和给人惊喜。想象力的惊人飞跃是所有伟大作品的共同特征。

当然，这并不意味着冷静的思考对于写作者一无是处。写作者需要通过判断对想象进行整理。他一定要同所有的批评家一样冷静，一定要完全想出小说的意义或者小说试图表现的内容；他一定要实现平衡，想出话语最细微的含义，知道人物和行动还有小说形式的真正意义。记住，整齐有序可能会走向极端，作品由此就开始显得过分考究和矫揉造作；杂乱无章同样不是一个很好的选择。他需要同数学家一样有清晰的思路，但是他同样要通过直觉知道何时需要为了更高的目标而放弃精确，何时应进行简化、走捷径、让前景在前而背景在后。

所以，针对富于创造力的写作者的最重要也是最不重要的一条法则是，虽然对普通的、可发表的小说（如模仿小说）而言存在某些规则（公式），但真正的小说并没有这样的规则，就像严肃的视觉艺术或者音乐创作没有规则一样。有些技巧（有成百条这样的技巧）可以学习、教授，就像木匠的技艺一样；而有些道德和审美问题，所有的严肃作家迟早都要进行思考，无论他是否以高度系统性的方式来进行；还有一些普遍的错误，例如不恰当的言语、笨拙的行事方式，会在不成功的小说作品中不断地出现，通过分析它们对小说效果的影响，可以更好地认识它们的性质。总之，严肃的写作者需要仔细考虑很多事情，但是这其中并没有法则。只要我们说出一条法则，马上就会有文学家给我们拿出某部新作品，讲它打破了这一法则并使我们信服。毕竟，创造是艺术的主要任务，所有艺术家的主要乐趣就源于使不寻常的东西被人接受，这就像画家让对比强烈的色彩和谐起来，或者作家在超现实主义小说中将鬼魂令人信服地引入作品。

这并不意味着无人真正知晓小说是什么或者其界限何在；这不过是要我们知道，任何文学作品的价值或者“永恒魅力”最终都与进行创作的艺术家的性格和品性有关——他的本能、他对艺术和世界的认知、他的驾驭能力。驾驭能力是最重要的。也许这听起来有点令人灰心：写作初学者所需要的不是一套法则，而是驾驭能力——其中最重要的就是掌握打破所谓法则的艺术。当一个真正有权威的艺术家——就像荷马、但丁（Dante）、莎士比亚、拉辛（Racine）、陀思妥耶夫斯基（Dostoevsky）或者梅尔维尔（Melville）——讲话的时候，我们全神贯注地倾听，即使他所言之物最初听起来有些古怪。（无论怎样，即使我们年纪足够大、经验足够多，我们也需要倾听，因为这样我们就会知道什么样的事情枯燥、幼稚、简单，什么样的事情并非如此。为了能够很好地阅读，我们也需要掌握某些东西。）

经过深思熟虑，我们发现伟大作家的权威包括两个要素。第一个要素可以宽泛地称为健全的人性，即作家作为事物判断者的可信度，也即根植于作家复杂的性格和品性（智慧、慷慨、同情心、意志力）中的一种稳定性，我们对此做出回应，就像我们怀着认可和赏识的态度回应朋友最优秀的品质那样，我们会说：“是啊，你说得对，就是这样！”第二个要素或许可以称之为魄力，即一个作家对自身审美判断和本能的绝对信任（不是盲目地相信），这种信任的一部分以其智力和感知力为基础，即他感知并理解周围世界的能力，另一部分以其作为作家的经验为基础，即（根据自身的严格标准）通过长期实践而获得的关于哪些东西有效果、哪些东西没效果的知识。

对于写作初学者，这意味着若要获得驾驭能力，一定要广泛深入地阅读，一定要仔细并且连续地写作，认真地、反复地评估写作内容，因为练习对于作家而言，和对于钢琴家一样，是事情的关键。虽然二流作家也会时而写出一个不错的故事，但是对真正的作家来说，技巧已经成为第二天性，这对钢琴家来说也是一样的。一般情况下，这意味着写作者需要接受大学教育，并且还要学习小说和诗歌写作课程。一些知名作家曾经提出相反的意见，例如，海明威就曾说过，一个作者学习写作技巧的方式在于离开大学去写作。但是，我们需要记住，海明威虽然离开了大学，却参加了由当时两位最出色的教师——舍伍德·安德森（Sherwood Anderson）和格特鲁德·斯坦因（Gertrude Stein）开设的免费“辅导班”。

的确，有些作家并没有接受过什么教育，有些或多或少是自学成才的，比如杰克·伦敦。他们通过在轮船上的工作间隙中、在伐木或者淘金营地的帐篷里、在农场或者工厂中读书来勉强获得教育。的确，大学教育在许多方面对艺术家的作品而言并没有好处：画家很少会说美学家或者艺术史教授的好话；同样，最严肃、最“学术”的作家也很少会带着赞美之心来看待“英语专业”。而且，大学生活几乎不能给真正优秀的小说作品提供任何素材，大学生活闲事过多、庸事过多、肥皂剧过多。但是，我们仍要考虑下面的情况。

没有哪个无知的人——没有哪个从未接受过教育的作家——曾经创造出伟大的艺术作品。不曾阅读任何值得阅读的书籍的问题在于，一个人永远不会完全知道某个论点的另一面，永远不会知道其实某个论点由来已久（所有伟大的论点都是如此），永远不会知道被描写成敌人的人的高贵和价值。让我们看一看约翰·斯坦贝克（John Steinbeck）在《愤怒的葡萄》（*The Grapes of Wrath*）中的败笔。这本书本应成为美国文学的伟大作品之一，然而，斯坦贝克虽然了解农民，了解他们迁往加利福尼亚寻找工作的无尽艰辛，但他并不了解加利福尼亚的牧场主——这些雇佣并剥削农民的人。对于这些牧场主的行为，他完全不了解，也没有任何兴趣。结果是，斯坦贝克未能写出一部伟大的、有持久生命力的小说，而只写出一部令人失望的情节剧，其中充斥的不过是复杂的善与十足的、令人难以置信的恶的斗争。客观、公正、对于合理评价的系统追求，这些是大学生活里最受推崇的价值，即使某些教授同斯坦贝克一样——事实确实如此——犯下了简单化的错误，这些价值口口相传却也是事实，这势必会对某些警觉的学生产生影响。而且，如果没有学过研讨方法，任何学生在任何大学都不会有太大的进步空间。这意味着，至少在任何一所优秀的大学里，学生一定要学会认真地、公平地倾听不同的观点。就我个人的经验而言，这一点在其他地方并不常见。在大多数集会里，所有人都持有同样的观点；再看一看小镇的报纸，也是如此。真理没有受到重视，所有人对于何为真理都持有相同的观点，没有人愿意为被摒弃的那一方发言。无论有多少糟糕的大学教授，优秀的教授总会献身于真理，而每所大学至少有一个这样的教授。

但是，让无知之人成为拙劣的作者的，并不仅仅是他们缺乏公平论证的经验。在某种意义上，所有伟大的作品都是对其他伟大作品的模仿。作者在写小说时，无论他的小说多么有创新性，他都是在努力实现一种特定的重大影响，即优秀小说给我们带来的影响。无论技巧多么古怪，无论风格如何，当阅读完之后，我们会说：“这的确是一部小说！”阅读《安娜·卡列尼娜》（*Anna Karenina*）时我们这么说，阅读《火山之下》（*Under the Volcano*）时我们这么说，阅读结构新奇的《白鲸》（*Moby-Dick*）时我们同样会这么说。若是阅读塞缪尔·贝克特（Samuel Beckett）的《瓦特》（*Watt*）或者《马龙之死》（*Malone Dies*），伊塔洛·卡尔维诺（Italo Calvino）的《树上的男爵》（*The Baron in the Trees*），或者安部公房（Kobo Abe）的《燃烧的地图》（*The Ruined Map*），我们也会说同样的话，这是因为，无论表面上多么奇怪，这些小说都产生了相似的效果。一个作者所产生的影响大于他所读过和钦佩的作品，这样的情况即使真的存在，也是很少见的。人类同大猩猩一样，没有榜样就很难进步。一个人可以独自阅读莎士比亚的书，从而学会喜爱莎士比亚，但不学无术的人是做不到的。任何事情都不能替代用手指点着、一行一行地阅读《奥赛罗》（*Othello*）、《哈姆雷特》、《李尔王》（*King Lear*）。这就是大学里莎士比亚课程的任务。即使教你的教师的才智和感知力有限，你也可以在大学中发现相关的评论书籍和文章，这些极有可能对你有帮助，你会发现一些经受了时间考验的经典和一些最好的新书。在大学的选择过程之外，你几乎不知道应该走哪条路。你可能会读到一些猎奇类图书，书中说莎士比亚其实是个无神论者、一个共产党人或是弗朗西斯·培根用过的一个笔名。大学之外，你几乎不可能真正了解荷马或者维吉尔（Virgil）、乔叟（Chaucer）或者但丁，你不会真正了解任何一位大师；而如果你能真正了解他们，就会发现他们是我们的文明所创造的最高水平的典范。无论天分怎样，一个写作者如果不熟悉这些可能最有影响力的人物，就注定只能实现较小的成就。

应当承认，与没有接受过任何教育的人相比，受过教育的人处于优势地位。但是，他的作品一定会体现他的局限性。如果你研究一个自学成才的作家的作品——在此我们讨论的作家并不是指接受了有限却严格的古典教育的那种类型，比如赫尔曼·梅尔维尔——你会立即发现他的知识充满瑕疵和笨拙之处。你可以原谅这样的缺陷，但事实上这些缺陷会使你分心，使作品逊色于它本可以成为的样子。例如，你会发现关于某个观点的幼稚而充满热情的长篇大论，而这一观点其实非常普通或者早已失去意义；或者你会发现关于古老神话的有趣而离奇的解释，这些解释本身也许有趣，但是它们同神话的本义相比则十分逊色。让我们举例说明，我们阅读一篇关于珀涅罗珀（Penelope）的新故事，她被塑造为一个吝啬、倔强的妻子。故事的写作有可能是上乘的，但是当我们想起荷马对这个真诚的、完美的妻子的描绘——她同丈夫一样勇敢、机智、忠诚（显然荷马的版本远远超越这个新版本），我们几乎会立即带着厌恶之情放弃这位新人的作品。的确，从大学毕业生那里我们可以轻易地发现有瑕疵的知识，从大学教授那里我们也可以轻易地遇见离奇的观点，就像我们可以在自学当中发现的那样（傻瓜为什么能在大学环境中获得成功，这是上帝留下的一个谜团），但这并不是重点。大学所能做的一切就是提供机会——这样的机会在别处不会有：大量的书籍财富、至少几堂一流的课程、教授以及同学，还有讲座、辩论、阅读和集会（如果你不是太羞涩，你就可以在这样的集会里同一些这个时代最好的小说家、诗人、音乐家、画家、政治家和科学家进行交流）。哪怕大学里充满愚蠢，但在这样的大学里，学生也可以获得对文学的正确理解。如果一个人没有学习过如何分析小说——如何辨识出一个跃入眼帘的象征符号，如何在一部文学作品中找到主题，如何说明一位作家对小说细节的取材和组织——他就不用指望能写出优秀的小说。

总体而言，画家很少会说美学家和艺术史学家的好话，作家——即使是接受过最好教育的作家——也会对文学教授表示不耐烦，但我们不必因这些事实而太过苦恼。评论家的工作（英语教授的工作）是对已经完成的作品进行分析，他的任务是使他读到的内容系统化，以某种对他的学生最为有益的方式将他的发现呈现出来。如果他的工作完成得好，他就基本可以做到不带感情地、客观公正地评论。他可以被一部特定作品感动，也可以让他的学生知道他被感动了，泪水可以流下他的脸颊。不过，他的目的在于将作品的结构和意义展现得清晰透彻。从艺术家的角度来讲，这可能会带来两个恶果。第一，教师及其同行有可能倾向于不去选择最好的文学作品，而去选择那些最可能对其进行模棱两可的评论的作品。例如，安东尼·特罗洛普（Anthony Trollope）的小说几乎没有隐晦的典故和难以理解的象征手法，可他的作品极为难教，教师只能在学生面前谈论些陈词滥调，或费尽心机地寻找一些听上去有趣的内容。与之相反，教师也可以不断谈论一些新奇的但不那么重要的典故和象征手法，这几乎可以使他的学生倾倒，或者鼓励学生以这种方式而为彼此倾倒。于是，标准被不动声色地、不为人知地歪曲了，“好”作为一个审美判断开始有了“狡猾”“学术”“模糊”的含义。

对标准的歪曲会导致第二个恶果：文学课程浪费了青年作者的时间，而不是令其将精力集中于重要的书籍——从荷马的《伊利亚特》

到约翰·福尔斯（John Fowles）的《丹尼尔·马丁》（*Daniel Martin*）——文学课程以或新或旧的花边文学占据着学生的阅读时间。如果一项拟定的课程认为必须按照历史发展顺序去讨论英国和美国文学，结果可能让人更加反感。虽然没有人会否认像托马斯·奥特韦（Thomas Otway）或者乔治·克雷布（George Crabbe）这样的作家的确有他们特有的历史价值，但是对年轻的写作者来说，其作品的意义仅仅与詹姆斯·D. 沃森（James D. Watson）写的关于 DNA 发现的那本小书的意义相当，甚至不如后者。

但是，学生在文学课程中不是无助的机器人。说来也怪，尽管作家通常不会说文学教授的好话，年轻作家却几乎一直是文学系的宠儿，尤其是那些优秀的、严肃的年轻作家。这样，对年轻写作者来说，他几乎总可以进行特别的安排，找到他所需要的课程，并避免上对他极有可能无用的课程。[谁又能痛恨一个想了解但丁而不在意德莱顿（John Dryden）、想了解乔伊斯（James Joyce）但不在意乔纳森·爱德华兹（Jonathan Edwards）的学生呢?] 无论怎样，没有任何一条法则要求学生必须上大学并取得学位——这是不切实际的。而所有的要求不过是，学生通过某种方式获得他需要的文学背景知识。

再说一点，之后我们就可以不用再探讨正规教育对于严肃的、年轻的作者的重要性了。

写作者真正需要的是现实经验，而不是文学培训（既包括阅读培训，也包括写作培训），我们不断地重复这一论点，对许多人来说这几乎已经成了真理。在此，我们没有时间给出这一问题的完整答案——从桑给巴尔到育空地区，广泛的经验究竟会导致小说结构的杂乱，还是让小说更深刻、感人？对于写作者而言，了解关于许多行业的一手知识是否还不如二十个优秀的消息提供者（例如你在酒吧里、在灰狗巴士上、在晚会中或者在宽敞的公园椅子上与之交谈的那种人）的价值大？小说的首要话题从来都是人类的情感、价值观和信仰。小说家尼古拉斯·德尔班科（Nicholas Delbanco）曾说，四岁的时候，一个人就已经经历了一个小说家所需要经历的一切：爱、痛苦、失败、厌倦、愤怒、罪恶感、对死亡的恐惧。写作者的任务就是塑造可信的人物，并为其创造基本的环境和行动，通过这种方式，他们就可以逐渐理解自己，并将自己呈现给读者。要实现这样的目的，一个人并不需要接受教育。但是，正是通过培训——通过研究伟大的书籍、通过写作——一个人才开始学会展示其小说，赋予小说应有的价值。通过研究技巧——不是真的去划独木舟、伐木或者在小饭馆里当服务员上菜——写作者学会了让人物活灵活现的最好、最有效的方式，学到了情感和伤感之间的差别，学会了在构思阶段就能辨别出情节的好坏。正是这样的知识——而不是前面提到的那些——才让写作者获得了驾驭能力。

无论如何实现，驾驭能力——不是罗列一张规则清单——必须是写作者的目标。他一定要理解小说的艺术，理解其中的方方面面——整个传统以及所有的技巧手段——这种透彻的理解贯穿大脑皮层的沟壑和复杂的迂回，直接渗透到他的血液中。他不能先学习文学再学习写作——这两个过程不可分割。每一位真正的作家都曾有过梅尔维尔的经历，他在研究亚哈和白鲸的问题（关于一个冷漠的、恶毒的世界的构想）时，刚好同时在阅读莎士比亚的作品和其他一些哲学书，正因如此，他才想到了关于小说要探索的问题的前所未闻的答案。驾驭能力并不是像闪电一样一瞬间出现的事物，而是力量的积蓄，随着时间而逐渐稳定下来，就像天气一样。

换言之，艺术没有普适的法则，因为每一位真正的艺术家都会消解并重构所有以往的审美法则。为了写出好作品，一个人在开始时一定要有一个清晰的认识：对艺术家（而不是对批评家）而言，审美法则是敌人。对伟大的艺术家来说，任何事情都有可能。发明，即新法则的自发产生，是艺术的核心。对青年作者和他希望成为的伟大作家而言，没有固定的法则、没有界限、没有限制。什么能发挥作用，什么就是好的。他一定能够炼就一双火眼金睛——用一套自身逐渐累积的标准去衡量什么才是好的作品。

二　基本技巧、文体、作为梦境的小说

如果没有法则，或者没有法则值得在意，那么写作初学者应该如何起步呢？

通常情况下，只要看一眼他的作品，教师就会知道这位写作初学者首先需要做的是复习基础内容，之后才能在小说写作的方向上继续前进。如果还没有掌握（绝对娴熟地掌握）这些基础内容——语法、句法、标点、措辞、句子类型、篇章结构等，没有谁可以寄希望于写出优秀的作品。的确，比方说标点，它是一门微妙的艺术，但其微妙之处在于打破法则，就像在“你，什么，也不，知道”这句话里，或者“他以前见过她，他对此可以确定”中。没有任何作家应该在哪些是应该遵守的法则、哪些是应该打破的法则这一问题上迟疑片刻。如果愿意，教师会在课程进展过程中对学生的问题进行处理（就像教师处理拼写问题一样），但这并不是最好的方式。学习写作是一项严肃的任务，不能与一年级写作时遗留的问题混淆在一起。如果教师知道他究竟在做什么，他会非常珍惜而不是以这样的方式浪费自己的时间；而一旦学生知道他能快速地、轻易地解决大多数问题，他当然希望这么做。如果能够得到合适的帮助和合适的书籍，任何不错的学生都可以在两周时间里一劳永逸地学完所有基础内容。在我看来，最合适的书就是 W. W. 瓦特（W. W. Watt）的《美式英语修辞》(*An American Rhetoric*)，这是目前可以买到的关于写作最准确、最有效的书，同样也是最有趣、最幽默的书。同样，学生自己就可以做练习并进行改正，虽然在某些情况下他需要教师的帮助才可以完成练习，但如果他发现自己时常需要帮助，这就可以清楚地表明他永远也不可能成为一个作家。

让我们假设这个写作者已经娴熟地掌握了基础内容。那么，他应该如何开始写小说呢？他应该写些什么？当写出优秀作品时，他又如何知道呢？

"写你所知道的事情"是一个常见的答案，也是一个不幸的答案。试图让一个人将自己的家乡、支持主教制的母亲、有残障的妹妹写得真实而有趣，这最限制一个人的想象，也最容易引起心灵的反感和扭曲。对一些写作者来说，这样的方式可能有用，但也仅仅是碰巧而已：写作者之所以可以将他知道的事情写得很好，恰恰是因为他此前阅读的主要是同类小说——就是我们可以同《纽约客》（*The New Yorker*）、《大西洋月刊》(*Atlantic Monthly*）或者《哈泼斯杂志》(*Harper's*）联系在一起的这类现实主义小说。换言之，写作者所写的内容不是他所了解的生活，而是他所了解的某一类文学体裁。不过，有一个更好的答案，虽然也不是一个理想的答案，那就是"写你了解并最喜欢的那一类故事——鬼故事、科幻小说、关于你童年的现实主义小说，等等"。

虽然这一事实初看起来并不总是非常明显，但是，当我们观察距离我们时间较近的艺术作品时，会发现艺术家首要的思想单元——他选取和组织作品细节的首要的、有意识或无意识的基础——是**体裁**。这一点在音乐领域表现得最为明显。作曲家写歌剧、交响曲、协奏曲、诗曲、乡村舞曲、组歌、变奏曲或者意识流作品（这是诗曲的一个具有心理学性质的现代改编版本），无论选取何种体裁，且他的创作在某些程度上依赖于所选取的体裁，他的创作都没有脱离传统的形式，或者只是进行了微小的改变——奏鸣曲、赋格曲、ABCBA 旋律等。在他所认为的某种坚实的基础上，他可以创造一种新的形式，他可以跨越音乐形式之间的界限，将乡村舞曲引入交响曲，或者根据主题与变奏的原则创造一种弦乐四重奏的形式。如果他想创新，他也可以借用其他艺术的形式，运用电影、戏剧等的节奏。新形式的产生（而且随时都在产生）源于两种过程中的一种，即跨体裁或升华大众文化。因此，拉威尔（Maurice Ravel）、格什温（George Gershwin）、斯特拉文斯基（Fyodorovich Stravinsky），还有其他很多音乐家将古典传统和美国爵士乐融合在一起——他们同时实现了跨体裁和大众文化的升华。在某些情况下，在音乐领域中，就像在其他艺术中一样，升华大众文化的含义可以扩展为垃圾循环利用。电声音乐得以发展，就在于有些人观察到：从收音机、电脑和其他类似设备中传出来的“哔哔”“嘭嘭”声听起来有点像音乐，如果赋予其结构的话——比如节奏和旋律。事实上，正如达达主义者、斯派克·琼斯（Spike Jones）和约翰·凯奇（John Cage）等人所指出的那样，任何东西都可以变成类似音乐的东西：卡车轮胎所发出的尖利声响、百叶窗所产生的噪音、羊的“咩咩”叫声等。

我们也可以在视觉艺术中发现同样的现象。在任何文化中，某一主题一旦变成经典，就会被艺术家不断地重复。例如，在中世纪，耶稣死后被从十字架上解下、圣斯蒂芬的殉难、圣母和圣子等主题被不断重复。随着周围文化发生变化，对于经典主题的处理也发生变化，大众文化不断崛起，新形式产生……文学阐释取代《圣经》解读，民间人物戏仿宗教形象，“真实生活”取代插画，思想的新尝试（比如在心理学、数学领域）将传统的静止生活、空间和风景变成了如梦一般的影像和空间谜题。换言之，视觉艺术中的变化过程与音乐中的变化过程极为相近。有时候，变化产生于跨体裁，就像佛兰德斯画家以天主教神圣家庭画家所采用的三角形结构来展现世俗家庭素描；有时候，变化产生于对大众文化或者垃圾文化的升华，就像乔托（Giotto）的钟楼、马蒂斯（Matisse）的剪纸画或者罗伯特·劳申贝格（Robert Rauschenberg）的垃圾拼贴画；有时候，变化又往往同时产生于两者。

同样的事情对文学也适用。创新主要源于独创性的跨体裁或者对熟悉素材的升华。关于跨体裁的例子，我们可以想一想福克纳的《斑点马》（*Spotted Horses*）的三个版本中最好的那一版［这一版以“佛兰姆”（That Flem）这几个字开篇］，其中，故事技巧（主要是措辞、夸张和黑色幽默）同现实主义、象征主义短篇小说的技巧融合在一起。在英国文学传统中，不同种类的跨体裁可以在绝大多数伟大的文学艺术作品中找到。乔叟就一次又一次地将一种体裁与另一种体裁相融合，就像在《骑士的故事》（*Knight's Tale*）中，他将史诗和传奇同其他并不如此知名的形式融合在一起。《高文爵士和绿衣骑士》

(*Sir Gawain and the Green Knight*) 是中世纪最著名的押头韵的诗，它将世俗寓言诗（在“引诱”那一场中）同传奇因素结合在一起。莎士比亚最有效的技巧都是跨体裁的结果：他将散文和诗结合在一起，从而拓宽了戏剧的情感范围；他将罗马高雅的风格传统与从英国民间戏剧、吵闹的中世纪神秘剧（或中世纪行会剧）中所发展出来的传统结合起来；他融合了悲剧传统和喜剧传统，从而创造了“黑色喜剧”。弥尔顿（Milton）在创作中也喜欢用跨体裁。至于对大众素材或者所谓垃圾素材的升华——无论是单一的升华还是同更高雅的形式相结合——我们可以想一想约翰·霍克斯（John Hawkes）对心理象征小说同美国推理小说所做的融合，伊塔洛·卡尔维诺（Italo Calvino）在《时间零》(*t-zero*）和《宇宙奇趣全集》(*Cosmicomics*）中对科幻文学、想象文学、滑稽故事、电影情节剧等几乎所有体裁所进行的融合，或者唐纳德·巴塞尔姆（Donald Barthelme）对调研问卷、恐怖秀、卡通片、游记以及精神病学家的手稿等文化垃圾素材所进行的改造。同跨体裁一样，对大众和垃圾素材的升华也是一种古老而又令人熟悉的创新形式，这是阿波罗尼奥斯·罗蒂奥斯（Apollonios Rhodios）[在《阿耳戈英雄纪》（*Argonautica*）中] 等古希腊晚期诗人、罗马戏剧诗人、许多伟大的中世纪诗人 [我们可以想一想乔叟的《托帕斯爵士的故事》(*Rime of Sir Thopas*)] 以及文艺复兴时期诗人最喜欢的手法。当代文学中最高雅的形式在范围和文化意义上相当于最高雅的音乐形式——交响曲，它们同样开始于对垃圾素材的升华和转变，正如笛福（Daniel Defoe）、理查德逊（Samuel Richardson）和菲尔丁（Henry Fielding）等人将垃圾变为艺术。《鲁滨孙漂流记》

（*Robinson Crusoe*）和《摩尔·弗兰德斯》（*Moll Flanders*）分别从普通的沉船叙事和无赖的忏悔开始；《帕梅拉》（*Pamela*）和《克拉丽莎》（*Clarissa*）是将人物和情节加入了为年轻女士学习写书信而编排的流行选集；《大伟人乔纳森·怀尔德传》（*Jonathan Wilde*）则从绞刑架的一侧开始，或者就是关于一个行将上绞刑架的重犯的性格及其恐怖罪行的故事。

上述这些作家，无论是古代的还是现代的，他们当中没有一个坐下来写作就是为了"表达自己"。他们坐下来是为了写这类故事或那类故事，或者将这种形式同那种形式融合在一起，从而产生某种新的效果。无论自我表达可以带来多少满足感，它都不过是附带的结果。当然，自我表达也是不可避免的。现实主义作家可以构思出姨妈的性格，或者为她进行创造，或者从生活中寻觅某些故事（她的性格通过这些故事得以表现），因此，作家也表达了自己对姨妈的强烈情感，即作家对自我进行了表达。寓言家——非现实主义的逸事、传说或者寓言的作者——初看起来好像在做一些非常不同的事情，但是事实并非如此。龙，像银行家和糖果店老板一样，也必须要有稳定的、可预见的性格。一棵会说话的树、一台会说话的电冰箱、一个会说话的时钟必须是以我们可以识别的方式说话，必须是以我们可以判断其源自某些确定动机的方式对事件产生影响，因为性格只能源于两个地方，或者是书籍，或者是生活。"作家的姨妈"既有可能在一篇寓言中出现，又有可能在一部现实主义小说中出现。一个作家写一篇寓言或者一部现实主义小说的过程并没有很大的不同。让我们更加仔细地看一看其中的相似和不同之处。

在任何一部小说中，作家的首要任务就是使读者相信他所讲述的事件的确发生过，或者要劝说读者相信该事件有可能曾经发生过（如果这个宇宙的法则所发生的变化并不大），或者竭力使读者保持对一个明显荒唐的谎言所产生的兴趣。现实主义作家使读者相信事件的方法在于逼真。那些讲述鬼、变形人或者某些从来不睡觉的人物的作者则运用不同的方法：通过叙述声音的特质以及各种各样扰乱读者的批判思考的手段，他们实现了柯勒律治（Coleridge）用全部文学作品中最笨拙的名句所描述的效果——“暂时主动停止怀疑，从而构成诗意的信仰”。逸事作者——就像写出了《卡拉维拉斯县驰名的跳蛙》（*The Celebrated Jumping Frog of Calaveras County*）或者《贝克的蓝鸦逸事》（*Baker's Bluejay Yarn*）等作品的马克·吐温（Mark Twain）一样——还运用了另一种技巧：他撒了一个弥天大谎，或者让某些人物告诉可怜的叙事者某个弥天大谎，他同时强调这个谎言的精彩和错误之处；他尽可能令人信服地讲述谎言，但是也提出对谎言的反对意见（这些反对意见读者也可能会提出来），或者为了实现某种戏剧效果而由头脑简单的乡巴佬提出来，而这样的意见虽然是乡巴佬提出来的，却可以让读者注意到这件逸事不可能发生。

我们应该一眼就可以看出，其实三种写作都在很大程度上依赖于细节描述的准确性。在写实作品的创作中，作家实际上是在说服读者，使读者接受他的设计。他将他的故事设置在某些真实的场景中——克利夫兰、旧金山、乔普林、密苏里。而他所运用的人物，我们极有可能会在他所选择的场景中遇见。他向我们描述有关克利夫兰（或者其他场景）的细节，诸如街道、商店、天气、政治或相关事件等，以及人物的表情、手势、经历等其他细节，我们不禁会相信他给我们讲述的故事就是真实的。事实上，这些细节有可能是真实的，就像杜鲁门·卡波特（Truman Capote）的小说《冷血》（*In Cold Blood*）或者诺曼·梅勒（Norman Mailer）的《刽子手之歌》（*The Executioner's Song*）一样。虽然故事有可能是真实的，但是这并不能令小说家摆脱掉使人物和事件变得可信的责任。我们每一秒都在问："一个母亲真的会这样说吗？""一个孩子真会有这样的想法吗？"如果作者的工作完成得好，我们会自然而然地回答："是的。"反之，如果他的工作完成得很糟糕，我们会感到怀疑，哪怕作家所展现的事件就是他在生活中亲眼看见的。在这种情况下，作家的过失在于，他错过或者忘了提及某些对场景发展非常重要的事情。例如，假使一对夫妻正在激烈地争吵，妻子突然间改变了策略，语气平和，甚至充满爱意，读者并不会理解或者相信这样的改变，除非作者给出某些线索，让人发现其中的根源。这样的线索可以是一个事件，也许是房间另一处传来的声响，让她想起孩子们就在附近；可以是一个想法，也许妻子回想起这就是她母亲过去时常同她父亲争吵的方式；也可以是一个动作，比如，丈夫说了一些事情，妻子转过身来，看向窗外，由此获得了喘息的时间，使自己平静下来。当现实主义作品让我们信服的时候，所有的效果，甚至是最细微的效果，都有或显或隐的根源。这种时时刻刻记录真实细节的手法，不但是现实主义小说的基石，也是所有小说的基石。

换言之，写实小说通常可以被描述为运用真实生活中的地点和人物——真实的城市（或者让我们相信是真实的城市，虽然名称可能已经被改变），或者用真名或替代名的现实生活中的人物，等等。通过对真实世界进行记录，作者使读者相信他的小说具有真实性。尽管这样，一位现实主义作家通过一行行文字所构建的世界，远远超越对街道和商店的准确命名，或者对人物及其街坊邻居的准确描写。他一定要一刻接着一刻地展现具体的图像，而这图像源于他对人们行为方式的仔细观察；他一定要在时刻之间、具体的行为之间、面部表情之间或者话题转换之间建立联系，这样，他才可以在任何一个给定场景中让人物从一种感情过渡到另一种感情、从一个时刻发展到另一个时刻。

让我们对比一下那些传说作家所使用的技巧。如果说现实主义作家通过努力说服读者使其接受，那么传说作家则试图通过魅力或者哄骗让读者放弃反对，即劝说读者暂不怀疑。伊萨克·迪内森（Isak Dinesen）在一篇传说的开头写道，安琦力诺·山塔希里亚在师父利奥尼达去世以后，决定永远不睡觉。迪内森接下来以游吟诗人的口吻向读者发问："如果说安琦力诺实现了他的承诺，你们会相信他吗？但事实就是如此。"显然，没有一位现实主义作家可以这样讲故事，因为，无论他怎样努力说服读者，他都不能让我们相信一个人物真的可以一连几周、几个月、几年不睡觉。传说作家只是无视我们的反对，承认她将要讲述的事件是不可思议的，但通过叙事者的自信和权威让我们暂不怀疑。然而，建立了这不可能的并将开启更多不可能之门的前提之后——在伊萨克·迪内森的故事里，在叙事的末尾，犹大出现了，他在一个狭小的、昏暗的房间里清点银币——传说作家一点一点地记录着自己的故事，她所用的细节同现实主义作家所用的细节一模一样。开篇的几行文字略微改变了自然法则，虽然有所改变，但接下来所发生的一切看起来完全合理，至少在诗意上是真实的，因为作家对于道德因果关系的发生有非常仔细的观察，她通过从生活中选取的细节对道德因果关系进行详细的记录。随着故事的发展，不睡觉的安琦力诺行走、交谈、思考得越来越慢。有时候，整整一天就在话语的开始和收尾之间结束。我们“相信”叙事，不仅仅是因为叙事声音迷惑了我们，还因为究其根本，人物的动作、详细描写的表情和别人对其古怪之处的反应对于我们而言都是这种奇怪情况下最有可能发生的事情。这样的意象鲜明而深刻，正如在托尔斯泰（Leo Tolstoy）的《童年》（*Childhood*）和《安娜·卡列尼娜》中的情形一样。不睡觉的人物所行走的街道、所处的天气环境、所在城市的声响和气味，所有这些都使得其存在显得很真实。当然，现实主义作家和传说作家在运用逼真细节的手法上存在巨大差异。现实主义作家一定会持续不断地使他的细节更逼真，给读者大量的证据；而传说作家可以进行简化，通过语言的美妙和趣味说服我们，可以少用逼真的细节，这样就可以在叙事的关键时刻产生鲜活的效果。例如，一旦一位传说作家已经让我们相信某个国王脾气暴躁——部分通过语言的魅力，部分通过细节的描述——他就可以直截了当地说：“国王愤怒了。他把所有人都打发走，关上所有的门，并用铁链将他的城堡紧紧锁上。”不过，其中的不同也仅仅表现在程度上。无论是现实主义作家，还是传说作家，如果没有对特定细节的描述，都不会实现理想的效果。

逸事的情况也是一样。让我们参考一下马克·吐温《贝克的蓝鸦逸事》中的选段：

> 当我可以正确地理解蓝鸦的语言的时候，发生了一件小事。七年前，这一地区的最后一个人离开了，只剩我一个。他的房子就坐落在那里，自他离开后就没人居住。这是一间狭长的房屋，屋顶是木板制作的，其中只有一间大房间，没有其他房间，没有天花板，椽子和地板之间空空的。好吧，一个周日的清晨，我就坐在小屋的外面，我的猫陪着我，晒着太阳，看那颜色发蓝的群山，听着树叶在树上发出寂寞的沙沙声，我想着远方的家，已经有十三年没有听到过关于家的任何消息了。此时，一只蓝鸦落在了那座房子上，嘴里叼着一个橡子，说："你好，我想我是碰到了什么东西。"他一张嘴说话，橡子就从嘴里掉落，沿着屋顶滚了下来，当然，他并没有在意，他的思绪落在了他碰到的东西上。他碰到了屋顶的一个窟窿。他将头歪向一边，闭上一只眼睛，用另一只眼睛向窟窿看去，就像一只负鼠窥视一口坛子。之后，他抬起头，眼神明亮，将翅膀抖了两下——你知道吧，这是感谢的意思——说："好像是一个窟窿，形状像一个窟窿，如果我连这是一个窟窿都不知道，那真是见鬼了！"

我们知道，贝克在荒野里待了好长一段时间，变得有一点疯癫。或者（更有可能），他抱着容易上当受骗的叙事者的大腿，后者将他的故事当真理一般记录下来。无论怎样，只有叙事者会相信贝克讲述的故事是真实的。贝克费尽心机让故事可信，这使得谎言变得有趣。有窟窿的小屋的确存在：这屋子有一段历史，还有实在的形体——事实上，贝克可以伸手将其指出。细节使得我们相信，贝克的确坐在那里看着小屋：这发生在一个周日的清晨，他的猫就在他身边，他看着、听着一些具体的事情，想着具体的事情。蓝鸦的确可以说话，橡子就是证据。更多翔实的细节使我们相信蓝鸦可以思考：转动的头，闭着的一只眼睛，紧靠着窟窿的睁开的眼睛，“就像一只负鼠窥视一口坛子”。

在所有主要的体裁之中，生动的细节是小说的生命。逼真的描述、通过叙事口吻使读者消除怀疑、使个眼色使读者注意到逸事讲述者的谎言，这都是外在的计策。而在所有主要的体裁之中，内在的计策都是一样的：作者无一例外会给读者提供证据，其形式都是仔细观察的细节，以证实作者所说的正在发生的事情的确在发生。在我们谈论这种技巧的意义之前，先看一个例子。

这是伊塔洛·卡尔维诺的《宇宙奇趣全集》［由威廉·韦弗（William Weaver）翻译自意大利文］中一篇喜剧故事里的一段简短文字。老奎夫是叙事者，他回忆这个星球的石炭纪时期，那时有多骨的鱼、有肺的鱼从海洋迁往陆地，其中包括老奎夫。

> 我一定要说，我们一家——甚至包括祖父母——都上了岸，四处拍打着，就好像我们从来就不知道应该怎样做其他事情。若不是因为我们的叔祖父 N'ba N'ga 的固执，我们很早以前就会失去同水世界的所有联系。
>
> 是的，我们有一个叔祖父，他是一条鱼，准确一点说，他是我父亲的祖母的亲属，是泥盆纪时期的腔棘鱼属（是淡水族的一支，因此他们还有其他亲属——但是我并不想在亲属关系上深入下去，当然也没人愿意听我说）。因此，就像我说的，这位叔祖父生活在一池污浊的浅水里、生活在原始针阔混交林的根系之

中，在那环礁湖的入口处，我们所有的祖先都出生在那里。他在那里从来没有离开过：在一年中的任何季节里，我们只需要穿越植被的柔软沉积层；当我们感到陷入潮湿时，就在那里，从边缘几掌深的地方，我们就可以看到他呼出的一串气泡，他呼吸的方式就像老人一样沉重，或者可以看到他口鼻部积累的淤泥，他总是在那里翻来倒去，这更是他的习惯使然，而不是出于捕猎的目的。

我们相信——或者说是忘记怀疑——卡尔维诺讲给我们的故事，一部分原因是老奎夫的声音充满魅力，另一部分原因是我们被生动的细节说服了。在此问题上我就不细说了——鱼在岸边“四处拍打着”，对叔祖父 N'ba N'ga 家（在原始针阔混交林根系旁的污浊浅水之中）的描绘活灵活现，鱼“穿越植被的柔软沉积层”并感到“陷入潮湿”的形象非常饱满，“几掌深”的尺度也确定而合理，还有那“一串气泡”，以及叔祖父有“像老人一样沉重”呼吸的习惯，可以看到“他口鼻部积累的淤泥”，“他总是在那里翻来倒去，这更是他的习惯使然，而不是出于捕猎的目的”。

如果我们在阅读过程中仔细思考自己的经历，会发现实在的细节非常重要，因为它们为我们创造出一种梦境——一种存在于脑海中的丰富、鲜活的景象。我们在一本书或者一个特定故事的开篇仅仅会读到少许文字，但是，突然之间，我们发现自己读到的并不是纸张上的文字，而是一列穿越俄罗斯的列车、一位正在哭泣的意大利老人或者一座被风雨吹打的房屋。我们继续阅读——继续沉浸于梦幻，我们并不被动，而是主动的。我们因为人物需要进行的选择而感到忧虑，在痛苦之中等待虚构之门背后发出的声响；我们因为人物的成功而感到欣喜，因为他们的失败而感到悲哀。伟大的小说可以使我们全心全意地投入，我们不但回应想象的事物——通过视觉、听觉和嗅觉——就好像这些都是真的，我们还回应虚构的问题，就好像这些也是真的一样。我们同情、思考、判断。我们通过间接的方式将人物经历的考验上演出来，并从人物特定的行为方式、观点、主张和信仰之中学习，就像我们从真实生活中学习一样。因此，我们开始意识到，伟大的小说的价值不仅仅在于取悦我们或者让我们从烦恼中解脱出来，不仅仅在于扩展我们关于人和地域的知识，也在于帮助我们了解自己的信仰，强化我们最崇高的品质，并让我们为自己的错误和局限性感到不安。

此处还不是我们继续探索这一话题的地方，即我们不打算在此详细说明并论证小说的终极价值在于道德，虽然这一话题一定还会谈起，不过我们可以在这里详细说明一些技巧问题。无论体裁为何，小说均通过在读者的头脑中创造一个梦境而产生效果。我们可以看出，如果梦境要取得良好的效果，就一定要鲜活并具有连续性。梦境需要鲜活，因为我们若不知道我们正在梦到的是什么，我们若不知道人物是谁、在什么地方，若不知道他们行事的内容和原因，我们的情感和判断就会混乱、分散或者受阻；梦境需要有**连续性**，因为一个不断被打断的行动链条的效果一定很差，而一个有始有终的行动的效果则是理想的。这一普遍法则也许会有某些例外——我们此后会讨论其中的可能性——但是，只要这普遍法则具有说服力，就表明作者可能犯下的一个主要错误就是迫使读者的思路从虚构梦幻之中脱离出来，哪怕只是暂时的脱离。

现在可以肯定，我们已经明确了原则。作者展现一个场景，比如两条响尾蛇在殊死搏斗，他需要让这一场景在读者的头脑中得到鲜活的呈现，于是他通过展示尽可能多的细节，鼓励读者尽可能清晰地去“想象”这一场景。在他可以娴熟掌握的诗意力量范围内，他展示出蛇头如何抬起，嘴巴大张，慢慢地摇摆，之后出击；展示出蛇牙如何陷下去；展示出蛇尾如何摇摆，像鞭子一样拍打；展示出两条蛇如何发出“嘶嘶”的响声，时而进攻，时而错过目标，尾巴发出类似马达的声音。作者通过细节描述实现鲜活呈现。为了使场景具有连续性，他不遗余力地避免任何可能使读者脱离两蛇相争景象的因素，不让读者的思绪转移到展示这一景象的手段或者作者的性格等问题上。当然，这并不意味着作者不可以从一个场景转移到另一个场景——比如吉普车中的人正在聊天，车撞向了两条响尾蛇。虽然人物和地点发生了变化，但是读者头脑之中的梦境就像电影一样依然在持续着。如果作者因为某些技巧上的失误或者自私的介入而允许或者强迫读者停止了关于故事的思考（停止“看”这个故事），并开始思考其他一些事情，那么他就打断了读者的梦境，或者说是中断了这场电影。

有些作家——例如约翰·巴斯（John Barth）——故意一次又一次地打断小说梦境，甚至不给读者进入小说梦境的机会，哪怕读者按照以往阅读小说的经验会期待这样的梦境。我们此后会简短地对这类小说的目的和价值进行解释。简而言之，这样的小说家并不是在写小说，而是在写一些其他的东西，即**元小说**。他们的作品以读者关于小说的一般经验为起始点，无论作品会产生怎样的效果，这些效果都依赖于他们对一般性小说效果的有意破坏。他们的作品并不是小说，而是某些艺术批评，这才是他们的小说使我们感兴趣的地方。

我们距离开篇话题——“如果没有法则，或者没有法则值得在意，那么写作初学者应该如何起步呢?”——已经很远。你也许会不耐烦地抗议，认为我们已经招惹了一大堆乱七八糟的法则：不要还没学会作文的基础技巧就开始尝试写作；不要尝试写作“你知道的事情”，要选择一种体裁；要在读者的头脑之中创造一种梦境，要像躲避瘟疫一样避免所有可能使读者脱离梦境的因素——这一意见可以引申出好多法则。

然而，我会耐心地回答：所有这些事情中没有一件与审美法则有任何关系，或者为如何写作给出了任何法则。文学可以划分体裁，这仅仅是自然的观察而已，这同亚当给动物命名需要观察一模一样。一个人如果要写作，知道“写作是什么”很有帮助。三种主要体裁有一个共同的因素，即小说梦境，这不过是一个观察而已，并不是什么高深的内容。我所谈论的不过是现实主义叙事、传说和逸事，即小说的基本形式。我所列举的是读者可能从小说梦境中脱离的方式，在第二部分中我会继续这样做，事实上，我以这种方式仅仅解释了如果我们想要实现传统小说的效果应该避免的错误。这是基于我认为一个人在试图写出优秀的元小说之前，需要先了解更为基本的小说形式是如何产生效果的。

那么，让我们回到开篇的问题：写作者应该如何起步?

我曾经说过，一个好答案是“写你了解并最喜欢的那一类故事”，但是这个答案并不理想；换个说法，选择一种体裁，试着按照这一体裁进行写作。既然我们生活在一个体裁异常丰富的年代，既然一个学生可以遇到几乎任何体裁，从伊萨克·迪内森的作品到《纽约客》的现实主义小说，从超现实、无情节问答形式的小说到哲学意味浓郁、戏剧气氛浓厚的类似《神奇上尉》（*Captain Marvel*）的作品，这些训练几乎可以满足一个写作者的所有需求。由此启程，作者可以随心所欲，首先迅速浏览体裁，了解体裁究竟有多少、究竟有多复杂，之后咬紧牙关超越他所选择的优秀例子。这样的方法有其优势，可以提醒学生，他们所拥有的自由、可能性的范围多么广大，并鼓励他们发现自己独特的优势。

但这一方法在我看来并不理想，根源在于这样会浪费作者的大量时间，除非情况非常特殊。这其实是在教作者做他事实上并不可能期望做好的事情——我这里所谓的“好”是从一个急切的艺术家的角度而言的，而并不是按照那种我们在其他大学课程学习中可好可坏的、随随便便的、绅士一般的方式来说的。让我解释一下。无论展现给人们怎样的笑脸，真正的艺术家都是有紧迫感的，无论是被狂热驱使还是被某种远大的、崇高的理想驱使。我想，如果一个人曾经既作为艺术家又作为教授而工作，他可以告诉你两种风格是多么不同。例如，一位优秀的教授尝试写作一本关于《吉尔伽美什》（*Gilgamesh*）的书，没有人可以比他更加认真、更加严谨诚实、更加致力于实现个人理想。他可能写作到深夜，他可能推掉所有宴会，他可能因为与家人共处的时间过少而感到愧疚。不过，他的作品同艺术家的作品并不一样，就像一流会计师的作品同一个力争冠军的运动员的作品并不一样。他会尽可能多地利用大脑资源，他会在各个方面停留，检视那些指引并保障他安全的程序法则，他清楚地知道他在这个世界上的位置：他应该身处爬满常春藤的大厅中、洒满阳光的路面上。艺术家的情况就不是这样。批评研究无论多么精彩，都不是像小说那样严酷的心理战。塑造真正艺术家的品质几乎与塑造真正运动员的品质相同，如果写作学习者知道如何尽可能严肃地开展自己的工作，就不要打断他们，这一点很重要。在大学课程中，我们会做练习。学期论文、练习题、期末考试答卷并不用于发表。我们上一堂关于陀思妥耶夫斯基或者爱伦·坡（Allan Poe）的课程，就像我们参加一场轻松的、美好的鸡尾酒会一样。我们拿起可口的食物或者闲聊一些话题，同其他人相处，在应该回家的时候回家。艺术在其感觉起来最像艺术的时刻——在我们觉得最有精力、最敏锐、最有信心的时刻——并不像一场鸡尾酒会，而像一辆装满了鲨鱼的坦克。所有的事情都需要长久坚持，没有什么事是仅仅拿来练习一下的。[罗伯特·弗罗斯特（Robert Frost）曾经说过："我从来不写练习，但是有时候我所写作的诗歌失败了，这时我才把它们叫作练习。"] 一堂创意写作课应该像真正的写作一样，至少在可能的范围之内，所有需要的素材都应该是可用的、可发表的、持久的。"一个**强大的意志**，"亨利·詹姆斯（Henry James）曾经说，"就是一切！"谁都不要妨碍或者破坏这强大的意志。

现在，我来说一说某些真实的东西——它们比短篇小说、传说、逸事、速写还要短小——和某些首要而非次要的东西（比如，不是拙劣的模仿，而是原创的）。我要说的内容是更大的形式中的某些必要组成部分，如果可以得到精彩的处理，这些单一要素就可以自然地成为一部更完整的作品的引子。这就是某些技巧练习。但是，你要时刻记得，我们并不是真的将这些看作练习，而是将它们看作某个有意义的艺术作品的可能的起点。例如，一种一页篇幅的描写——与不同体裁相适应的描写，因为描写在短篇小说中发挥作用的方式同在传统的传说中发挥作用的方式并不一样。我会让你留意这项简单的练习，由此使你发现小说要素的**全部意义**。如果一个作者可以写出一篇上乘的描写文字，那么他就会知道何为描写，他以后也不需要再考虑这个问题。他在小说的所有必要部分运用所有要素，他应该使运用这些必要的技巧成为第二天性，这样他运用起来就可以熟练老成、得心应手，直到最后，好像在不经意间，他所能建造的想象世界——由具体细节建造而成的宏大思想——变得饱满复杂，却又惊人地简单，我们为之惊叹，就像伟大的艺术一直令我们惊叹一样。

当然，这意味着他需要学会像一位作家或者伟大的批评家那样去看待小说要素——将这些看作古老的却依然有效的基础单元。这是荷马的思想，就是我有时候称之为“具体哲学”的东西。我们暂且不去谈论这些思想所涉及的内容，但是我们可以通过说明一篇描写练习如何产生效果来开始我们的讨论。

对外行人而言，描写全部的作用就是告诉我们事情在什么地方发生，通过将人物与其所处的环境联系起来，告诉我们人物是什么样的，或者给我们某些道具，而后来它们会翻倒、燃尽或者爆炸。在优秀小说中，描写的作用比这还要多：描写是一位作家的手段，他可以由此进入思想中的潜意识，发现小说所提问题的线索，如果幸运，还可以对答案进行暗示。优秀的描写具有象征性，不是因为作者仅仅将象征手法植入描写，而是因为他以合适的方式进行描写，他将对他而言起初神秘的象征手法推向意识头脑。伴随着小说的发展，他可以让象征手法发挥作用，并最终使读者理解象征手法。这一过程用另一种方式表达就是：最终占据读者思想的有组织的、有意义的小说梦境**起初是作家头脑中的一个很神秘的梦**。通过写作和不断的修改，作家让读者看到了最后的次序。对作家来说，发现意义和表达意义是同一行为。没有人简简单单地描写一座谷仓。描写一座谷仓，要像有某个人在某种特别的情绪下看到这谷仓一样，因为只有以这种方式——或者将作家对于谷仓的经验同他最深刻的情感联系在一起——谷仓才有可能被引诱着道出自己的秘密。

你可以考虑以下情况，将此作为一个可能的描写练习：描写一个谷仓，通过一个儿子死于战争的人的眼睛对它进行描写，不要讲到儿子、战争或者死亡，不要提及看谷仓的人。（这一描写练习的长度大概是一页打印纸。）如果作者很勤奋，如果他有成为作家的天分，他的作品就应该呈现出一个有感染力的、能激发情感的意象，真实的谷仓得到了如实的描写，而且读者可以从中感受到父亲的情感，虽然他并不能说清这情感究竟是什么。（在一部真正的小说作品中，作家当然会告诉我们这情感是什么。但是，如果我们知道这情感，我们就应该能从描写之中获得同样有感染力的效果。）作家并不能通过**知识**性的研究确定哪些细节应该包含其中。描写要实现效果，作家一定要通过感受和直觉选择他的木板、稻草、鸽子粪便、绳索、人物的说话节奏和视觉角度。有一点，他一定会发现：他头脑中所涌现的死亡和失去的意象未必就是我们期望的。黑暗、沉重、腐朽的意象立刻就会跳入他的头脑之中，但这些并不一定就是进入他头脑的所有意象，这头脑早前已经清空了自身，只保留“讲述事实”的欲望，即以具体的细节落实感受。在他写出的所有内容——描写、对话、动作的再现——之中，他都是在做这样的事情。这样，作家就收集到了他用以思考的部分素材——依然只是部分素材。

此时，读者毫无疑问可以猜到剩下的部分是什么。很显然，在短篇小说、传说以及逸事中，人们的思维方式并不相同，思考的事物也不完全相同。如果你意识到了这一点，你就会进一步发现，正如华莱士·史蒂文斯（Wallace Stevens）所说：“风格的变化就是主题的变化。”作家和文学批评家曾经有一个普遍的假设：小说需要做的事情就是讲述事物的真相，或者就像爱伦·坡说的那样，表达我们对于现实的直觉。若采用这种观念，则小说是一种实现理解的工具。然而，如果要证实这一观点，我们会发现依然有一些问题需要解决。现实主义作家对我们说：“通过准确的模仿让我看一看，一个十三岁的姑娘陷入痛苦的、无助的恋爱究竟是什么样的。”然后，他端起双臂，对他可以做到这样的事情深信不疑。但是，这样的问题让我们感到焦虑。我们应该以短小的句子讲述，还是应该以通顺的、优雅的长句讲述？我们应该运用短元音和硬辅音讲述，还是应该运用长元音和软辅音讲述？我们的选择可以改变所有的一切。小说真的与事实有关？小说这复杂的工具是否有可能仅仅用于研究其自身——其自身的进程？

在此，一个普遍的答案就是，这是一位严肃作家终其一生要解决的问题，他试图依靠他唯一相信的思考方式想出答案，这表现为小说写作过程。伟大的小说可以让我们或笑或哭，就像生活一样。伟大的小说至少可以给我们鲜明有力的幻象。如果我们笑，我们就像在笑赫尔曼大叔的笑话一样；如果我们哭，我们就像在葬礼上哭一样。组成小说作品的元素根系复杂，同宇宙联系在一起，或者至少同人类的心灵联系在一起。小说编织的梦境让我们相信，它就是我们周围一个清晰的、鲜明的、被编辑过的视觉世界。无论我们怀有怎样的疑问，当我们在火车站拿起书，或者来到我们的书房写作小说时，世界——或者我们所想象的世界——就活了起来。

三　趣味与真实

我们会为了消遣而阅读某些作品，是因为它们引起了我们的兴趣。既然这样，我们可能会认为，任何年轻的作者在尝试写些什么时对自己提出的第一个问题就应该是："我可以想出一些什么有趣的事情?"但非常奇怪，这个问题并不是非常常见的，事实上，如果有人向年轻的作者指出，这就是首先要思考的问题，他们通常的反应是很惊讶。在某种程度上，低劣的教学应该对此负责，因为这样的教学鼓励我们超越并忘记我们最直观、最单纯的乐趣——绘画之中的颜色、音乐之中的旋律、小说之中的故事，而学会对更加抽象、更加复杂的事情产生兴趣。这些成熟的乐趣的确非常真实，也可以非常强烈，但如果这些就是我们首先追求的乐趣，那么一定是哪里出了问题。若要很好地阅读或写作，我们一定要避免两种审美趣味上的极端观点：过分强调可以直接产生趣味的事物（令人激动的情节、鲜活的人物性格、美妙的气氛）和单一关注间接产生但在某些情况下趣味更加持久的事物。我们要采用融合的艺术眼光。

虽然并不是所有教授文学的教师都是如此，但是教师对可以体现简单乐趣价值的诗歌和小说——流行抒情诗歌、杂货店的平装书等——漠不关心，这样的情况比较普遍。在一些情况下，背后的原因可能是自命不凡，但通常的原因是——正如敏感的读者经常会经历并感到失望的情形——西部电影、警匪剧和系列幽默剧千篇一律。我们对太多商业性作品感到失望——它们只是对大众领域中真正原创作品的拙劣模仿——所以我们没能发现，像史蒂夫·汪达（Stevie Wonder）和兰迪·纽曼（Randy Newman）这样的流行歌曲作者和披头士乐队成员，其实是比我们在“小杂志”（little magazines）* 中看到的许多令人厌烦的老于世故的作者更加有趣、更加投入、更加充满活力的诗人；与大家认为档次更高的小说相比，杂货店里卖的小说的内容可能更充实。上述偏见或无知造成的结果就是，文学课程经常会选取没有吸引力的作品——至少是在直接的、感官的层面，有时是在更深的层面——这些作品没有艾萨克·阿西莫夫（Isaac Asimov）、塞缪尔·R. 德莱尼（Samuel R. Delaney）、小沃尔特·W. 米勒（Walter M. Miller, Jr.）、罗杰·泽拉兹尼（Roger Zelazny）或者斯特鲁伽茨基（Strugatsky）兄弟的作品那么有吸引力，没有约翰·勒卡雷（John le Carré）和弗雷德里克·福赛斯（Frederick Forsyth）这样的惊悚作家的作品那么吸引人，也没有早期《蜘蛛侠》（*Spider-Man*）系列喜剧或者《霍华德怪鸭》（*Howard the Duck*，引进影片中译名为《天降神兵》）等作品那么有魅力。教师忽视惊悚作品、科幻小说或者幽默故事书，这在理论上是合理的。没有人希望柯勒律治被一只“困在它从未创造的世界的”鸭子排挤出课程安排。但是，当我们开始为设置高中

* 指非商业性的文学杂志，以刊登严肃文学作品为特色。——译者注

文学课程中的“当代”作家作品而列清单的时候，《霍华德怪鸭》看起来并不那么糟糕。

我们忘记从直接吸引力的角度去思考趣味，其中一个原因是教师的自命不凡或者有限的知识；当然，另一个根源也许更能说明问题。教育的任务是给予学生有用的知识和改善生活的经验，前者大体上可以衡量，但是后者并不能，因为一门文学课程改善生活的价值很难衡量。而且，很多人虽然处于可以对教育计划施加影响的地位，但是他们对于艺术并没有真正的经历或者感受。通常，他们倾向于将改善生活的课程当作传授有用知识的课程，将它们置于如同公民教育、几何或者基础物理课程一样“客观”的地位。而结果就是，我们讲授（至少正式地讲授）某本书，原因并不在于这本书能给我们带来趣味，给予我们每一个人在真正的艺术中渴望探求的丰富经验，而在于——就像一位课程委员所说的那样——这本书“表现了美国文学的主题”或者“表现了某些被清楚陈述的观点，并且因此可以实现以下课程目的：（1）表明作者的目的；（2）进行批判性阅读；（3）对用于支持观点的文学选段的组织结构进行分析”。我们并不能就此认为这样的教学有害，但是以这种方式处理文学作品看起来有点像声称保护海豚、鲸鱼、黑猩猩和大猩猩只是为了维持生态平衡。

在所有阶段——不仅仅是在高中阶段（就像上文中暗示的一样）——小说和诗歌多年来并没有被当作可以使灵魂愉悦的体验而教授给学生，而是被当作对我们有益的事物——就像维生素C一样。对文学作品进行细致的批评分析的整个思想——这是20世纪30年代和40年代“新批评派”所重视的思想——有一个意外的副作用，即促生了优秀诗歌和小说的主要意义在于教育世人的观点。如果我们仔细研究为教授分析而设计的著名的新批评文选［例如，克林斯·布鲁克斯（Cleanth Brooks）和罗伯特·潘·沃伦（Robert Penn Warren）合著的《小说鉴赏》（*Understanding Fiction*）、《诗歌鉴赏》（*Understanding Poetry*）］，我们就会发现，这些作家通过微妙的当然也是不明智的方式在暗示，是作家对思想透彻、有秩序的探索，是他们对主题意义的全面表达，才使得一篇文学作品堪称优秀。这些作家的观点在某些重要层面是正确的，不过那些欠考虑的“反对阐释”的书（其中一本书的书名就是这个）促使许多课堂展开了细致的评论分析：无论小说中的人物多么令人目眩并栩栩如生，无论他们的行动多么惊人，如果这部小说观点不清、浅显或者完全错误，那么它就根本无法引起人们持久的兴趣。然而，如果阅读小说或诗歌时不顾趣味——可以直接实现的趣味——同样会损害阅读体验。莎士比亚的戏剧并不是碰巧展现了充满悬念的行动中的富有吸引力的人物。写作而不顾可以直接实现的趣味，有意选择最苍白的人物、选择索然无味的情节，即使懒汉看到都不会感兴趣，并会压制文本的丰富多样性，即把小说视为那类异常严肃、不是用来获得乐趣的东西，这会令人生疑，怀疑这样的作家就像农夫对待田地里的石头一样，对艺术真正的本质及其对人类的价值无动于衷。

然而，是什么给了小说作品审美趣味？现在，让我们暂且忽略小说“年轻漂亮的姊妹”——元小说，因为无论在此说些什么，我们在谈论元小说的时候都需要重新说起。

世界上没有任何东西是天生有趣的，即可以直接让所有人都产生兴趣，并且产生同样的兴趣。如果该事物不是首先得到了作者的关注，它也不会令读者产生兴趣。每一位作者的偏好、品位、背景和经历都会影响他们真正在意的人物、行动和场景类型，因为根据我们必有一死的命运，我们会在意我们了解以及可能失去（或者已经失去）的东西，我们厌恶对我们关心的东西产生威胁的事物，并对那些对我们或者我们热爱的人和事物的安全没有可预见的影响的事物漠不关心。因此，没有两位作家会从完全相同的素材中获得审美上的趣味。如果马克·吐温被亨利·詹姆斯选择的人物所拖累，他会很快将他们统统抛进水井。然而，如果拥有足够的技巧——可以实现交流的技巧——所有作者都可以通过特别的主题来激发读者的兴趣，因为，无论是直接的还是间接的，所有的小说在本质上都会处理相同的事情：我们对于人以及万事万物的热爱，我们的追求以及恐惧。特定的人物、行动以及场景无非是体现普遍的主题或者对其稍加改动。

如果真是这样，那么，若有作者否认人类有自由意志（真正的否认，而非开玩笑地、讽刺性地假装否认），他就无法写出任何有趣味的作品。他只能尽荒唐之能事，而且只能重复他的荒唐，他无法赋予人物、地点以及事件真正的趣味，因为他从第一眼就没能在其中发现真正的乐趣。如果自由意志被剥夺——丧失了争取渴望的东西及避开恐惧的东西的能力——人类便只剩下机械的感情。如果作家把他的人物视为无助的生物体，如果他将他们视为单调的社会结构中的一个单元或是机械化的宇宙中的一个齿轮，那么，无论这些人物有怎样的价值，都不过是幻象，因为这些人物是僵化的。价值与价值之间所发生的相互影响在通常情况下本可以作为对主题的有趣探索，但对这些作家而言却只是奇怪的学术练习。

如果没有两位作家可以从完全相同的素材中获得审美趣味是事实，如果具有足够的技巧，则所有的作家都可以在他们特别的主题中激发读者的兴趣同样也是事实——因为所有人几乎都具有同样的基本经验（说得苦涩一些，即：我们出生，遭受苦难，最后死亡），只有作者竭尽全力，令人信服地将他们作品中的人物经历与我们自身的经历相对比，我们才会有共鸣——接下来作者的首要任务必须是使我们真切地看到并感受到人物的所见所感。无论虚构的世界多么奇怪，无论我们对这些多么陌生——就像养猪之于第四代巴黎设计师一样奇怪，就像华尔街之于大号演奏者一样陌生——我们一定要进入人物的世界，就好像我们本就出生于其间一样。

当然，我们这么说是走了极端的。一种文化背景的人对另一种文化背景的人的经历的接受度是有限的，我可以对我刚才提出的观点进行更加小心的陈述，也就是说，作者应该将人物的世界以感性的方式传达给各式各样的读者，他在此之前应当明白：对许多读者而言，他的人物的经历超出了可以理解的范围。有些作者的视野更加狭窄，仅仅将人物的经历鲜明地传达给背景与他的人物背景相似的一小群读者。只有来自巴黎或者纽约这样的大文化中心的作者，才能到达这样的位置。如果一个来自怀俄明州的人不能将经历传达给纽约的人，那么他就没有发表作品的机会。因此，如果作者将他的读者范围限定得过于狭窄，那么对于不在他出生的城市的读者，或者迫切想要通过看上去曾经生活在那个城市（但实际并未生活在那儿）以提高自身社会地位的读者来说，即使他不给人以傲慢的感觉，也会显得偏狭。不过，每一位作者都需要自己做出选择。

只要小说需要有人物，基本原则在任何情况下都是一样的：作者需要让我们真切地看到并感受到人物的所见所感，即让我们尽可能直接地、强烈地感受人物的经历。那么，作者怎样才能更好地做到这一点呢？

其中的某些答案目前已经非常明显。作者的写作风格有必要经历从客观到主观的连续过程。换言之，从最散漫的散文体开始（在这一文体下要尽可能地以科学的方式解释所有东西），直到诗歌体（在这一文体下不需要解释任何东西，所有的东西都是被诱发的，或者用亨利·詹姆斯的话说，所有的东西都是“呈现的”）。散文体的风格是进展缓慢、耗费时间、范围广而深度浅。这样的文体倾向于抽象和精确，但没有感染力。如果我们比较两篇描写，其中一篇风格是散漫的，另一篇是诗歌体，我们马上就会看到其中的区别。例如，我们可以用散文体这样写：“门口的那个人很高大，明显有些拘谨，他的身材过于高了，所以他需要低下头来，收回臂膀。”但诗歌体可以实现更加鲜明的效果：“他将门口塞满了，像一匹马一样奇怪。”无须说明，这两种风格都有用处。一种风格缓慢地构造一个完整的世界，就像托尔斯泰在《安娜·卡列尼娜》中所做的那样，其中很少有隐喻或者明喻出现；另一种风格通过强烈的闪光照亮想象的世界。在当代小说中，散文体在某种程度上已经过时，或者不如说，完全是为了实现讽刺和幽默的目的，因为这样缓慢的推进很容易令人觉得做作或是厌烦。不过，文学潮流从来就不需要被过分在意。人类的不同态度产生不同的风格。从荷马时代开始，可能存在的人类态度的总范畴或许从来就没发生过太大的改变。

无论一位作者的风格处于从客观到主观的连续过程中的哪个阶段，传统小说的核心一定是小说的文字在读者心中营造的虚构梦境的鲜活性和连续性。作者笔下的人物一定要绝对清晰地出现在读者面前，这样的清晰度一定要有连续性，这样，无论他做什么事情，都不会让我们觉得就这个人物而言是不可能的，哪怕人物的行为对作者本人来说都是一个意外——这种情况的确时有发生。我们对人物的理解——首先是作者对人物的理解——一定要比小说中已经让我们知晓的还要多，否则，当人物发生自发行为的时候，无论作者还是读者，都不能对人物的行为确信无疑。因此，特罗洛普惊讶地发现并告诉我们，原来是尤斯塔斯夫人“偷”了自己的珠宝，虽然她的行为并不在他最初的计划中，但是他对于人物深刻的、出于直觉的认识随着小说创作在不断发展，于是在他刚发现一点苗头的时候，这种认识当即让他明白这就是她这样的人不可避免的、一定会采取的行动。这是如何发生的呢？一个作者——还有其作品的读者——是如何对一个人物产生文本中尚不存在却如此确定的认识的呢？

让我们从一个至关重要的观察开始说明。其实，小说中的人物除了作为想象造物之外并不存在。尤斯塔斯夫人的确可能是在特罗洛普的莫德姑妈的基础上被塑造出来的，但是，除了在一部传记作品的写作中（严格地说，即使是传记也并不可能），一个作家无法从生活中直接获取人物。作者对人物的背景和经验做出哪怕最微小的改变，也会产生复杂的反响。如果我的父亲很富有，或者拥有大象，我就不会是现在的我。特罗洛普的莫德姑妈一旦嫁给了尤斯塔斯先生，她就再也不是完全意义上的莫德姑妈了。微小的细节改变人物的生命，而且改变的方式十分复杂，难以把握（尽管我们可以实现某种程度上的把握）。因此，情节不仅改变人物，还能创造人物：通过我们的行动，我们发现我们真正的信仰，与此同时，将我们展示给他人。场景对人物和情节都有影响：一个人无法在约旦炎热的天气里做他在暴风雨中所做的事情。（某人的骆驼滑了一跤，或者因为想家而拒绝挪步，因此，总统被枪杀，暗杀犯没有被逮到，世界又一次陷入了战争。）就像在宇宙之中，无论多么微不足道，每一个原子对其他原子都会产生影响，因此，无论你从哪一个点触动时间或空间的结构，你都触动了这一结构的整个长度和宽度。在小说中，每一个因素都对其他因素有着相应的影响，因此，把一个人物的名字从“简”改成“辛西娅”都会让虚构的大地在她的脚下震动。

为了让我们真切地看到并感受到人物的所见所感，即将我们引入人物的世界，好像我们就出生在这个世界之中，作者所要做的不仅仅是简单地编造人物，之后再以某些方法加以解释并使他们变得真实（如赋予他们适当的摩托车和胡须、合适的记忆和口头禅），他一定要同时塑造（在一个发散的、具有创造性的时刻）他的人物、情节和场景，每一个因素都与其他因素复杂地联系在一起。他一定要以一种简明的、连贯的姿态创造出整个世界，就像一个陶工制作陶罐一样。或者，就像柯勒律治说的那样，他一定要以有限的思维复制无限的“我是”的过程。

现在，我们或许可以从一个新的角度看待审美趣味问题。首先，我们可以给那些自称“创新小说家”，并且对传统人物和情节缺乏期待、没有耐心的作家一个暂时性的答案。这些作家有时会说，人物是传统小说的一种负担，应当放弃。他们认为，长篇小说——他们也许还会对中短篇小说持有同样的观点——曾服务于如今我们认为就其本质而言并不必要的目的。例如，在一个旅行还非常艰苦、照片和电影还没有被发明、社会学研究根本没有出现的年代里，正是小说家们让我们知道威尼斯或者新奥尔良的生活是什么模样。他们描绘其中的建筑、气候以及植被，让我们了解这一地区的历史和社会情况，一言以蔽之，让我们感觉我们好像就在那里一样。而现在，我们可以到那里去，或者买到相关图书和明信片。与之相似，小说家让我们了解人物，将人们的观点和行动与他们生长于其间的习俗和气候或者某些神秘事物联系起来，尽管现在心理学和神经学已经揭开了这些神秘事物的谜团。根据古老的、有一点过时的理论，他们解释道，小说是发现或者反映这个世界运行方式的一种手段。例如，我们读到一个芝加哥的女性将自己的父亲从六层公寓的窗户推了出去。“这样可怕的事情怎么可能发生?”我们惊呼。而小说家的任务就是一步一步地告诉我们究竟发生了什么。当爱伦·坡写出《阿芒提拉多的酒桶》（*The Cask of Amontillado*）这部没有开端和正文而仅有结局的作品时，上述小说理论便被推翻，因为这部小说的成功是对亚里士多德理论的完全颠覆。亚里士多德认为小说的中心是“实现”，即“存在于性格或者环境之中的可能得以实现”。爱伦·坡给卡夫卡（Kafka）带来了自由，于是卡夫卡可以这样写：“一天，格里高尔·萨姆沙一觉醒来，发现自己已经变成了巨大的甲虫。”谁知道其中的方法和原因？谁又在意？通过对小说素材的选取和安排，作者并没有向我们解释世界以及事物产生方式的真相，他仅仅给出了关于他自己的意象——“艺术家的肖像”，这也许不过是供我们研究和娱乐的一个有趣的事物而已。

这一观点现在非常普遍，并且非常重要。它鼓励作家以新的方式进行思考，扩展小说经验的范围。如果路易斯·蓝恩和超人可以进入亨利·詹姆斯的一个场景，他们会产生怎样的想法？他们又会产生怎样的影响？答案并不重要——并没有对错之分——仅仅是有趣而已。如果加州沉入大海，布鲁克林的生活会发生怎样的变化？再者，如果情节不再重要（既然其合理性和核心关注点在于揭示性格和环境之中的可能性），小说为什么还要给我们预期？即为什么我们在阅读过程中感到我们“正在去往某个地方”？如果“艺术家的肖像”是真正重要的，那么，一位仅仅是与我们交谈、做游戏甚至戏弄我们的艺术家为什么没能创造一种我们可以始终追随的行为，而是创造了一个关于“永恒”的小而高雅的模仿物？我们追随这些线索的时间越久，其中的审美就变得越发有趣。如果作家的自我展示就是他的风格——不仅仅是选择词、词组、句子节奏以及构建篇章（或者毁掉词组、句子和段落的整个构思）的方式，还有他从现实或者梦幻之中选择细节（人物和背景元素）的风格——那么假设作家给出的不是自己的素材，而是他人的素材，在审美趣味上究竟会发生什么呢？因此，博尔赫斯（Borges）给我们树立了一个成功的现代作家的形象，其伟大作品的每一个字都是塞万提斯（Cervantes）的《堂吉诃德》（*Don Quixote*）。唐纳德·巴塞尔姆在短篇小说《巴拉圭》（*Paraguay*）中借鉴（并注释）了一段风景描写，该描写与巴拉圭并无关系，却与西藏有关。

这些显然是对元小说更有兴趣的人针对传统小说提出的反对意见。这些意见无一能够站得住脚，看一看传统小说的辩护，有助于我们清晰地看到其趣味和“真实”所在。我们一旦了解了小说的本质，就可以更好地欣赏元小说的独特趣味。我们将会在下一章讨论这一话题。

对于“创新小说家”的总体论调，传统主义者的回答大致是这样的：刚刚讨论的这种创新小说并非一无是处，只是并不严肃而已。无论它们有何种趣味或者价值，都是在与“传统的”或者“常规的”小说的对比中实现的。只要传统小说依然合乎需要并具有价值，创新小说就不过是文学的特技。它们有一种趣味，就像智力玩具一样，但是它们仅仅会吸引我们一段时间。虽然严肃的传统小说同样也是游戏，但是，这些游戏可以将我们深深地带入事实上并不存在的人物所遭遇的困境，它们与生活有关，而不仅仅是艺术。当我们深切地同情、为小耐儿* 或者奥菲莉亚而哭泣的时候，我们所发挥的是那些我们知道在真实生活中非常重要的能力。如果小说中的虚构素材整合在一起而创造出了艺术家的某种肖像，那么这肖像的重要性并不在于它让我们知道了艺术家的长相，而在于它为我们提供了看穿艺术家和看到比艺术家本身更重要的东西的一个焦点、一个光圈或一种媒介（就像降神会一样）。在艺术家重新创造的世界中，我们学会了看清真实的世界。诚然，没有两个艺术家会向我们展示完全一样的世界，就像没有

---

* 英国著名作家查尔斯·狄更斯（Charles Dickens）作品《老古玩店》（*The Old Curiosity Shop*）中的女主角。——译者注

两扇窗户会展示同样的风景一样；诚然，艺术家也是人，因此有他们的局限，有些敬业的、严肃的艺术家就像被尘土弄脏的窗户，有些就像裂开的、扭曲的窗格，还有一些就像彩色玻璃。但是，他们所创造的世界真的就在那里（或者就在这里——只要人的本性是一样的，就没有什么差别）。我们在阅读伟大的文学作品时所体会到的一个重要乐趣就是感到自己正在“发现某些东西”。而在我们阅读的书中，生活的画面若是微不足道，我们就会感到厌倦，厌倦的部分原因就在于我们并没有觉得正在“发现某些东西”。

亚里士多德关于“实现”的思想并没有被爱伦·坡的《阿芒提拉多的酒桶》或者卡夫卡的《变形记》（*The Metamorphosis*）所否定，虽然这些作品可以让我们以一种全新的方式来思考亚里士多德的这一理论。这种方式，亚里士多德当然从来没有考虑过，因为他依照古希腊悲剧作家的写作方式进行思考，但也许他无须付出多大的努力，就能适应这种新的方式。爱伦·坡和卡夫卡不是以在写作过程中实现潜在可能性的外在情境作为起点的。他们作为起点的情境，无论在文字意义上还是在表达意义上都是内在的。索福克勒斯（Sophocles）在《俄狄浦斯王》（*Oedipus Rex*）中的起始情境是底比斯的一场瘟疫以及国王的阴暗历史，当时即使国王本人也不清楚这段阴暗的历史；爱伦·坡的起始情境则几乎完全是一种心理状态，是中心人物对于复仇的渴望（读者无法判断这样的渴望是否合理）；卡夫卡的起始情境是一种在表现意义上不断演变的心理状态。现实主义者可能会这样开篇：“一天，格里高尔·萨姆沙一觉醒来，意识到自己像一只巨大的甲虫。”表现主义者通过将隐喻转变为现实来强调并深化现实。经典作家在外在世界和内在世界之间进行了清晰的区分——分别是“情境”和“人物”，这两位现代作家认为外在现实和内在现实彼此渗透：世界是我们所感知的那个样子，所以人物必须要应对的部分情境就是性格。但无论何种方式，故事的展开都是对起始可能性的实现。

从传统的观点来看，有两个核心思想。第一，即柯勒律治的观点：真正的文学艺术是有限的思维对无限的“我是”过程的重复。这一观点是说，作家创作的过程就像上帝打开了他的手掌一样，他一次性创造了万事万物，他的人物、行动、世界……其中任何一个因素都依赖于其他因素。第二，即与之伴随的观点：优秀小说使我们产生兴趣的一个重要方面在于，随着我们的阅读，我们可以感到作家对现实过程的模仿［就像斯蒂芬·迪达勒斯（Stephen Dedalus）说的那样，是“可见之物的不可避免的形态”］是准确的，即我们感到，虽然作品中含有虚构因素，但从某种深刻的角度看，它“对于生活是真实的”。那么，问题非常明显：作家怎么可能一下子做这么多的事情呢？

答案是：他可以做到，也可以做不到。他只能在有意识的情况下想到几件事情，而他写作的过程最终将他引向他的目的。如果你仔细考虑一下这句话，这样的表述最初看上去的确有点奇怪——“他写作的过程最终将他引向他的目的”，就好像这过程本身有某种魔力、有某些属于其自身的魔鬼一般的意志那样。其实，有些作家——荷马也是其中之一——曾经持有这样的观点，他们不容置疑地谈论缪斯，就好像缪斯在某种意义上是一种真实的存在；他们谈论“史诗”和“记忆”（与我们对两者的理解并不完全一样），就好像这些都是比诗人更加强大的力量，可以与诗人相互分离。我们甚至可以听到现代作家也认为其作品超出他们的控制，就好像有某个幽灵在影响他们，因为当后来重新阅读自己的作品的时候，他们无法确定作品是否源自他们自己。我想，每一位优秀的作家都有过这样的经历。这就足以证明，使小说实现超乎寻常的巧妙设计的，是一种思维方式。

构思小说的过程是作家进行思考的一种途径，是一种特别的象征化过程，作家由此完成自己全部的思考。虽然这不过是一种类比，而且在某些情况下也会造成误导，但我们可以说，小说元素对于作家而言就像数字对于数学家一样，最大的区别在于，我们在处理小说元素时更加依赖直觉，而即使在最为精妙的数学中也不会这样处理数字。就像托马斯·霍布斯（Thomas Hobbes）说的那样："我们不能对事物进行思考，但是我们可以对事物的名称进行思考。"换言之，我们需要借助抽象方法才能构造一个复杂的论点。如果我们想有意义地思考野生动物保护问题，就一定要对我们脚下奄奄一息的白犀牛进行抽象处理，将它抽象为普遍的奄奄一息的白犀牛，我们一定要看到奄奄一息的白犀牛同奄奄一息的老虎之间的联系（这是另一种抽象），如此等等。最终，我们实现了对于"奄奄一息的野生动物"的抽象。无论是有意识地还是无意识地，作家都在以同样的方式对小说元素进行抽象处理。

所谓的小说元素是指所有分离的因子，这些因子组成了一篇小说，一个因子可以从一部小说中完好地移除并安置到另一部小说中。例如：行为因子，如绑架、对可遇而不可求的意中人的追求、谋杀、失去身份等"事件构想"；用以塑造人物的因子，如肥胖以及肥胖所暗示的所有因素，或者吝啬，或者嗜睡；构成场景以及气氛的因子。每一个因子在孤立时只具有相对狭窄的意义，但如果彼此关联，因子的意义就会更加丰富，可以形成某种抽象的、诗化思维的更高等意义。所有的艺术都由这样的基本因子组成，我们可以在一幅接一幅的绘画中、一首接一首的交响曲中发现它们，它们在其中以无限的方式进行安排和构建（就像复杂的分子由原子构建而成一样）。我们可以拿绘画举一个例子，并列的山（一个因子）和树（另一个因子）具有一种普遍的但可以发生变化的功能：庞大的山脉在天空下显现出轮廓，同前景中一棵孤立的树构成对比，山脉暗含着遥远、亘古不变而神圣的意义，树则让人感觉更易亲近、不断变化而具有人格色彩。我们可以在提香（Titian）、普桑（Poussin）以及其他大师的古典形式中发现并列因子的表现；在塞尚（Cézanne）的一些晚期作品中，例如 1902—1906 年的《圣维克多山》（*Mont-Sainte-Victoire*）组画，我们发现传统的并列产生了巧妙的变化——树神秘地对山脉进行控制，其处理手段也非常特别（旋转的笔法、模糊的轮廓），树看起来同山脉一样神秘，通过色彩和笔法所营造出的树和山脉的关系如此密切，以至于达到了邻近与遥远、人类的情感与理想相融合的效果。

虽然没人可以说出存在的小说因子的数量是多少，但是这些因子的数量是有限的，就像英语中单词的数量是有限的一样。正如我们从关于树和山脉的绘画中所见到的，或者就像英语中的单词那样，小说因子可以在一个地方具有一种含义，在另一个地方又具有另一种含义。它们可以滑脱、掉落，时而又重合。但是，它们具有意义，或者不如说，有意义域。优秀的作家非常熟练、轻松地应用这些，有时甚至是无意识地，就像水管工和盖屋顶的人那样自然地说话。不太可能再有新的因子被发现出来，这就是我们说“文学资源已经耗尽”时所要表达或应该表达的意思。作家所发现的是新的组合，对新组合的探寻则由小说过程控制，并同小说过程融为一体。

也许，小说过程自然而然的第一步是作家对叙事本质的有意识或者直觉性的认识，即他接受讲述故事（而不是创作一部哲学书或者画一幅画）的决定给他带来的束缚。根据定义——也是出于审美必要——一篇故事应包含一个事件流，这一需求可以由一组因果相关的事件来很好地满足，而事件流可以以两种方式中的一种结束：或是以解决结束，在这种情况下没有进一步的事件发生（谋杀犯已经被抓获并且被送上绞刑架，钻石被找回并物归原主，逃跑的小姐已经被抓回去并且成了婚）；或是以逻辑穷尽结束，在这种情况下，我们意识到我们已经到达无限重复的阶段，更多的事件可以发生，也许从现在直到来世，但是这些全都在表达同样的事情，例如，人物陷入空洞的仪式或固化的套路之中，或者针对环境的压力不断给出错误的回应。以解决结束当然是经典的、通常也是更加令人满意的结局；以逻辑穷尽结束虽然可以让我们在智力上得到满足，但是在情感上却一直不能满足我们，因为相比永远不能成功或者失败，我们更愿意看到最终的成功或者失败。成功和失败让我们寻找的东西变得重要，我们会感到我们找到了价值。以逻辑穷尽结束通常表明人物所谓的自由意志发挥不过是幻觉而已。

我们在此可以表示反对，没有法则要求艺术一定要“令人愉快”。一个故事引起我们的期待，之后展现出既不能被满足又不能被否定的根源，这样的故事同样可以给我们启发；阅读的每一个时刻可以同样有趣，就像其他种类的故事一样，尽管结局会让我们感到厌烦。从传统的观点看，问题在于：第一，作品表现人物自由意志的发挥是个幻象，这会引起我们的怀疑（无论是否合理），我们会怀疑作家的诚实和艺术责任感。事实极有可能是，作家和我们一样对于小说逻辑的必然结局感到惊讶和遗憾。然而，我们不禁想知道他一开始在他的人物和事件上感受到了多少真正的乐趣（结局表明，他并没有对这些表示在意，而仅仅是利用了这些，就像一位牧师利用某些古老的故事以及无足轻重的人或事来说明某些道理一样）。他唤起了我们对于人物和事件的关心——我们的预感，无论对错——他让我们做好准备，却并没有平等地对待我们，而仅仅把我们当作愚蠢的驴子，需要别人的吆喝和鞭打才可以获得智慧。第二，我们怀疑作者有些呆板。我之前已经说过，人是会死的，所以我们会在意我们了解并极有可能失去的东西，我们对于不能直接影响我们或我们喜爱的人的安全的事物漠不关心。虽然我们阅读小说的首要目的并不在于发现生活的法则，也不在于发现任何直接有用的东西，但我们的确全心全意地投入作家努力创作的小说事件当中。阅读一部没有结局的小说——没有成功，没有失败，生活就像一台跑步机——就像我们认认真真地根据报时员的计时器起跑，到头来却发现他竟然忘了按下计时器。这种小说通常可以产生的唯一情感就是疲惫与绝望，这些情感虽然合理，甚至可以通过宇宙的本质而得到最终的解释，但是同我们从其他小说中所获得的情感相比，它们对我们的生活用处不大。即使是亚里士多德，也并没有说小说就应该具有宣泄功能，他的意思不过是说这样的小说更加令人满意罢了，其中涉及的东西不只是简单的愉悦或者扫兴。至少，同确定的结局相比较（亚里士多德如果遇到同样的问题也会这么说），逻辑穷尽的结局的确让人反感。

我们已经说过，根据定义和审美需要，一个故事应包含一个事件流，传统类型的事件流不过是具有因果联系的一系列事件（其他类型的事件流也可能如此）。这就是所有传统叙事的根本趣味所在。读者的精神和情感都投入故事当中——也就是完全着迷——他被连续的、看起来不可避免的环节所引导，任何环节都不容有误，任何必要环节都不容丢失，故事从一个不稳定的起始情境进入相对稳定的结局。告诉读者当感到厌倦的时候就该放弃，或者告诉作者应该尽量不让读者感到厌倦，这样的道理是如此明显，以至于再加以强调会显得非常荒谬。然而，目前有些小说理论和某些流行作家的行为却让这样的重申变得有意义。

那么，所有优秀艺术的基本特征——所有有审美趣味的、持久的人造作品——都是目的和手段的统一或者形式与功能的统一。只要形式还在被讨论，叙事的**必要条件**就是叙事需要时间。我们不可能在一瞬间完成一部小说的阅读，因此，如果小说需要前后统一，需要作为一种统一的而不仅仅是偶然的时间性的经验发生作用，叙事就一定要有某些发展的事件流。事件过程对于小说而言，就像论证的逻辑过程对于非虚构类文本一样。即使第一页只是一页描写，也同样可以引发问题、怀疑和期待，读者会期待后面的内容，他们期待事件的发展以及发展的方式。正是这样的期待，才吸引读者从一段看到另一段、从一章看到另一章。至少在传统小说中，当读者不再关心故事下一刻会如何发展时，作者就已经失败了，因为读者停止了阅读。小说篇幅越短，情节流的需求就越小。一篇仅仅有三四页的小说同样可以使我们产生兴趣，虽然在这样的小说中几乎没有任何发展。当然，并不是所有的小说都需要以同样的速度发展，百米选手和马拉松选手的起跑方式并不一样。如果一部一千页的小说的开篇要同一部短篇小说的开篇实现同样的效果，那么，长篇小说的开篇极有可能是错的。（当然，这并不是一条固定的法则，一部长篇小说可以急促地开篇，然后逐渐进入漫长的情节发展，但是作者在开篇处的时间把握是读者期待的信号。）在任何情况下，如果没有设置情节流，没有满足对情节流的需求，任何有一定篇幅的叙事都注定是失败的。那么，无论同整形医生的杰作、哲学家的经典作品或者原子物理学家的伟大理论相比是多么幼稚和浅显，情节都是作者首要的也是最为核心的关注点。如果没有想清楚人物应该是什么样的，或者行动应该发生在什么地方，作者就无法想象自己的事件顺序；如果没有想到因子的含义，他在实践中就无法设计任何情节。我们说情节一定是作者的首要问题，并不意味着情节一定是他在构思的时候第一个想到的问题。作者关于故事的第一个想法——被亨利·詹姆斯叫作“萌芽”的东西——也许并不是一个事件，而是一个有趣的人物、场景或者主题。但是，无论思想的起源是什么样的，作者只有在想象出一个可以进行有效、恰当表达的情节之后，才能构思好他的故事。虽然人物是伟大小说的情感核心，虽然没有超越自身简单存在意义的行动不能拥有持续的吸引力，但情节依然是每一位优秀小说家构思的焦点。

作者用以下三种方式中的一种设计情节：借鉴某些传统情节或者从真实生活中借鉴行动（这是古希腊悲剧诗人、莎士比亚、陀思妥耶夫斯基等许多古代和现代作家的方法）；沿故事高潮的反方向进行设计；从一个起始情境向前推进情节。因为一个人在通常情况下并非一下子就可以设计出情节，而是需要对此进行思考，在心中尝试可能的情况，做笔记，在阅读或者洗熨的时候暗自设计和发展自己的想法，连续几天、几个月甚至几年都在设计和重新设计，所以，事实上他在实践中可能既做了正向设计，也做了反向设计，甚至同时按照以上三种方式进行设计。在生活中发生的任何事情——在阅读时读到的新鲜事（蝮蛇为什么能拥有夜视能力）、一次短暂的谈话、报纸上看到的某些内容、同房东的一场争吵——对于情节构思而言都是可能的素材，它们也以同样的方式对人物、场景和主题产生影响。在后面的“情节设计”一章中，我们将仔细考察作者如何通过这三种方式中的一种——以及通过其他不太可能造就艺术作品的方式——来构造小说。眼下，我们先对其中一种情节设计方法进行更多的观察以及抽象分析。

如果一位作者以一个传统故事，或者以来自生活的某些活动作为创作起点，那么他已经完成了某个作品的部分内容。他知道究竟发生了什么事情，而且也知道事情为什么会发生。剩下的工作就是找到他想要讲述故事的哪个部分（如果不是全部的话），讲故事最有效的方法，以及故事使他产生兴趣的根源。

假设吸引他注意的是特洛伊的海伦的故事。这个故事非常庞大而复杂，以多种形式流传至今，其中的一些形式彼此矛盾，但并不完全排斥。有些版本带有浓厚的神话色彩，比如海伦的母亲勒达被化作天鹅的宙斯强暴，或者是帕里斯站在三位女神面前，尝试在她们之间做出选择。有些版本非常适合进行现代现实主义的处理。作者也许会发现该故事的任何主要事件都会让他产生兴趣。特洛伊是一个富裕的大都会，在其遗址，考古学家甚至发现了玉石，这证明特洛伊的商人最远还同中国有过贸易往来。与此相对的是，海伦跟着她的特洛伊情人帕里斯离弃自己丈夫之时，他们所离开的亚该亚人（古时代的希腊人，下同）则干着牧牛、放羊、打劫的营生——从特洛伊人的角度看，他们是粗暴的野蛮人。当时，海伦的人民丢弃掉所有的东西，从四面八方把亲属召集在一起，离开他们简陋的小屋和粗糙的石砌的小镇，带着一千条船追她而来，对此海伦一定会感到非常吃惊，更不用提帕里斯和他的父亲会有什么感受了。她对这消息感到惊讶，这一时刻可以成为一个故事。还有，亚该亚人使出了他们著名的诡计，这就是寻求和平的特洛伊木马，特洛伊人将它拖进了城墙，却根本不知道里面装满了亚该亚人的战士。据说海伦在深夜出来，以他们妻子的口吻呼唤这些战士，希望能通过这样的方式让他们暴露自己，但是，她并没有对特洛伊人讲述自己的怀疑。同样，这个事件也非常奇怪，也可以成为一个优秀故事的题材。

作者可以选择在一个单一作品中处理以上两个事件，也许还可以处理其他事件，但是，只要每一个事件都可以形成一个叙事高潮，他所想到的两个或者更多的事件就要作为独立的叙述单元或者片段。至于每一个片段的高潮事件，他都可以借鉴传说，或者根据需要编造出自己的故事，以使得高潮事件有意义并令人信服。例如，如果我们要完全理解海伦对于她的族人的到来的惊讶（只考虑基本意义，不考虑其中更庞杂的哲学意义），如果我们要相信她的族人的确数量庞大，那么，作者就需要通过某种方式让我们清楚地知道：（1）这些奇怪的亚该亚人究竟是什么样的，竟然会以这样的方式做出反应？（2）特洛伊人是什么样的人？特别是帕里斯，他怎么可以犯下这样的错误？（3）海伦为什么没有预料到她的族人的反应？如果故事是生动的、令人信服的，作者就一定要找到一种方法让我们直观地知道所有这些，要通过有行动表现的场景，而不是通过作者的阐述或者人物角色的长篇大论。如果故事要有效、简明（其中的意义就像数学证明是简明的一样），作者就一定要根据需求引入最少的背景事件或者主要人物，一定要在尽量少的场景中引入这些素材，每一个场景与环境在节奏上相适应，这样，故事才能正常推进。换言之，如果可以在一个简单的场景中明确地、形象地展示亚该亚人是什么模样，以及海伦没有预料到他们对于她同帕里斯逃跑所产生反应的根源，一位写作风格简洁高效的作者就不会运用两三个场景。我们这里所说的**场景**是指从一个事件到另一个事件的在时间上连贯的行动（早餐桌边的场景、两小时后乘坐马车外出时的场景、神殿之中海伦同祭司在一起的场景，等等）。行动"连贯"的意义不包含一次重大的时间跳跃或者从一个场景到另一个场景的跳跃：虽然人物可以从一个地点走进或者骑马进入另一个地点，但不对场景产生破坏效果，即镜头没有因为他们而发生移动。场景中的行动"没有中断"，其中的含义是行动之中不存在倒叙，作者也不会因为需要解释背景而介入。换言之，如果一个人物的思想从当前环境过渡到某个早先经历的环境，而在倒叙的持续过程中，这一早先经历的环境得到了鲜明的再现，那么行动就没有中断。高效的、风格简明的作者会让场景尽量不杂乱、不拥挤，以尽可能顺利地实现从一个场景到另一个场景的转换。

除了把握场景的节奏——拍子或者速度——作者在构建场景的过程中还会留意“重点”和“功用”在每一个要素中的关系。所谓的“重点”是花费在一个特定细节上的时间量，所谓的“功用”是该细节在场景和故事中所产生的效果。我们可以举例说明：海伦在窗帘后面寻找一枚丢失的胸针，正因为她在那里，所以她恰巧听到了一段对话。由于海伦走到窗帘后面这一行动的“功用”相对较小，也没有什么深意，一位优秀的作家会让她尽量快速地走到窗帘后面（就将丢失的胸针设计在那里，这样她的行动看起来不可避免也非常自然）。而如果在窗帘的样式描写方面花费过多的时间，或者在海伦走到窗帘后面的姿态描写上花费过多的时间，这一时刻的“重点”就会与“功用”不协调，成为叙事中的一个败笔，或者会对读者产生误导，因为作者对于海伦的唏嘘会让读者期待某些更加强烈的效果。

作者在构建导向高潮（海伦的震惊）的事件顺序时需要记住所有这些考量因素，无论是有意识地记住还是凭借直觉记住。如果他想让他的故事构思成功，就一定要正确分析对高潮而言有必要的因素。如果他告诉了我们亚该亚人什么模样、特洛伊人什么模样，却没有意识到他还需要告诉我们海伦为什么没有猜到她的族人将如何反应，那么，高潮同样缺乏必然性，也就同样缺乏魅力。如果故事构思要发挥功效，作者对于引发高潮的问题的解决办法就一定要可信并恰当。如果海伦将胸针丢向她的丈夫莫内劳斯，部分是因为莫内劳斯是一个酒鬼和懒汉，部分是因为她爱上了他们的客人帕里斯还有他那绚丽的城市生活，她以这种方式丢掉她的胸针，那么，窗帘的场景就可以得到令人信服的解释。但是，读者还是有可能怀疑：莫内劳斯即使有兄弟阿伽门农的帮助，是否就能组织起那么庞大的、坚定的队伍去将海伦追回？因此，在考虑情节的时候，作者同样要考虑人物及其效果。

与此同时，作者一定要考虑故事让他产生兴趣的根源。无论他选取的是一个传统情节、一项来自生活的活动还是他编造的什么东西，没有一位作者能仅仅通过纯粹的灵光闪现或者随机因素的机械组合而选取故事。对一位优秀的作者而言，编造一个可能的故事是最为简单的事情。如果我们催促他，他可以一个小时接着一个小时地将故事编出来，每一个故事在理论上都是合理的——一系列事件导向某个高潮，或者在一个更长的叙事中导向一系列片段式的高潮。（海伦的惊讶与无助可以自然地导向又一个高潮，那就是她在特洛伊木马下的行为。）但是，作者在一个小时之内所想出的三十个情节，只有一个——如果真有的话——会让他产生兴趣并将他吸引，让他有写作的愿望。也许有作者会说，这多么奇怪，在所有我们讲的关于海伦的故事中，这个作者竟然选取了一个无关紧要的、心理上的高潮，即海伦的惊讶。作者的兴趣是指高潮事件触动了他的心弦，这一事件看起来值得探索。正是通过首先设计小说、之后写作小说这整个过程——衡量人物和情景的细节、发现符合感受的风格、发现情节不可预知的需求——作者才找到并表达出了故事的意义，而他一开始凭借的是直觉。他知道，他的首要任务是使（我之前所说的）故事的**首要**意义——海伦的惊讶——变得真实。惊讶是一种感受——给读者留下的确凿的感受——也是一个有深意的发现。但是，就像所有确凿的感受一样，海伦的惊讶暗示着某些更大的、**继发的**意义，不仅仅是一个人的感受，而是普遍的人类的感受，是对于一种价值观的肯定或者认可。我们所谓的艺术作品的“意义”，正是从这一更大的、继发的“意义”上来说的。

我们应该在此停留并说明一下，一个故事更大的“意义”可能是、也可能不是源于我们对一个确凿感受的抽象处理或思考。但是，更大的“意义”的确永远源于感受，至少在我可以想象到的每一种情况下都是这样。在经典作品中，就像在我们正在编造的关于海伦的故事中，这种意义源于讽刺的解决，即在人物知道我们所知道的事情并且已经知道了一段时间的情况下才产生，比如《李尔王》、《爱玛》(*Emma*)、《米德尔马契》(*Middlemarch*)。在我们有关海伦的故事中，如果作者的工作做得理想，我们就会知道亚该亚人什么模样、特洛伊人什么模样；为什么亚该亚人的群落初看起来粗鄙而野蛮，却对血缘责任有一种强烈的使命感，对财产和正义有一种责任感，甚至让他们愿意将此推及被邀请的客人（即帕里斯，他来到莫内劳斯家，初次遇见海伦）；为什么特洛伊人的族群尽管在文化和教养上都很出众，通过阅历的积累也造就了巨大的民族优越感，但在道德上却是宽松的，而且很可能希望他人的道德也是这样宽松的（因此，帕里斯并没有预料到亚该亚人的反应）。然而，虽然**我们**知道所有这些，海伦却直到看到了亚该亚人的船才知道这些——因为她被某些事情分散了注意力——这一点我们还会回过头来说。在其他类型的故事中，继发的或者更大的意义可能是通过其他方式来传达的。例如，有可能是我们关于整个故事发展的感受，而不是人物的最终情感，使我们归纳出一种价值判断（继发的意义）。在自然主义模式中——比如西奥多·德莱塞（Theodore Dreiser）的小说——人物会为了某些东西而进行激烈的斗争，但最终会被强大的力量击倒，以痛苦和绝望告终，却未能完全意识到自己身上究竟发生了什么。我们并不会将“绝望”抽象为普遍价值，而是将“斗争”抽象为普遍价值。然而，无论如何实现，在所有伟大的小说中首要情感（读者阅读时的情感、人物的情感或者两者的某种结合）一定会或早或晚地从特定具体情感中脱离，转变为对某些人类生命中普遍美好事物——为个体或者社会带来幸福的事物——的表达，换言之，即某些对于价值观的陈述。在优秀的小说中，这一普遍陈述有可能非常精巧、同各种限定条件联系在一起，只能以讲故事的方式，而不能以其他方式进行表达，即不能转化为任何行为规则或者一般论断。我们非常准确地**理解**这个价值，但即使是最机敏的文学批评家，也很难用语言说明并告诉我们故事的“意义”。正是在此意义上，小说“哲学”才成为“具体的哲学”，小说的意义（我叫作继发意义的东西）就像用来建构它的那些元素一样是具体的或者是建立在现实基础之上的。因此，亚里士多德告诉我们，一个戏剧行动就像生活一样，可以暗示形而上的事物，所以，就像哲学家从现实中抽象出形而上的理论，文学批评家或者敏感的读者则从小说事件中抽象出形而上的意义。但是，小说的意义仅仅凭借其自身并不能变成形而上的意义，就像一头牛在田野里并不能进化为一个柏拉图的理念一样。

也许，用一个类比有助于说明这一点。在基督教中，信徒被告知，所有正式的信条包括情境道德准则都由“基督本人”来取代。“我即是道。”基督说。根据标准的解释，其中的含义是，如果一个信徒愿意将心和灵奉献给基督，让基督的人格像一股灵异的力量“进入”自身，那么他在任何情况下都可以正确地行动，因为他其实已经不是动作的发出者，基督才是动作的发出者，而基督是不会犯错的。信徒的行动并不源于任何有关对错的理论，而是源于一个客观的观察者（一个持支持态度的非信徒）会称之为内化的隐喻——基督的生命和人格。信徒对基督生活的事迹进行了虔诚的研究，他们由此获得了一套行为规范。这一套行为规范非常微妙复杂，甚至无法用语言来表述，却非常可靠。

在最为理想的情况下，小说以同样的方式提供了可靠而无以言传的规范。我们将善的隐喻内化，并默默地学会更像勒文而非安娜（《安娜·卡列尼娜》中的人物）那样去行事，更像改变后的爱玛［简·奥斯汀（Jane Austen）小说中的人物］而不像我们在作品中第一次遇到的爱玛那样行事。这样微妙的、在多数情况下难以言表但值得相信的知识就是伟大小说所探寻的“真实”。

我们已经说过，在我们正在编造的小说中，海伦对亚该亚人的到来感到惊讶，她的惊讶很有深意。对于读者以及海伦，这惊讶会引发对某种价值的肯定和确认。我们没有完全回答的问题是：作者对情节的布局如何引导他从海伦的角度以及他自己的角度来发现他所要表达的意义。在分析了为使他的高潮情节（海伦的惊讶及其隐含的意义）有意义并令人信服而要进行戏剧化表达后，作者引入了小说的要素，每一个要素都有其含义。就像任何一个娴熟的说谎者，作者编造他所能想象的最令人信服的解释，以解释为什么本不会发生的事情却发生了。他可以尝试许多理论，以说明亚该亚人这样表现的根源，例如：

他们可能贪恋特洛伊的财富，并愿意以任何借口来追逐这些财富；他们可能被莫内劳斯的出众魅力感染而决定行动；或者，他们也有可能是因为海伦的美丽才这样做的（有点荒唐，但这是传统的解释）。这些可能的解释没有一个令人信服，因为它们所表现的现实（它们的“意义”）并没有让我们觉得是真实的。我们对于人性的经验让我们不会轻易相信，竟然有那么多的亚该亚人（或者其他族群中的成员）会以贪婪作为强大的动机，虽然有一些人的确可能是因此而加入的；我们不能相信某个人的魅力可以如此强大，可以感动那么多的首领，而这些首领中的每个人一定都有自己的关注点和烦心事。至于海伦，她究竟可以美丽到什么程度？我们会不由自主地认为，年轻女子之间的美貌程度恐怕并没有实质性的差异，包括那些以孩子的名义请求丈夫留下来的女人。而亚该亚人关于荣誉的信条——与诸如贪婪（传说中阿伽门农在意志不那么坚定的时刻所表现出的）、莫内劳斯的魅力以及海伦的美丽等动机结合在一起——则给出了令人信服的解释。依据同样的过程，作者想清楚了特洛伊人为什么会做他们所做的事情，而海伦为什么没有猜出她本来可以猜出的事情。

因为在这个故事中海伦是中心人物，所以她的本性和动机对于谎言的可信性具有特别的意义。初看起来，有一种可能的选择是让她成为一个无辜的受害者。她生活在庇护中并娇生惯养，在女性中成长，还在少女时期就嫁给了强大的莫内劳斯，她对他吃苦耐劳而勇敢无畏的族人、他们彼此之间疯狂的忠诚以及清教徒式的信念并没有真正了解。虽然所有这些品质对于作者都有用，但是，如果他决定让她成为一个受害者，那么结果将是灾难性的。如果中心人物不能为了他或她自己的目标而斗争，而仅仅是一个受害者，任由自己被别人的意志控制，这样的小说不会有任何趣味。（小说初学者所犯的最常见的错误就是没有明白中心人物一定要有所行动，而不仅仅是其他行动的承受者。）我们在意事情的结果，是因为我们的人物在意——我们的关切源于共鸣——虽然我们了解的比人物了解的多，虽然我们可以预见人物无法看到的危险，但是我们理解人物的欲望，并在某种程度上对他们的欲望感同身受；我们认可人物所认可的事情以及人物认为有价值的东西，即使我们感觉到人物的理想并不现实、并不充分。因此，虽然我们一眼就可以看出亚哈船长是个疯子，但是我们认同他想要了解真相的强烈愿望，甚至会发现自己已被带入他疯狂的搜寻中，就像裴廓德号捕鲸船上的船员们一样。因此，虽然我们在骨子里知道拉斯柯尔尼科夫的理论是错误的，但我们认同他对于不公正所感到的愤慨，并成为他杀害狠心的、残忍的老当铺老板娘的从犯。另外，如果萨德侯爵（Marquis de Sade）笔下放荡的主要人物令我们感到无聊，其中的根源就在于我们发现他们的价值观和目标令人生厌、他们的世界观过于愚蠢，所以我们无法产生兴趣。

所以，海伦也一定要通过积极追求某些我们认为正确的目标来解决自己的问题。目标越崇高，故事就越有趣味。我们并不需要在此详细考虑其中可能的情况：作为宙斯的孩子，她对更有智慧、更有教养的伴侣的渴望，她对希腊人的种族优越感的厌恶，她追求的自尊和独立，等等。无论作者选择什么作为海伦的动机，他一定要想出海伦动机的隐含意义、与特洛伊人和亚该亚人不同的族群价值观之间的联系，以及这种动机的根源。只有在价值观得到认可的那一刻（高潮时刻）——她对独立的渴望如何被卷入相互冲突的族群价值观之间的争端中——我们才可以完全理解其动机的深意。但是，在这一刻之前，作者很早就应该向我们展示她的迫切的动机是什么，而不仅仅是告诉我们。而作者如果想向我们展示，就一定要通过行动，证据一定要在情节之中出现。作者一定要交代海伦的理想同特洛伊人和亚该亚人的现行信仰之间的关系，这也一定要在情节中出现。海伦的某些行为也许会在故事的开始激发莫内劳斯和帕里斯的反应。也许是海伦性格中的某些东西，也许是早期事件本质中的某些东西，会带给我们一些线索，以让我们了解海伦为什么会低估莫内劳斯和亚该亚人，为什么会高估同帕里斯和特洛伊人在一起的安全性。最后，如果海伦的动机完全令人信服，作者一定要告诉我们其中的根源，而这也意味着塑造情节。也许，她在孩提时代就记得某些事件，比如一个她爱着的老女仆，此人曾经是一位王后，后来则沦为奴仆，这一事件对于塑造海伦不屈而独立的性格具有至关重要的作用。诸如此类的事件可以证明故事中的每一个重要因素都是令人信服的，而作者一定要将这些事件编织成一个个流畅推进、看上去不可逆转的情节。

完成了所有这些，作者也并没有完成自己的任务。为了支撑起故事更大的要素，作者构思的每个论据都有自身的含义，都会对故事产生微妙的影响。他所创造的用以证明海伦性格的老女仆，如果要完成她所需要完成的任务——激励海伦——就一定要是一个鲜活有趣的人物，否则，我们将无法理解她的影响为何如此之大。一旦一个鲜活有趣的人物被引入故事，她就不能被简单丢弃乃至被遗忘。一旦人物消失（比如被绞死），我们会想念这个人物；或者，换言之，我们期待人物的回归，至少是在海伦的记忆中。作者会发现，仅仅一次又一次地提到老女仆的名字是不够的。虽然她在故事中的任务已经完成，但是她一定要再回到故事中来，至少短暂地回来。但是，问题是：她回到故事中又要做些什么呢？她不能简单地站在那里。由于在故事中让她回归并且为她赋予一些活动——无论这活动多么简短——是必不可少的，作者就不得不为人物想出更深层的意义（比如，思考一下奴隶的不屈个性同海伦的不屈个性之间有怎样的区别，可能会有帮助）。这就是小说的创作过程迫使作者说出比他以为自己所能说出的更多内容的根源，也就是进行探索。

在某个时刻，作者停止了构思，开始写作，为他构思的骨骼添上血肉。在此阶段，作者一方面控制着小说过程，另一方面又被小说过程控制。在写作过程中，他一次又一次地发现自己需要探索出一点新东西。他一定要逐步创造出令人信服的人物和情节，他一定要越来越清晰地为自己定义全部主题和思想究竟是什么，他一定要选择并在审美意义上证明他的体裁和风格。

人物的创造一部分是通过事实的集合——包括行动——一部分是通过象征性联想。前者并不需要说明。莫内劳斯比海伦的年纪大上许多，他是一个著名的战士、一位糟糕的演说家、一位严厉却又非常容易因为感动而流泪的首领。这些都是简单的事实。作者可以编造这些事实，也可以从神话故事中按需借鉴，赋予人物合适的习惯和行为，通过其他与莫内劳斯发生联系的人物的行为，展示出首领是什么样的人、他在别人眼中是怎样的。但在通常情况下，我们关于人物最深刻的感觉源于象征性联想。我们经常使用的理解小说人物的方式，就像我们在被称为“烟”的游戏中辨识人物的方式一样，这个游戏有时也被称为“本质”。

在这个游戏中，一个玩家想出某个当下或已故的著名人物，例如甘地（Gandhi）、夏尔·戴高乐（Charles de Gaulle）或者法兰克·辛纳屈（Frank Sinatra），之后再告诉其他玩家“我是一个已经去世的亚洲人”“我是一个已经去世的欧洲人”“我是一个还活着的美国人”或者其他什么内容。其他玩家按照次序尝试猜出这个人物的姓名，可以提出诸如“你是什么样的烟?”“你是什么样的天气?”“你是什么样的动物?”“你是人类骨骼中的哪一部分?”这类问题。回答问题的玩家不能回答人物有可能喜欢什么样的烟、喜欢什么样的天气等，而是要回答：如果他的人物并不是一个人而是某种烟——香烟、雪茄、烟叶，或者更加具体，比如弗吉尼亚牌女士香烟、白猫头鹰牌香烟或者阿尔伯特王子牌烟草——那么他的人物最有可能是什么。随着问题的提出，玩家对于他们探寻的人物性格有了强烈的感受，最终，在所给信息的基础之上，一个玩家猜到了正确的答案，结果就是令人极度兴奋的放松感。非常明显，游戏并不是依靠理智进行的，它依赖于隐喻性的直觉。然而，任何与优秀玩家玩游戏的人都可以发现，用以描绘所猜人物的隐喻通过不断的信息积累变得非常精确。

在小说中，通过象征性联想而实现的人物塑造可以比游戏中更精确，一部分原因在于隐喻（在终稿中）得到了仔细的考量，一部分原因在于我们在同一个非常优秀的玩家玩游戏。作者可以直接运用隐喻，他可以告诉我们帕里斯像是一只矮小精悍、略有点愚蠢的狐狸；

或者，他可以以更加精巧的方式处理象征性联想，可以将人物安排在某种天气条件下，通过天气隐喻对人物的本性进行表现，这样，他就可以非常自然地在莫内劳斯忧郁的性格和他背后昏暗的天气之间建立起联系。或者，作者可以让我们从海伦使用的做工精致的刀子中辨认出她的性格。

在使人物丰满的过程中，作者通常不会在引入每一个意象的那一刻就想到该意象背后的所有深意。他依靠直觉、通过感受进行写作，形象地想象出场景，并记录下其中最有意义的细节，保持虚构梦境的鲜活性，有时在“灵感”的急切驱动下写作，依靠他的潜意识，相信他的本能，并希望当他此后以冷静客观的心态再次阅读时，这些场景依然奏效。他就这样推进着自己的故事，一个事件接着一个事件，一个人物接着一个人物。每一次坐下来考虑新一天的工作时，他都会先通读已经写出的内容，并进行简单的修改，在他此前停下来的段落里继续前进。不同的作者有不同的工作方式，但相似之处在于，作者在这一阶段关心的首要问题是构思出一个完全令人信服的、有效的、简洁的行动。除了一些例外，他引入的细节都是为了上述目的而引入，再没有更深刻的目的了。

在某一时刻，也许是当作者完成了初稿时，他开始以另一种方式进行工作。他开始沉思他究竟写出了什么东西，一遍又一遍地阅读，耐心地阅读，不断地阅读，让他的思路时而停在毕加索或者大金字塔上，时而停在莫内劳斯的跛脚最有可能象征的哲学深意上（他因为冲动而引入了这一细节，因为这样看起来合理）。以这种奇怪的方式进行阅读，作者在几个星期以来烂熟于胸的文字之间发现了潜意识带给他的奇怪的反应，也许还有不寻常的、偶然的意象重复：作者已经对海伦扔向莫内劳斯的胸针进行了描写，就在他用以描写的语言中，他发现了后来印在寄给特洛伊同盟求援信上的印章的单词。为什么？他问道。就像梦境其实是有意义的，无论我们是否能洞察，作者都假设在其作品中出现的意外也有意义。他尝试不同的可能，例如，海伦对独立的渴望有可能是在一定程度上自欺欺人。这样的想法在他心中慢慢发芽。他通读故事，并越发确信。他进行了简单的改变，海伦的形象得到深化和丰富。相应地，莫内劳斯也稍微发生了变化，帕里斯也是一样。慢慢地，煞费苦心地，抱着使得贝多芬（Beethoven）从与他有相同才智但没有同样毅力的人中脱颖而出的那般耐心，伟大的作家构建起重要的、坚实的思想，这就是他的小说。

人物构建过程中发生的事情同样发生在小说的气氛和环境的构建过程中。构成亚该亚人城市显著特点的巨石和城墙，与特洛伊人城市伊利昂带着花边的走道和高大的宝塔形成了鲜明的对比，这一对比的真实性在每一次修改中变得更加强烈、更加惊人。莫内劳斯将他的权杖当作手杖使用，他的权杖显现出神奇的力量。

在小说构思快要结束的某一时刻，作者清晰地知道了他的主要思想或者作品主题究竟是什么。我们这里所谓的主题并不是“信息”的意思——没有哪个优秀作家愿意用这样的词语来描述他们的作品——而是指某个普遍话题，就像一个晚间辩论的主题可以是世界范围内的通货膨胀一样。很早以前，我们就已经非常清楚，我们这个海伦故事的主题一定与族群和个体价值观有关。（别的作者也可以对情节和人物做出不同的选择，以得到不同的主题，比如“生活与艺术”——一方是亚该亚人，另一方是特洛伊人，海伦处于双方的争端之中，既是妻子又是情人。她一方面是家庭财物的守护者；另一方面，当在织布机前纺织时，她又是狂热的艺术家。或者，作者也可以用“身体与灵魂”来组织故事。）在选择了族群和个体价值观作为主题之后，作者在思想上进一步清晰和明朗化，或者弄清楚了他所要说的确切内容是什么，在用故事呈现的过程中通过现实考验信仰，对故事中的所有要素进行研究，找到其中与主题相关的可能的深意。例如，他考量莫内劳斯的权杖。他突然想到这权杖可以是莫内劳斯父亲的遗物，因此它是传统和延续的象征（如果主题是“生活与艺术”，这样的细节可能不会出现）。一旦他想到了这些，他也许会接着思考亚该亚人和特洛伊人是以同样的方式还是以不同的方式思考传统。如果他们思考的方式不同，帕里斯是否同样可以被赋予某些合适的象征意义？如果可以，那又是什么？这一象征意义的准确内涵是什么？他想到了由父辈向子辈延续的传统——在小说的后面，帕里斯的父亲、老国王普里阿摩斯绝对突出的地位会强化这一思想——他可能由此考虑到海伦的家世，她一半是人、一半是神。作者的确很难相信海伦的母亲是被宙斯强暴（如字面意义上所说）的，那么，这样有象征意义的双重血统又有何意义呢？这样的隐喻又有怎样的合理性呢？

最后，作者一定要赋予他的故事他认为最合理的体裁和风格。同样，他的选择在这里也有深意。从起源上说，海伦的故事当然是史诗——一种死亡形式。如果作者决定不顾一切复兴史诗，又会发生什么？史诗是严肃逸事的一种奇特形式，通常，是人讲述不可能的事情，而对于事情的不可能性却只字不提。就像荷马写作史诗那样，作者同逸事讲述者不同，他并不会冲我们使眼色，而是鼓励我们欣赏这谎言，欣赏说谎者的诡计和机智；他同传说叙述者也不一样，他并不会让故事在时间和空间上显得遥远，或者通过语气和气氛说服我们停止怀疑。当事关人类之时（比如阿喀琉斯的会说话的马警告他死亡将近），他的语气会严肃起来。我们一定要将事件当作表现主义的真实来阅读，就像格里高尔·萨姆沙醒来时发现自己已经变成了一只甲虫。当事关神灵之时，作者的说话方式会让现代读者理解起来有一点困难。对于荷马及其听众而言，神就是外在的力量，可以像幽灵一般进入人体，或者对人施加作用，影响他们的生活。（荷马笔下的某些神灵有诸如“宙斯”这样的传统姓名，其他则有诸如“混乱”这样的姓名。）既然神灵的行为方式从来不为人知，荷马便为他们编造了像人一样的行为，有时候也通过喜剧为神的诡计掩饰，但是他对他所说的内容是认真的。如果神的智慧让位于其他力量，这就好像是赫拉通过性诱惑让宙斯入睡，这个事件是喜剧性的，结果则是部分悲剧性的；而让事情变得更加复杂的是，这一神的诡计让我们感受到的是值得尊敬的悲伤，而不是小丑滑稽的哭泣。虽然我们通过沉思可以理解荷马的技巧，并重现古人的思维方式，但是，我想我们一定得说，我们就是无法像那样思考。若要复兴史诗，现代作家一定要具有讽刺的才能以及超然的、高度自觉的客观性，而对于具有原始风格的史诗而言，所有这些都是异质性的。这些现代作家无法写出一首史诗，而仅能写出一部真挚却滑稽的模仿作品，这仅仅对研究艺术家的思维或者以艺术评价艺术有意义。如果作者选择写作海伦的故事并将其当作对“生活与艺术”的虚构式研究，那么对这种文体戏仿式的复兴也许有意义；但是如果作者的主题是个体价值和社会价值，那么对史诗形式的复兴看上去就是徒劳无功的了。

如果作者选择将海伦的故事当作传说来讲述，会发生什么？这种形式内在的高雅和庄重对于故事内容明显是合适的，第一眼看上去，故事素材也可以很容易地与传说的基本原则相适应。通常，传说的背景或在时间上、或在空间上、或在时间和空间上非常遥远，一方面通过模糊性和普遍性的结合来展现，另一方面则通过绝对准确的细节来展现。作者着力提供的准确细节增强了可信性，而时间和空间上的遥远以及模糊性和普遍性则让读者不去考虑背景的真实或虚假。传说中的风景极有可能激发读者的想象——孤寂的沼泽、洒满阳光的草地、荒凉的山脉、黑暗的森林、空无一人的海滩——背景中的自然景观或者人文景观通常已年代久远，说明了满载传统和价值观的过去对于人物意志所施加的影响。

传说中的人物被设计得令人信服，却不必与现实人物进行对比。他们以可以辨认出来的人类的行为方式行事，但他们可能是超自然的存在；即使在大多数方面看起来都像普通男女，他们还是要高于生活，可以拥有超凡的力量。就像传说中的背景一样，人物通常也有一种遥远的感觉。他们可以是伯爵、国王、骑士、富商、农民、鞋匠，通常来说，他们全恶或者全善（“最”这个字在传说中是常见的——“最富有的”“最美丽的”“最古老的”“最聪明的”）。虽然人物可能是复杂的，但关于他们复杂性的细节通常会被模糊掉，就好像被时间所掩盖。只有最重要的方面被保留在叙事者的记忆里，而且，很显然叙事者是从别人那里得到故事的，也许是通过古老的口述传统。人物的行动、故事的情节可以遵守也可以不遵守现实世界中产生作用的因果规律，但是，即使是不遵守的时候，心理上的真实或者诗化的真实也会让它们看起来很自然。换言之，在传说中，世界的现实是一个道德宇宙的现实。无论是否可能，应该发生的事情都会发生。

至于我们正在编造的关于海伦的故事，传说这一体裁的许多特点都十分适用。海伦故事中的超自然因素与传说的表现形式可以自然地相互协调，虽然这种体裁的哥特式风格会让我们倾向于将古希腊的男女诸神当作巫师；海伦故事中的主要人物也全部高于生活，这样的传统效果对于这种体裁也非常合适；传说一般以古老和传统为重点，这可能会自然地产生一些作者事先没有预想到的有趣的想法和情节。然而，我们还是发现存在一些问题，最终极有可能难以解决。传说中的因果关系是心理性的，是道德表现主义的，或者是诗化的：不应该是亚该亚人让海伦大吃一惊，不应该是在海伦之外的力量，而应该是发自她内心的、命中注定的厄运，是被压制的真相最终得以显露。如果我们说海伦出于虚荣而离开了她的人民，因为她是“所有亚该亚人之中最漂亮的”，那么，海伦故事的传说版本的叙述或许可以是：有人告诉她看见了一千条亚该亚人的船，她非常吃惊，飞身去看，发现船上都是武装起来的女性，她们看起来就像她一样。其中的可能性也许非常有趣，并且会鼓励作者从高潮开始反方向进行写作，填补这一不同结局中的逻辑空白。但是，这里我们遇到了将海伦的故事写成传说的第二个主要问题。

虽然从某些角度来说，这不过是不同作家的直觉和品位问题，但是新的结局的确看起来与我们所知道的古希腊故事之间有严重的冲突。的确，传说这种体裁的整个口吻与我们对于希腊和特洛伊的感受存在严重的冲突。虽然双方的战争发生在很久以前，而且发生在一个遥远的地方，但是，我们感觉它在时间和空间上并不遥远。人们可以令人信服地写出一部让伊丽莎白女王和亨利大帝作为次要人物出现的传说；人们也可以写出一部关于拿破仑和约瑟芬的传说；或者，人们可以写出查理大帝的传说，就像卡尔维诺写的《不存在的骑士》（*The Nonexistent Knight*）一样（这并不是一部纯粹的传说，而是杂糅了各种体裁）。但是，古希腊传统在某种程度上充满阳光、鲜明的形象，充满荷马式的“当前感”，几乎无法容纳传说这种形式。也许，唯一可能的解决办法就是改变地点和所有人物的名字，将神秘船只的到来地点设计在古挪威的海岸边。

至于海伦的故事作为逸事会如何产生作用，我们无须仔细研究。我们立刻就会意识到，一个逸事讲述者需要被引入，说明他需要讲述逸事的深层根源，还需要说明以幽默的方式讲述如此严肃的故事的合理性。这样的改编并不是不可能的，虽然这个计划看起来并不吸引人。逸事的讲述者可以是一位老太太，而她讲述海伦故事的目的可以非常有女性色彩。她可以将海伦作为主人公，让海伦成为一个聪明的女性，乐于愚弄比她更加“强大”的男性，并最终实现了自由。这样，逸事迟早都会变得黯淡，成为一个问题大杂烩（逸事同现实主义故事交织在一起）：在基调上与所有之前的故事相冲突，海伦最终的失败也许可以给结局添加一种愤怒的、具有革命性的色彩。读者在末尾可以感到愤慨，而愤慨也许可以说明这样的意义，那就是：女性无论进行了什么样的斗争，无论有多么聪明，最终都会被大男子主义击败，而大男子主义本来就不应该存在。如果所有这些以非常明显的方式被展示，故事当然会无聊；但是，如果作者的笔法足够轻盈，如果作者对于真正的幽默有天分，逸事大杂烩也许会有许多精致的方面和趣味，每一个细节都展现了女权主义主题，即男性和女性的相对权力。

最终，故事大致会以现实主义的方式讲述，就像安德烈·纪德（André Gide）在其中篇小说《忒修斯》（*Theseus*）中对古希腊传奇所做的处理一样。故事中的超自然因素即使没有被全部压制，也是被小心谨慎地轻描淡写了，就像习以为常的事件一样被处理掉，并很快让位于小说的主要情节，因为这些情节在本质上才是现实主义的。鉴于我们所构造的情节自始至终就适合于进行现实主义的处理，我们在此处就不再赘述了。

最后一个可能影响小说思想的主要因素是风格。在真正的逸事和传说讲述中，风格是已经设定好的。而如果故事是以现实主义小说、中篇小说、短篇小说或某些融合了现实主义和其他风格的大杂烩形式进行展示的，那么，作者在选择风格时所进行的思考就变得非常重要了。在此，我们并不需要对风格选择的所有可能形式都进行说明（在任何情况下这都是不可能的），仅仅说明每一个选择都有深意就已经足够了。作者一定要决定他将选取什么样的视角、什么样的措辞方式、什么样的“口吻”以及多大范围内的心理空间。如果他选择让海伦以第一人称讲述整个故事，他马上就会遇到困难，因为他需要给出海伦自己所不了解的信息（亚该亚人和特洛伊人的性格）。亨利·詹姆斯曾说，在任何长篇小说中第一人称视角的运用都是粗鲁的。詹姆斯的观点虽有一点过分，但是依然值得我们考虑。第一人称将我们囚禁在一个人物的思维之中，将我们自始至终限制在一种文字风格之中，排除了我们进入不同人物思维内部的可能。对于篇幅较长的小说作品而言，我们称为“第三人称限制视角”或者“第三人称主观视角”的东西也有某些同样的缺点。（除了每一个“我”换成了“她”或者“海伦”，这一视角在本质上同第一人称几乎是一样的。）在传统的第三人称全知视角的框架下，故事由一个无名的叙述者（作者的代言人）进行讲述，他可以深入每一个人物的思想和内心，虽然他的主要关注对象不过是两三个人物而已，但这样的视角给了作者更大的范围和自由。如果作者愿意，这个叙述者可以用自己的声音叙述，给出必要的背景或者提供客观的评价；而当场面非常紧张并且叙述者的出现会造成干扰的时候，作者就可以用第三人称限制视角进行写作，暂时地从我们的意识中消失掉。与之相关的视角是散文叙事者的视角，它更像传统的全知视角，不过声音和观点都非常明确，这个视角可能可靠，也可能不可靠。这个叙事者事实上可以是故事中的一个人物，有一个名字，和他所描述的人物以及事件有某些遥远的关系，或者仅仅是一个经过特殊化处理而无名字的声音而已。视角的选择在很大程度上决定了所有其他有关风格的选择——粗俗的、口语化的或者正式的语言风格，句子的长度和语速，等等。显然，作者一定要考虑的是，视角以及决定视角的所有其他东西在多大程度上决定了人物、行动以及思想。以粗俗的语言风格讲述海伦的故事可以明显地造成莫大的讽刺，极有可能完全不可操作。但口语化的语言和相对简短的句子马上会产生效果，让曾经超凡的人物和事件变得平易近人。高度正式的语言和所有与传统全知叙事者有关的叙事手法，可以立即契合故事的严肃性，但也轻易就适得其反，即没有产生适宜的华丽效果，反而造成了浮华。与其他因素相比，视角以及其他风格因素的选择能对主题产生更多直接的影响。例如，在“城镇”视角的框架中，故事的叙述声音是某些代表整个社区的无名发言人——最为著名的例子就是福克纳的《献给爱米丽的一朵玫瑰花》（*A Rose for Emily*）——这可以马上产生效果，将故事的主导思想即社会价值观与个人价值观之间的冲突前景化。

关于小说过程，我们已经分析了足够多的内容，现在可以明白传统作家的选择——从主题、情节、人物、背景这样的重大选择，到风格、细节这样的小选择——如何帮助他发现他所要表达的内容。我们已经看到，其中的过程在每一个阶段既是直觉的又是理智的：作者选择他的主题，因为这样的主题吸引了他，这与情感有关；但是，先是在他的构思中，再是在他的写作中、对主题进行发展的过程中，他需要不断地依靠诸如批评性的抽象和沉思性的推断这样的理智功能和直觉——他关于世界如何运行的一般感受、他的冲动和感觉。至此，我们已经可以更好地理解最初提出的关于传统小说审美趣味和真实性的问题。

对于作者和阅读其作品的细心读者而言，一则精心构造的故事中所包含的所有元素都关乎审美趣味，从主要事件到最无关紧要的用词转变。这是因为，作者已经仔细地选择了每一个元素，为了努力达到美学上的完美，他已经进行了反复的修改，所以，我们遇到的每一个元素都值得咀嚼。每一个人物，就其功能而言都足够鲜明、足够有趣；每一个场景都长短适中、薄厚妥当；每一个隐喻都被精心打磨；没有一个象征意义从事件系列之中脱离，没有一个声音完全没有被人听到，并仅仅停在字面意思的理解之上。虽然我们一遍又一遍、一次又一次地阅读作者的作品，但是我们好像从来就不能理解透彻。

当然，这样的精致——一个包含这么多乐趣的故事——需要花费某些代价才能实现（精致程度越高，代价越大）。要让作品的效果如此理想，我们不能像画一本连环画那样快速而简单地写作。正是基于这样的原因，热爱伟大小说的读者才愿意容忍与托马斯·曼（Thomas Mann）的《威尼斯之死》（*Death in Venice*）中一样缓慢的开篇（这部作品的开篇会让只阅读《霍华德怪鸭》这类作品的读者感到疲惫不堪）。但这并不意味着严肃作家就应该故意让人疲倦，故作高深，让笨蛋不敢染指。如果他尊重读者，如果他诚实地考虑自己愿意阅读的内容，他就会选取他可以想象出来的让读者直接产生兴趣、效果最为理想的人物和事件。他需要采用戏剧的做法。就像我们已经发现的那样，没有两个作家会想出完全一样的人物和事件，如果让他们寻找真正吸引他们的东西，有些作家喜欢世界末日的故事，有些作家喜欢吸引人的品茶晚宴。但是，如果作家仅仅写作真正令他感兴趣的事情，如果他认为自己的作品并不仅仅是思想的探究（它当然应该如此），也是一种娱乐，那么，他就一定可以至少让某些严肃、认真的读者马上产生兴趣并持久地保持下去。

如果作者的作品取得了完全的成功，我们就可能会说这部作品是“真实的”——不会过于认真地考虑我们所说的“真实的”究竟是什么意思。我们现在发现，我们的判断无论多么未经考虑，或许仍然是非常准确的。我们已经看到，即使是像措辞的选择这种相对来说很小的决定也会以惊人的方式改变故事的深意。那些认为小说与真实无关的人在这一点上大做文章。他们指出，我们是选用短句子、短元音和硬辅音，还是选用长句子、长元音、鼻辅音或轻辅音，会实现完全不一样的效果。没有人能否认这是正确的。但是，我们需要在这里指出，优秀的作者之所以做出这样的选择，是因为这样的选择对他而言是合适的。一个小说元素只有通过两个标准中的一个才可以判断是否合适：如果作品作为一种艺术产生效果而不需要参考现实，则该元素对作品而言是合适的；或者，我们根据自己对现实的感觉对该元素进行检验并认为它是合适的。如果仅凭小说元素彼此之间的关系去断定它们合适与否，这样的检验结果是值得怀疑的。油画中的颜色即使不借助易辨认的形象，也可以仅凭颜色之间的相互关系被认为是合适的，但是，真正做出判断的是人的情感，人以自身为标准进行检验。至于小说，在任何情况下我们都可以提出这个合理的观点：如果没有某些诸如凭借因果关系（无论是通过真实世界逻辑、戏剧模拟逻辑还是诗化逻辑）建立的事件流，那么任何超过一定篇幅的叙述都无法保持住读者的兴趣。除了长度极为有限的叙述，任何叙述都无法逃脱与现实世界的关系：我们关于作品与现实之间的比较是自发的、即刻的。因此，当我们说一种风格在感觉上适合于一个主题的时候，其实是在说我们相信这种风格以某种方式帮助我们真正地看到了主题。

小说探寻真实。而小说所探寻的真实是一种诗化的真实，是一种无法轻易转化为道德准则的普遍真实。但是，在阅读过程中，我们的一部分兴趣在于了解世界的运行方式。我们与作者以及世界上所有其他人所共同关心的矛盾冲突，如果可以得到解决的话，会怎样解决?我们应该肯定什么样的价值观，又会承担怎样的道德风险？如果一个作者无法将真实的东西同花生酱三明治相区分，他就永远无法写出优秀的小说，读者会否定他所肯定的内容，带着不屑将他的书扔到一边；或者，如果他不做出任何肯定，甚至对于我们在悲伤和可笑的无助方面的共同感受都不做出肯定，并坚信他这样做是对的，那么读者就会通过合上他的书而对他进行反驳。毫无疑问，有些坏人也可以写出好书，但原因是他们在写作的时候是好人，而不是殴打妻子或者孩子的坏人。在写作的时候，一个鲁莽冲动的人会有时间反复考虑。他在当天晚上没有在酒馆里说出来的话，小说的写作过程能帮助他说出来。另外，好人并不一定可以写出优秀的作品，心善和虔诚并不能替代对小说过程的执着追求。

上述这些高尚的言辞并不是要否认小说是一种游戏。作者构建出他所想到的内容，既为了乐趣，也为了其他原因。即使是游戏，也有用处，也有值得认真对待的地方。热爱小说的人而非小说的敌人有时会这样说：科学家和政治家为了进步而工作，小说家则重述一直以来人们已经知道的事情，为熟悉的事实找到新的表达，并将看上去已经过时的真理重新带入他们所在的时代。的确，在处理人类情感方面，作家没有发现任何东西，只不过是在对当下进行澄清。在处理福克纳所谓的“永恒的真理”方面，作家所处理的内容也尽人皆知，因为人类几千年来就在为其命名并尝试围绕永恒的真理组织生活。一旦作品完成，某些作家就不再接触他们的作品。他们对稿件进行了详细的校验，此后也许就不会对他们倾注了大量心血的作品再看上一眼。但事实依然是，艺术创造了有文明以来最重要的进步。艺术家重新陈述古老的真理，并将这些真理应用于他们所在的时代，以从未有过的方式对这些真理进行应用，通过叙述、图像或者音乐的内在力量来激发人的情感，这样，艺术家打开了通往未来的必然之门。关于人类尊严的古老观点开始逐渐适用于穷人、奴隶和移民，这些年来也开始适用于女性。这并不是说伟大的作品就是宣传，因为小说写作的过程会选取适合自身的内容，这一过程需要强烈的设身处地的情感，所以我们最终会发现小说真正关心的事情，即作者最初发现一个主题有趣的根源，最有可能与人性有关。他在周围的世界里看到了不公和误解，他无法让这些不出现在他的故事中。的确，他首先因为热爱写作而写作。在创作的激情下，他既关心海伦令人信服的面部描写，也关心她的故事所聚焦的真理。但是，真正的文学艺术家呼吁大家远离那些或好或坏的“玩具小说”——让退休老人们不再考虑自己凄凉境遇的电视娱乐剧集、自我满足的笑话、时髦的超现实主义作品（那些剔除情感、无视思想的作品）、怀旧小说或者色情作品。真正的作家在小说写作过程中的乐趣，就是凭借可以信赖的手段发现可以信赖并肯定的内容。当最后的号声响起的时候，他会仔细聆听、评论、思考心灵上的共鸣。诚实地补充一点，真正的文学艺术家与创造“玩具小说”的男男女女可能是不同模式下的同一个人。即使主题是高度严肃的问题，我们也应该注意是否过分严肃了。

四　元小说、解构主义和“疯狂一下”

无论新旧，并不是所有的小说都符合我们已经研究过的原则；事实上，虽然我们一直在研究的理论是17世纪以来的主流小说理论，但大多数关于人性的文学依据的都是其他的原则。《伊利亚特》并没有“人物”，至少在现代意义上没有——性格多样的、复杂的人类。《神曲》（*Divine Comedy*）和《贝奥武夫》（*Beowulf*）并没有亚里士多德所谓的“情节”——没有由因果关系组成的事件系列。从《吉尔伽美什》到《失乐园》（*Paradise Lost*）——如果不包括庞德（Ezra Pound）的《诗章》（*Cantos*），许多伟大的作品并不像亨利·詹姆斯那样以行动渲染开篇，而是用预先设置好的话语。

叙述方法上的变化反映了人类在如何观察或者认为应该如何观察世界的方法上的变化。在一个权力高度集中的时代里，国王及其辅臣被当作比普通男女更加优秀的人来崇拜，那时，人们倾向于将小说看作一种教化工具。作者通过小说将权威认为是真实的东西包裹上糖衣，传达给人们，人们却并不了解这些事实。现在很难对极权时代进行公平的评价，既因为这样的时代对于民主精神而言自然无比讨厌，也因为独裁政府永远在隔岸观火，希望再一次掌控舞台。但是，世界上某些最伟大的文学作品便出自这样的极权时代，我们需要了解那样的文学作品如何产生效果，才能了解我们自己的文学作品如何产生效果，并了解我们自己的文学为什么注定要经受永恒的变化。

极权主义文学作品倾向于通过寓言式的方法产生作用，或者至少从抽象逻辑（从 a 到 b 到 c 的论证发展过程）中获得事件流，而不是通过“实现”（energeia）。让我们通过《贝奥武夫》这部英语（更准确地说，是古英语）文学中此种类型中最伟大的作品进行说明。叙述以三大章来展现。在第一章中，一个叫作格兰多的怪物使丹麦人遭受损失，直到从别的部落来的英雄人物贝奥武夫出现并将其杀掉；在第二章中，怪物的母亲袭击了丹麦人，希望为她的怪物儿子复仇，贝奥武夫也将她杀掉了；在第三章中，贝奥武夫已经成了一位老人，并成为济兹民族的国王，他与一条恶龙进行战斗，最终与它同归于尽。第二章——贝奥武夫和格兰多的母亲之间的故事——与第一章存在因果关系，但是纯属巧合；而第三章——贝奥武夫和恶龙之间的故事——与第一章和第二章并无因果关系。并不是因为贝奥武夫杀掉了怪物格兰多及其母亲，他就一定要杀掉恶龙。许多年过去了，据我们所知，恶龙从来没有与格兰多及其母亲相遇。

《贝奥武夫》的事件流原则是抽象的，而不是戏剧性的。格兰多在史诗中被描述为一个无理性的象征，他与所有的秩序进行斗争，并喜爱混乱。换言之，格兰多代表着柏拉图三重灵魂［参见柏拉图的《理想国》（*The Republic*）］之一的完全失效，即理智的失效。怪物格兰多的母亲代表着三重灵魂第二部分的完全失效，即情感的失效（这一部分的效用就如同一条好的看门狗或者一个优秀的士兵，应该抑恶扬善)。恶龙代表着第三部分的完全失效，即欲望的失效（这一部分掌控的是与物质相关的内容，比如食物、财富、安适等)。史诗第二章中格兰多的母亲的出现在因果关系上看起来与格兰多的死有关系，但事实上这并不是诗人有意为之，否则，他也可以给出让恶龙出现的因果关系。因果关系并不是他的趣味所在，他所创造的史诗是为了阐明或者论证灵魂三个部分之间的关系，表现三者在贝奥武夫身上的关系最为理想，而在怪物身上的关系最为糟糕。熟悉这一史诗的读者会意识到，诗人所做的事情并不止这些，但是整个史诗精巧的结构是通过我刚刚指出的原则而不是戏剧化（从亚里士多德的角度而言）的原则产生效果的，这是寓言式的表现，或者寓言式的论证。如果诗人真的将冲突戏剧化，并认真地探究因果关系链条，那么他就只有在史诗结尾处才可以确定史诗究竟要表现什么内容；对他而言，虚构类作品是一个发现未知的手段。然而，对寓言家而言，虚构类作品在很大程度上是——尽管可能并不完全是——表现作者已知内容的手段。

一部旨在揭露而非探索的文学作品不需要一定是寓言性的。只要一个叙事不根据因果关系而根据某些抽象的方法从一个场景过渡到另一个场景、从一个情节过渡到另一个情节，它就有可能成为揭露的手段。比如以流浪汉为题材的长篇小说，传统上会跟随某个英雄从一个社会场景到另一个社会场景、再到另一个，揭露每一个社会环境中的荒唐，这在本质上与《天路历程》（*Pilgrim's Progress*）一样是抽象的、具有教育意义的。或者一部以虚构传记形式出现的小说，可以根据某些抽象设计的要求而展开。例如，在《大卫·科波菲尔》（*David Copperfield*）中，情节似乎是随机推进的，就像真实生活中一样，直到我们突然发现作者对爱情和婚姻的关注。换言之，狄更斯根据与抽象的中心问题的相关性来选取事件。从狄更斯的角度看小说的发展，我们很难说他究竟是在探索还是在揭露，显然，两者都在其中。在狄更斯的某些小说里，例如《双城记》（*A Tale of Two Cities*），我们强烈地感受到一种传道式的方法，是揭露而不是探索；在其他作品中，特别是在《远大前程》（*Great Expectations*）等晚期作品中，我们感觉到这两种冲动在作者的头脑之中进行斗争。

将叙述界定为某一种类型或者另一种类型并不会实现任何有意义的目的。重要的是，我们有了一个一般性的发现：从极权主义到存在主义的几个世纪里，小说一直存在。某些书——比如《伊利亚特》——对于最初的读者而言实际上就是可以信赖的史书、法典甚至《圣经》；其他书——比如阿波罗尼奥斯·罗蒂奥斯的《阿耳戈英雄纪》——则是对其文化中的传统和固有模式的讽刺和挖苦，它们似乎并没有给出答案，而仅仅提出了难题。其中一种我称之为极权主义的叙事，是"以空间的角度"看待故事线索，其中的每一个因素都是为了一个预定的"终点"或者"结局"而存在。如果一个作者通过从高潮反向写作来安排叙述，那么他就会不可避免地创作出这种小说。在实践中，任何写得好的小说都可以被认为是通过这种方式构建的，因为我们可以确定，作者在终稿中会做好结局所需要的所有准备，无论他在实践中通过什么样的存在主义方法达成这样的结局。

对于一些当代读者和评论家而言，一个在空间上看起来可信的叙述，在道德上可能令人沮丧。这也许不过是这些读者和评论家装出来的个人怪癖而已，但是这样的怪癖有某些现实基础：不用说原子弹、凝固汽油弹爆炸等问题，在大屠杀和美国突袭等现象的背后，形而上学和人类关于确定性所形成的不证自明的观点之间，的确具有很大的关联。也许，正因如此，第二次世界大战以后，我们在全世界范围内看到了无事件流小说（行动没有明确目的，就像塞缪尔·贝克特的戏剧一样）和无结局小说［就像约翰·福尔斯的《法国中尉的女人》（*The French Lieutenant's Woman*）一样］的兴起。

将注意力放在新近的非传统小说上的批评家用了各种名称来命名这种小说，其中的好多名称明显是可以彼此替换的——“寓言式小说”“后现代主义小说”“元小说”“解构主义小说”，等等。我们若想弄清楚当下非传统小说中蕴含的那种趣味和真实，就非常有必要先厘清关键的术语。在我们目前的讨论中，让我们废弃掉“后现代主义小说”和“寓言式小说”这类名称，因为“后现代主义”仅仅是一个与“现代主义”相对立的模糊的概念而已，事实上更像伊塔洛·卡尔维诺所给出的意义，而不是索尔·贝娄（Saul Bellow）所给出的意义；而“寓言式小说”的意思看起来不过就是“非传统的”。批评家通常运用的“元小说”这一术语则更加准确。“元小说”是指在风格和主题上都在研究小说的小说。同我们看到的一样，传统小说可能是研究世界的一个工具，而且它可能失效，就像人类发明的任何工具一样，就像一台出了差错的显微镜或者望远镜，可以让我们相信并不真实的东西。例如，传统爱情故事的结尾可以让粗心的读者相信（比如简·奥斯汀的爱情小说的结尾，虽然简·奥斯汀并没有这样的打算），对于每一个女性来说，都有一个完美的男性存在。无须说明，一种文学传统变得越强大——人们越来越多地对简·奥斯汀的作品进行或仔细或粗劣的模仿写作——传统的影响就会越顽固。如果没有了行为模范，人类几乎就无法行动。有史以来，我们所知道的行为模范最好的载体就是讲故事。让我们以这样的方式进行说明：比如，在某个时间、某个地点，某个作者创造了一个英雄——也许是模仿他崇拜的某人，这个英雄的人生座右铭是“不要抱怨，不要解释”。这个座右铭有它特定的光环，人们可能会考虑把它挂在自己孩子浴室的墙上。在一个又一个生活场景中，我们看到这个英雄在逆境中忍受着，因为他没有做错的事情而被拒斥，因为某些他本可以得到赞扬的事情而被嘲笑。一次又一次（在同一本扣人心弦的书中），我们看到我们的英雄给出他不希望给出的命令，做出令人痛苦的决定，这些决定因为某些不可言传的原因令他无法解释给他的朋友以及他爱着的人。这个孤单的、脱离众人的英雄对读者所产生的效果的确可以是理想的，但是，并不一定是健康的。如果这样的英雄在许多戏剧及小说中出现，如果这个人物的吸引力变得普遍化，那么，民主精神甚至包括行为准则就会受到损害（我们曾经被教育要崇拜和服从纳粹军官、商业世界的统治者或者道德狂热分子，或者像他们一样行事）。世界上没有什么可以像小说一样具有控制人心的力量。

一种弱化小说负面影响的方式就是写作元小说：元小说作为一个故事可以让读者注意到小说写作的方法，并让读者知道在阅读过程中究竟发生了什么。无须说明，在这种小说中，“鲜活的、连续的梦境”的法则不再产生作用；相反，梦境的中断变得同梦境一样重要。这种方法绝不新鲜，但是基于我所指出的原因，这种方法在当时尤其受欢迎。在《阿耳戈英雄纪》中，阿波罗尼奥斯通过对于史诗传统毫无道理的误用、意料之外的有些僵硬的笑话或者似乎并不必要的沉闷的议论，不断地让读者惊醒。然而，当我们读完史诗之后，我们再也不能带着从前那样幼稚的崇拜之情去看待荷马史诗中的男子气概，或者将勇士的耻辱文化置于文明人的罪恶文化之上。我们可以发现，元小说技巧在劳伦斯·斯特恩（Laureuce Sterne）的《项狄传》或者享利·菲尔丁的《汤姆·琼斯》（*Tom Jones*）中得到了某些运用。在近代的小说中，因为这样的技巧引起我们不断关注的作品有很多——比如尤内斯库（Ionesco）、贝克特、巴斯、巴塞尔姆、博尔赫斯、福尔斯、卡尔维诺、加斯（Gass）等人的作品。

将“元小说”和“小说的解构”进行区分非常有用，虽然严格意义上后一个名称涵盖了前一个。所有的元小说都是解构，但并非所有小说的解构都是元小说。

没有一个当代的关键术语可以比“解构”这一名称更快地引起混乱，这样的情况也是有原因的，因为使用这一名称的人头脑一直就非常不清楚。事实可能是，他们的思维还没有混乱到因为崇拜海德格尔而不能正常行动的地步。无论怎样，在解构主义者令人头晕目眩的语言后面是某些或多或少不可辩驳的事实：语言中带有价值观，但有时候我们在说话时并不会意识到这些价值观，如果我们注意到自己语言中带有这些价值观的话，是断然不会买它们的账的；而艺术（音乐、绘画、文学等）都是语言，这种语言毫无疑问也带有价值观。本书一次又一次地以“他”来代指作者，但我所遇到的或者在写作课堂上教过的最优秀的作者都是女性。同大多数语言一样，英语是一种我们不易察觉的带有大男子主义的语言。就像小说家哈洛德·布罗基（Harold Brodkey）所指出的那样，英语也是一种我们不易察觉的基督教的语言，几乎所有铿锵有力的单词和意象都有新柏拉图主义的基督教痕迹，甚至像“friend”（朋友）这样简单的一个单词都有额外的含义。在封建时代，这个词是指一个人的领主和保护者；在盎格鲁-撒克逊时代，它是“fiend”（魔鬼、成癖者）的反义词。当然，我们阅读一部有关“朋友”的书时，可能不会有意识地想到这个词的深层含义；但是，如果在我们正在阅读的故事中友谊得到了强化，我们几乎可以确定会遇到阳光与温暖、鲜花或花园、饥饿、牺牲、鲜血等意象。故事的形式——包括开头、中间和结尾的有序安排——可能是在暗示基督教的形而上学。

解构是将语言进行拆分或者将艺术作品进行拆分的行为，以此达到发现其不为人知的内在运行机制的目的。无论这样的方法是否可以实现像文学批评一样的价值，它都是当代小说的主要方法之一（有些古代小说也使用)。解构主义小说与修正主义历史一样，因为解构主义小说从其他方面或者从某些可以对传统的、被普遍接受的价值产生怀疑的奇怪角度讲述故事。如果说元小说通过直接提醒读者注意小说技巧的方式而实现解构，那么解构主义小说则以一种新的方式重述故事，旧有的故事在新方法中不再合理。莎士比亚的《哈姆雷特》可以被视为这类作品中的一个。在莎士比亚的观众所熟悉的复仇悲剧中，某个幽魂、朋友或者其他情节设计让主人公背负了复仇的任务。这样的体裁在本质上是正义的、自信的、极权主义式的。毫无疑问，复仇是主人公的责任，我们观看戏剧的乐趣在于看到正义得到了伸张，无论这样的经历有多么痛苦。莎士比亚的《哈姆雷特》将所有这些进行解构。尽管霍雷肖坚定不移，但是，随着戏剧的推进，我们对幽灵的权威变得越发怀疑。这样，我们越来越关心哈姆雷特对别人和自己的考验；即使我们选择相信幽灵的故事是真实的，我们也开始怀疑哈姆雷特是否有理由杀掉篡夺他父亲王位的国王——无论怎样，克劳狄斯越来越不像个十足的恶棍，而哈姆雷特在整个戏剧的进展中变得越来越不清白。

除了我们所知道的早期文学——阿卡德人的《吉尔伽美什》——所谓伟大的文学在某种程度上都带有某些解构的冲动色彩。这非常自然：如果第一个人的任务是创造，第二个人的任务至少就有一部分是改正。在西方文明的整个历史之中，我们仅仅可以发现少数的创造时期——在这样的时期里，解构的冲动看起来相对微弱——而大量的时间似乎主要用于将机制拆分开，再以新的、奇怪的方式将它们组合起来。虽然《贝奥武夫》的作者是在解构古老的、异教的英雄主义，他主要的冲动似乎还是在于**构建**：他要创造一个神话，这个神话包含了古老异教和新的基督教视野中的所有优秀品质。同样，但丁也主要是在构建，他将古典与现代传统融合在一起，通过一项新的真理原则而实现，这一真理原则可以（并不非常恰当地）被描述为一种情感主义：“真理就是一个人可以在比阿特丽斯面前毫无羞愧地说出的东西。”我们也可以举出其他这样的例子，最近的一次就是詹姆斯·乔伊斯的到来。

我们对于元小说的兴趣和我们对于解构主义小说的兴趣（如果后者的形式并不是元小说的形式）在很多方面都明显不同。元小说的吸引力几乎完全是理智上的。如果我们发笑，并不会像读到一个有趣的、栩栩如生的人物那样开怀大笑；我们浅浅一笑，带着某种淡淡的优越感，就像我们因为俏皮话或者打趣的话发笑一样。如果我们痛苦，我们是像一位哲学家那样痛苦，而并不是像一个失恋的人那样痛苦。总之，我们是在思考。我们思考作者的深意，我们思考作者对出乎意料的手法的运用，我们思考作者多么胆大妄为地破坏了规则。而其他种类的解构——除元小说以外——可以实现更加强大的情感力量。例如，如果我们从怪物格兰多的角度重新讲述贝奥武夫的故事，我们就可以知道从格兰多的悲剧中可以获得多少情感效应，也可以知道有经验的读者会感到多么痛苦——如果他看到了西方文明的伟大和古老的形式在一开始所表现出的不过是粗糙的、控制欲强而专横的、可能也带有诗意的谎言。

所有这些都并不能表明解构主义小说比元小说优越，反之亦然，也不能说明两者中的任何一种比传统小说优越。显然，每一种形式都有价值，因为每一种形式都有追随者，如果有一丁点儿暗示他们之所爱并不是普遍之所爱，这些人会随时准备大打出手。

我们就是喜欢自己喜欢的东西，争论没有意义。人类最喜欢的事情之一就是发现。人们可以经历漫长的时间而没有发现第三人称限制视角在本质上是愚蠢的，但之后有一天，人们在元小说中看到这样的视角被嘲笑了，其中所有愚蠢的地方都被暴露出来了，人们高兴地笑了。例如，元小说作者让我们看到，第三人称限制视角让作者不得不运用虚假的悬念。例如，一个故事用这样的事件开头：一个叫作亚历克斯·斯特鲁加茨基的人正在上周六早上的芭蕾课，这时他的情人——地区警察局局长的夫人——走了进去，在一旁观看。亚历克斯很痛苦，他并不想让他们之间的事情暴露，不然警察局局长会一枪杀了他；但是，他也不想不礼貌，因为他的情人——吉纳维芙·罗谢尔——是一个美人。如果我们以敏感的、全知的视角开始这篇故事，就像契诃夫一样，我们就可以立即得到重要的事实，然后提出真正有趣的问题，例如：亚历克斯会做些什么？他的舞伴们是不是已经注意到了？如此等等。如果是全知视角，我们可以这样写：

> 一个星期六的早晨，亚历克斯·斯特鲁加茨基正在上他的舞蹈课。在用脚趾保持平衡的时候，他抬头一看，突然看到了他的情人吉纳维芙·罗谢尔，她是地区警察局局长的夫人，正站在门口。“天啊！”斯特鲁加茨基脸颊泛红，惊恐地观察他的舞伴们的脸色——她们大多是中年妇女，到这里的目的是除掉脂肪。

如果作者将自己限制在中心人物的思想之中，只要不是直接出现在他头脑中的事情就不提，我们看一看会发生什么：

> 这个周六的早晨同其他周六的早晨一样，中年发福的妇女在他身边勤学苦练，从钢琴之中敲出“一”“二”的节奏，老师大汗淋漓地在各种动作之中穿越。亚历克斯·斯特鲁加茨基此时正在晃晃悠悠地依靠脚尖保持平衡，他突然抬起头来，看向那阳光明媚的门口，竟然看到了——她！他转过头来，依次仔细观察每一张小胖脸，但是目前还没有人注意到。如果她们看到她在那里，是不是会认出她来？有可能会的。他想象自己叫喊出来：“不要，求求你！求求你！”然后被人一枪打中脑袋。

无须说明，在喜剧之中，这样愚蠢的歇斯底里有其地位。然而，

20世纪三四十年代的所有作家都会运用这样的视角——同样的作者在电影之中则运用庄严的画外音——这多么奇怪。或者，元小说作者可以对这样的视角进行精巧的误用，他们通过这样的方式让我们知道第三人称限制视角把我们所有人都变成了自恋狂。例如，亚历克斯离开了他的舞蹈课堂，现在和吉纳维芙一起坐在她的车里：

> 他想，他并不在意她从烟盒中拿出香烟的缓慢方式或者她在摸索到打火机之前的漫长犹豫，但是她在做这些事情的时候眉毛抬得很高，而且，她从来不看一眼挡风玻璃，看一看是不是有人在观察——这些让人无法原谅！他感觉自己在皱眉头。他的确在皱眉，他用一只手捂住嘴，以免自己再次皱眉。

所有这些对于吉纳维芙和亚历克斯动作细节的分析在现实生活中都会成为一个人陷入偏执的迹象。这一情况在我们的小说之中发生了，因为作者没有其他方法，只能通过某种方式将这些放在亚历克斯的头脑里才可以说明。

或许可以说，如果一个聪明的元小说作者愿意，他可以拿任何标准的视角开玩笑。情况既是这样，又不是这样。情况极有可能是：任何人类行为都可以被合理地拿来开玩笑，一个聪明的元小说作者可以让我们嘲笑陀思妥耶夫斯基或者托马斯·曼最杰出的技巧。但是，聪明的元小说作者对玩笑的内容是有所选择的，我们阅读其作品的一部分趣味源自我们认识到他所指出的愚蠢是有意义的，即一旦我们进行仔细的观察，我们就会发现这些不但是愚蠢的，而且在某些意义上是有悖常理的：它们赞扬了错误的价值观。

从理论上说，所有非传统小说都可以被描述为元小说或解构主义小说，或者两者都是。但是，我们暗暗地、直觉式地知道我们读到的好多东西，或者我们在舞台上看到的好多东西，两者都不是。这些东西没有理论，没有宏大的论点，就是疯狂一下而已。

叙述可以做到的最好的事情其实就是疯狂一下，比如马克斯兄弟（Marx Brothers）、W. C. 菲尔兹（W. C. Fields）、巴斯特·基顿（Buster Keaton）的作品，旧时周六早晨的卡通片（并不是新的、价钱低的那一种），以及诸如《面孔》（*The Magician*）和《大路》（*La Strada*）这样的反严肃题材的伟大电影。为了疯狂一下而编造某些审美理论没有意义，但是，如果某人愿意这样去做，他就会发现，避免使用以下基本原则十分困难。

如果一个作者在“疯狂一下”，他也许并不觉得有必要创造前后统一的、深刻的、完美的人物。事实上，他可以以一个在公交车上叫喊的老犹太人开篇，不加任何说明便将他变为一个11岁的男孩，之后再变为麻雀，之后再变为波兰女王。善意的读者们所有的要求就是其中的转变惊人且有趣，故事以某种方式看起来有意义，能让读者一直阅读下去。或者作者可以通过刻画一系列的小丑式人物，比如“启斯东警察”那样的带有英雄主义色彩的笨蛋，或者像偷窃钢琴的马克斯兄弟那样的草包阴谋家，等等。就情节而言，任何事情都可以随心所欲地发生，只要能让读者产生兴趣。背景则可以荒唐地发生变化，就像在喜剧《疯狂猫》（*Krazy Kat*）中一样，从一个场景转化到另一个。“疯狂一下”可以涵盖任何东西，从讽刺到奇想，再到艰涩的欧洲超现实主义。遗憾的是，大多数新手作者在大多数时间里都在疯狂，即他们从某一个他们比较喜爱的人物——例如，一个电吉他演奏者——开始，对他在自己的屋子里演奏吉他进行描写。之后，他们问自己："现在，我可以让什么事情发生呢?"他们想到了某件沉闷的事情——吉他演奏者的室友走了进来——然后他们把它写下来。室友吸了几根烟，二人去参加聚会。所有这些都是在说明："疯狂一下"是世上小说中最难写的一种。如果一个作者擅长"疯狂一下"，世界就是他的。俗话怎么说来着，你可以随心所欲！不过，世界最终还是将最多的赞扬给了最有用处的"苦工"，他们所写作出来的人物或多或少贴近生活，这些人物经历了实现式的情节，最终了解他们的命运，并获得读者认同。

元小说、解构主义小说以及"疯狂一下"都与传统小说有共同之处：它们都让我们感到愉快，或者就像纳博科夫（Nabokov）说的一样——"迷住了我们。"一部给定作品或者喧闹，就像马戏团一样；或者简洁，就像帆船一样；或者令人迷惑，就像一个成真了的梦一样；或者有其他什么品质。但是，所有优秀的小说每一个时刻都在吸引我们。这样的作品有其权威性，而且至少有一种令我们感到奇怪的感觉，它把我们吸引进来。在传统小说中，说明我们被吸引的原因非常容易；对于非传统小说而言，情况则不是这样。神秘是非传统小说的灵魂。有时候，如果我们仔细研究一篇非传统小说，我们可以发现，事实上这不过是跨体裁的简单成功而已，例如，民间故事同早期好莱坞谋杀破案片交织在一起。但是，我们或许可以发现比作者所知更多的内容。就像我们看到的一样，传统小说需要周详的构思。要成为真正优秀的小说，元小说和解构主义小说同样需要周详的构思。

“疯狂一下”需要特别的天赋，其中构思的能力几乎起不到任何作用。它需要取之不竭的想象力［我们可以想一想斯坦利·埃尔金（Stanley Elkin）］以及判断想象力的这种魔力在哪些时刻并不足够好的品位。这两种天赋几乎从来没有在同一个人身上出现过，一种非常孩子气，另一种则高度成熟并老练。这两种天赋有时出现在两个人物身上，就像吉尔伯特（Gilbert）和苏里文（Sullivan），他们俩像魔鬼一样争斗。

第二部分

小说写作过程指导

五 常见错误

在我概述的小说理论中，一个最重要的概念——主要是人类文明中关于文学的传统理论——就是小说是鲜活的、连续的梦境。根据这一概念，作者建立起一个戏剧化的场景，他在其中给读者一些信号，让读者“看到”背景、人物和事件。他并不是通过抽象的名称让读者了解这些，就像散文的做法那样，而是给我们一些意象，这些意象吸引了我们的感官——最好是所有感官，而不仅仅是视觉——这样，读者便好似与人物一起行动，和他们一起倚靠在虚构的墙上，一起品尝虚构的西班牙凉菜，一起闻虚构的风信子的芳香。在糟糕的、不令人满意的小说中，因为艺术家的某些错误或者某些策略，这样的梦境一次又一次被打断。读者突然从梦境中醒来，被迫考虑作者本人或者他的写作方式。这就好像一个剧作家跑到舞台上，打断了人物的表演，要提醒观众是他写出了整个戏剧。在此，我并不是说小说家就不可以像对待舞台世界中的木偶一样对待他的人物，因为木偶以及舞台设计也是我们可以看到的，我们的情感在某些程度上可以寄托在上面。就像罗伯特·路易斯·斯蒂文森（Robert Louis Stevenson）说的那样，即使是最为“客观的”小说，依然是小说，依然也是戏剧化的。

如果我们已经知道了鲜活的、连续的原则，我们就可以处理某些技巧问题了。

如果作家所给出的细节过少，没有刺激并引导读者的想象，一个场景就不会鲜活；如果作家所运用的语言是抽象的，而不是具体的，场景也不会鲜活。如果一个作者说“生物”而不说“蛇”，如果他试图用花哨的语言吸引读者，使用像“有敌意的动作”* 这样的拉丁语式词组，而不用“鞭子”“缠绕”“吐出”“嘶嘶”以及“扭动”这样鲜明的盎格鲁-撒克逊语言，如果他说蛇的“不好客的居所”而不说“沙漠的沙子”以及“岩石”，读者就很难在头脑中勾画出相应的画面。细节不充足、在需要具体细节的地方却给出抽象词语，这两个常见的错误容易在业余写作中出现。而另一个错误就是没有直接进入意象，即通过某些观察的意识对意象进行没有必要的筛选。业余作者会这样写：“转过头来，她发现两条蛇在岩石中间打斗。”我们可以和以下表述对比：“她转过头来。在岩石中间，两条蛇正在打斗。”当然，还可以进一步改进。“两条蛇正在打斗”这样的句子非常抽象，不如“两条蛇纠缠在一起并急速抽打身体，向彼此发起进攻”；带有助动词的动词“正在打斗”（were fighting）与没有助动词的动词相比，聚焦效果并不好，因为前者表示的时间是模糊的，而后者给出了一个特定的时刻。一般而言，虽然在小说中没有绝对的法则，但鲜活性要求尽

---

* 原文为“hostile maneuvers”，其中“hostile”来源于拉丁文“hostilis”，“maneuvers”来源于法文“manœuvre”，两个词均由拉丁语族词语衍生而来。——译者注

量少用“她发现”和“她看到”这样的句式，而应该直接呈现所看到的事情。

连续性原则的技巧问题——读者不应该在意象或者场景中被打断——不能这么简单地理解。在写作初学者——特别是那些基础技巧薄弱的作者——的作品中，通常情况是，作者通过笨拙的或者错误的写作让读者分心。当然，人物可以有多么笨拙就多么笨拙地说话，作者的任务仅仅是对此进行精确的模仿。但是，标准的第三人称叙述者从来就不会失误。如果叙述者犯下了句法错误，读者的思路就会从打斗的蛇身上转移开，去解决发现句子真正意义的问题了。这样的打断几乎既是情感上的又是理智上的，因为读者有权利认为作者的任务就是清晰地表达他的意思。在优秀的小说中，读者从来就不需要重新阅读一句话，以此找出它的意义所在。他可以一句话看两遍，原因在于他愿意这样做，他的头脑并未因为作者的错误而走神，而只是要去猜想场景中更大的深意。但是，如果是由于作者的粗心导致他读了两遍，那么他就有权利认为作者破坏了所有小说的根本约定：作者要诚实地、负责任地对待读者。（这并不意味着，所谓的不可靠的叙述者就不可以得到运用，因为不可靠的叙述者是小说中的一个人物。）

笨拙的写作是业余作者的作品中更为常见的错误，虽然在非常优秀的作家的作品中也会出现。某些最为常见的笨拙的写作也许应该在此提一下，因为这样的错误要比这些业余作者所想象的更为严重。它们可能疏远有经验的读者，或者使读者难以集中精力于小说梦境之中；它们还削弱了作家的权威。如果失误和不顺多次出现在小说之中，敏感的读者就会有点退缩，就像如果一个有趣的演讲者在挖鼻孔，我们就会退缩一样。

笨拙的写作的确是基础技巧层面的失败，其中最明显的形式包括不恰当地或大量运用被动语态、不恰当地运用包含非谓语动词的引入语、某种措辞变换或者经常使用令人困惑的措辞、句子缺乏多样性、句子焦点模糊、节奏错误、押韵突兀、解释过多以及错误地转变心理距离等。让我们一个一个地看看这些错误。

除非是老一套的惯用语，例如“你昨天已经被偿付了”“德国人被击败了”或者“计划已经被放弃了”等，否则被动语态在小说中几乎没有任何作用，除非作者要实现某些喜剧效果，就像作者要模仿某个傻子有一点装腔作势的说话方式，或者要引用某些惯用的指令。几乎在所有情况下，主动语态都更加直接、更加鲜明，我们可以对比一下“你的鹦鹉咬了我一口”和“我被你的鹦鹉咬了一口”（被动语态）。（此处的选择有可能依赖于人物塑造，一个害怕冒犯别人的胆小鬼当然可以选择被动的说法。）在一个由传统全知叙述者所展示的故事中——使用客观的、很大程度上非个人的正式口吻，例如托尔斯泰作品中的口吻——被动语态几乎注定令人厌烦、使人走神。当然，作者一定要对每一种情况进行独立的判断，真正优秀的作者可以很好地应对所有的内容。但是，有件事情必须说清楚，如果一个作者使用了被动语态，他要知道自己正在使用被动语态，而且有十足的理由这样做。

以非谓语动词短语开头的句子在糟糕的写作中非常普遍，明智的作者会将其视为一种过错，除非可以证明这样使用的必要性。例如，以这样的短语开头的句子："慢慢地从她的针线活儿中抬起头来，玛塔说……"，或者"右手拿着一只鸭子，亨利……"。在非常糟糕的写作中，这样的引入语通常会导致时间焦点上的转变，或者导致明显的逻辑错误。例如，糟糕的作者会告诉我们："解雇了雇来的人并烧掉了他的小屋，埃洛伊塞开车进城。"（句子向我们暗示，解雇雇来的人并烧掉他的小屋的动作同开车进城的动作是同时发生的。）糟糕的作者还会告诉我们："快速地从船舱隔离壁转过头来，菲格船长慢慢地、小心地说。"（这句话不合逻辑，是不符合实情的。）然而，即使没有逻辑上的不合理或者时间线上的混乱，过多或不当使用非谓语动词短语都可能导致写不出好作品。这样的情况之所以会发生，一般是因为作者找不到方法来使句子的长度多样化。作者望着他所写出的可怕的文字："她丢下吊袜带，她转向约翰，她因为他的尴尬笑了一下。"他非常想解决掉这异常笨拙的主语和动词，于是修改为"她丢下吊袜带，转向约翰，她因为他的尴尬笑了一下"。以句子的多样性为目的，或许是令人赞赏的，不过还有其他更好的方式。我们可以通过复合谓语解决掉笨拙的主语和动词，"她丢下吊袜带并转向约翰"；通过引入修饰语和同位语来解决，"她丢下——或者不如说马上拉紧——吊袜带，一双磨损的、难看的、早已不好用的粉色吊袜，灰色的橡皮筋从褶皱之间露出，有点不堪入目"；或者，通过某些合适的从句来解决，可以是"当她丢下吊袜带后，她转向了约翰"，这一方法通过减轻（或增加）第一个"她"的重量而解决了主语和动词沉重的问题。（我们可以对比一下这两句话的节奏："她丢下吊袜带，她转向约翰"和"当她丢下吊袜带后，她转向了约翰"。）当然，所有这些并不是为了否认一个事实：如果使用得当，引入性非谓语动词短语也可以成为极好的用法。合理运用时，这样的短语可以暂时放慢行动的速度，可以加强重要场景的张力。例如，它在这样的情况下可以产生很好的效果：“慢慢地抬起步枪枪管……”或者“凝视着树林，没有理会她的问题……”。如果不加选择地运用，引入性非谓语动词短语会将行动分割为断断续续的单元，导致失去恰当的效果。

措辞问题通常是作者性格或者教育方面有所欠缺的表现。措辞错误以及不当用语的不断使用表明了作者的低劣品位，或者作者由于经验欠缺和犹豫不决所造成的尴尬。如果一个成年作者写出这样的句子——“她的脸颊圆润而光滑，拥有一层健康的、自然的、红红的颜色。她的脸颊线条突出，与她的嘴唇交织在一起，让她在皱眉的大多数时候嘴唇都显得很厚”——那么，他似乎少有成功的希望，或者可以说没有希望。“她的脸颊圆润而光滑”这样的语言是正常的用语，但是“（她的脸颊）拥有一层健康的、自然的、红红的颜色”则是故作高深的虚假诗化语言。“拥有”这个词可以对“脸颊”的拟人化稍作暗示，“健康的、自然的、红红的颜色”则显得笨重生硬，有点书呆子气。第二句中也可以找到类似的错误：“与她的嘴唇交织在一起”的措辞风格是高雅而正式的，与句子的末尾形成强烈的对比，末尾回到了“大多数时候”这样的口语语言上。相比之下，如果一个作者一直稳定地运用高雅措辞，他或许还更有希望一些——比如这样有隆重效果的句子：“他走进舱口的时候，尿液和咸水独特的气味迎接着他。他巡视一下这一区域，搜寻水槽或者淋浴室，那里没有，他不得不排队等着。”（“不得不排队等着”当然是一个突然的措辞转变。）从此处文字可以看到错误高雅措辞中常见的问题：语言抽象（“独特的气味”）、老套的拟人手法［“（气味）迎接着他”］、在简单的盎格鲁-撒克逊语言可以有效表达的地方却使用了拉丁化的语言（“巡视一下这一区域”而不是“四处看看”）等。如果一个遇到此类问题的作者坚持写作相对简明的小说，比如现实主义小说和逸事，他就可以轻松地解决这一问题。凭借勤奋，他可以学会从自己的词汇中去除这些花哨的措辞，在现实主义小说中使用直接的、口语化的语言，在逸事中模仿传统的不受外界影响的叙述口吻（如“乡村的南方佬”“新英格兰狡诈的老农”，等等）。严肃的故事需要高雅的、近乎庄严的口吻，如果一个作者不能将真正的高雅风格同虚假的高雅风格相区分，他就不能按照高雅风格进行写作，那么他就无法写好这样的故事。

真正的高雅风格同巴赫（Bach）的一样，并不是所有人都可以运用的，但事实是，业余作者经常陷入古怪的模仿中。这表明，这种风格还是触动了他们的心弦，让他们有所反应。如果一个作者在开始阶段对措辞没有感觉，他可以通过仔细而广泛的阅读、通过不断的写作和收集能力范围之内的批评而最终解决这个问题。

句子的多样性在大多数本科一年级的写作指导书中已经有过讨论，这里并不需要进行详细的叙述；我们需要提一两个让创造性作者经常感到为难的问题。当然，年轻的作者需要做的就是研究句子，并有意识地进行试验，因为这样他就可以自己看到问题究竟是什么，可以自己看到他在何时已经解决了问题。如果句子的多样性有欠缺，那么所有的句子就会只有一种长度，一遍又一遍地展示着同样的节奏，具有令人无聊的同样的结构：主语—动词，主语—动词，主语—动词—宾语，主语—动词。如果一个作者比较警觉，他在开始进行试验的时候就会发现，有些纠正错误的尝试甚至比错误本身还要糟糕。之前我已经提到，以非谓语动词短语开头在通常情况下效果是很糟糕的。另一个错误的纠正错误的方法就是通过“that”或者“which”从句将句子进行奇怪的延伸。例如，“从沙发上跳起来，他一把从放在躺椅后面的书架上抓起左轮手枪”，或者“她转过头来，惊叫起来，在恐惧之中举起双手，看到了那天早晨刚从曾经是它家乡的非洲到来的大猩猩”*。很显然，这些句子中存在的明显问题是它们容易减弱、丢失力量。用这样的方式看待这里的问题也许有用。英语中的句子可以分为意义单元或者句法部分，例如，像这样的节奏：“主语＋动词＋宾语”或者“主语＋动词修饰语”。

高中英语老师特别推荐所谓的圆周句。** 在圆周句中，最有趣或者最重要的事情被推迟到句子的最后部分，就像在“沿着河流向下，河水流动并发出声响，梅布尔的牛来了”这句话中一样。圆周句的自然优越性可能被人们夸大了，但事实上，一个虎头蛇尾式的结尾可能毁掉一个本来非常完美的句子，而且“that”或者“which”从句总是——除非在喜剧中——会带来平淡的结尾。（在《纽约客》的超现实主义小

---

* 原文为“Leaping from the couch, he seized the revolver from the bookshelf that stood behind the armchair.”“She turned, shrieking, throwing up her arms in terror at the sight of the gorilla that had arrived that morning from Africa, which had formerly been its home.”——译者注

** 圆周句是以圆周句式写出的句子。所谓圆周句式，指将完整的语言单位的几个部分，按圆周形状连接排列，组成在意义和音调两方面和谐统一的整体。——译者注

说中，这种平实的风格可能是一个优点。）

通常，追求句子多样性可能导致另外一个问题，那就是句子内容超载以及焦点的丢失。让我们看一看这样的句子："波斯湾的黑色海水非常平静，当黎明前太阳的粉色光芒将地平线上的灰色云朵涂上了兰花和薰衣草的颜色时，清爽、幽冷的空气沿着巨大的白色船只的甲板吹过，这艘船正在平静地穿越海面。"也许作者想竭力实现某种趣味，但是他将自己的句子装载得好像一列日本的通勤列车。也许，伟大的作家可以避免让人产生这种不适感［就像狄兰·托马斯（Dylan Thomas）和劳伦斯·达雷尔（Lawrence Durrell）在他们的散文小说中所尝试的那样］，但是这并不容易。一般来说，如果一个句子有三个句法单元，比如"那个人［1］走下［2］马路［3］"，作者可以让其中一个或两个单元有修饰成分；但如果要使句子有焦点，即读者可以得到某个清晰的意象而不是混乱的一团内容，作者就不能让所有三个单元都充斥细节。例如，作者可以给第一单元载入细节，而让其他两个或多或少保持原样，就是这样："那个老人腰弯得很，在锡锅重负的压迫下几乎完全弯了下来，然而他依然带着某种癫狂的微笑，对自己说着什么，好像是斯拉夫语，慢慢地走下马路。"或者，他可以给第二单元载入细节："老人慢慢地走着，小心翼翼地抬起脚，有时候一只脚迈向前面，好像舞蹈一般，然后在脚跟触地之前以脚尖点地，如果成功了他就笑一下，小声地自言自语，并没有真正地走下马路。"或者可以冒险，让第一单元和第二单元都载满细节，例如："那个老人腰弯得很，在锡锅重负的压迫下几乎完全弯了下来，然而他依然带着某种癫狂的微笑，对自己说着什么，好像是斯拉夫语，他慢慢地走着，小心翼翼地抬起脚，有时候一只脚迈向前面，好像舞蹈一般，然后在脚跟触地之前以脚尖点地，如果成功了他就笑一下，小声地自言自语，并没有真正地走下马路。”

如果作者真正的兴趣就是文学冒险（这样的事情并非都不好，虽然它们可能削弱小说的严肃性），他可以将第三单元进行一点改变，将其变成“崎岖的、蜿蜒的马路”这样的形式。拿句子来做游戏是让写作有乐趣的因素之一，但是，其实所有的作者最终都只会发现要适可而止。

能够敏锐地发现小说中优点的读者也会因为其中某种微小的失误而从小说梦境中分心，其中之一就是错误的节奏。许多作家在写作的时候并没有意识到散文节奏所包含的诗化效果，其中也包括一些知名作家。他们将葡萄酒放在桌子上，将香烟放在烟灰缸里，对情人们进行描绘，让时钟滴答作响，在所有这些过程中他们都没有意识到句子究竟是快还是慢，究竟是轻快活泼的还是庄重严肃的。我在此说的并不是那种有意无节奏的作者，这类作者一方面从不允许某一个章节具有节奏上的优美，而另一方面也不会让读者绊倒或是像冰面上的小牛一样踮起足尖起舞。这类作者相信，在现实主义小说中，作者的一个重要任务就是模仿真实的人说话的方式，因为人在现实生活中说话并没有严格的诗化节奏，控制叙述者根据人物的节奏调整话语的节奏，这样，作者只要保持节奏不被注意就是明智的；所谓明智，即尽可能远离吟游诗人式的节奏或者魔咒般的作者，例如詹姆斯·乔伊斯、托马斯·沃尔夫（Thomas Wolfe）或者威廉·福克纳。选择吟游诗人的口吻就是自动从现实主义后退一小步，就是从随意说话转向吟诵，就是从现实主义小说转向传说写作。无论是有意无节奏的作家，比如约翰·厄普代克（John Updike），还是让读者的耳朵服从于节奏效果的作家，就像我自己，都不会采用笨重的节奏而让读者从梦境之中脱离出来。如果一个作者从来没有考虑过节奏，那几乎一定会让读者从梦境之中脱离。读者可能会在偶然具有打油诗节奏的语言中突然停止阅读。例如：

> No one was looking when Tarkington's gun went off,
> killing James Harris and maiming his wife.
> 塔金顿的枪走火的时候没有人在看，
> 这射死了詹姆斯·哈里斯并让他的太太残废了。

作者可能在无意之中写出了一种跳跃诗歌——重音一个接着一个——而为了表现这一时刻的匆忙，此时他实际需要的是轻快一些的节奏，“抑抑扬”格或者“扬抑抑”格。比如，他可能写成了这样：

> “Stop, thief!” Bones Danks cried. “Stop! Can't some good soul stop that man, please?”
>
> “停住，小偷！”伯恩斯·唐克思大声喊道，“停下来！难道没有个好心人让那家伙停下来吗？”

无须说明，如果作者注意节奏，他也可以发现让读者从小说梦境中脱离的方法，这方法就是做得过头——让他的自我在素材之中出现——但是，我们在此并不需要特别说明，因为我们会在后面分析朗基努斯（Longinus）关于僵化的原则。

另外一件麻烦事就是偶然出现的押韵，就像在这句话中一样："When the rig blew, everything went flying sky-high—me too."（"风帆吹动，万物飞向天空——我也一样。"）我们可以发现，这里的押韵令人不适，因为两个押韵词"blew"和"too"都处于重音位置，即声音在遇到它们的时候需要加强。如果作者可以让其中一个押韵词不在重音位置，那么对于大多数人的耳朵而言，这里的押韵就不会有不好的效果了："The rig blew sky-high, and everything went flying—me too."在这个版本中，"blew"这个单词的重音让给了"sky-high"，"blew-too"所构成的押韵就消失了。然而，我们依然有新的处于重音位置的押韵——"sky-high"和"flying"（好吧，在散文之中这样的押韵已经非常接近了）。我们发现了一件非常奇怪的事情：这听起来很好听。如果我们分析一下这里的声音，尝试理解其中的根源，也许会得到以下结论：包含两个元素的押韵词"sky-high"，带有一个悬停重音（后文有分析），被一个阴韵单词（一个以轻音音节结尾的单词）后面紧跟着"me too"这样一句话（其功能是将两者拉开）进行了强化；结果就是押韵单词"flying"声音轻，与押韵基础"sky-high"形成对比，这样达到了快速拉开声音的效果。

"The rig blew sky-high, and everything went flying—me too."其中，"me too"这个短语可以让我们想起处于轻音位置的"blew"，与此同时又会在节奏上让我们想起"sky-high"，结果就是"sky-high"和"flying"所构成的押韵被减弱。让我们对这句话进行最后一次研究，这一次我们需要压制"blew"。

"The rig went flying, and everything shot sky-high—me too."如

果我们在心里将“blew”换成“shot”，我们就会看到（或者，不如说听到）一类异常沉重而奇怪的押韵，这一类型的押韵一定会让读者分心，即让读者停止对意象所进行的思考，转而去研究在作者的头脑里究竟出现了什么问题。另外，由“shot”“flying”和“sky-high”所构成的押韵看似还可以接受。句子由**行板**一样的开头（缓慢的抑扬格）加速进入**快板**一样的中间部分（flying，and everything），之后，句子突然爆发，就像一团庞大的、缓慢燃烧的焰火，以大量重复的重音去平衡早前的快速，“sky-high”的押韵上升至顶部。这种诗化效果以一种可以接受的方式使读者分心。读者可以停下来，将句子读上两遍，品味声音表现意义的方式。然而，如果他从小说梦境中脱离了一段时间，这样的方式就像我们有时停下来欣赏驯兽师的技巧（他低下头来，将脑袋伸进了鳄鱼的大嘴，技巧纯熟）一样，此后，我们重新回到对行动的观察之中。如果作者熟练地掌握技巧（**绝技**作者），在打破小说幻象之前，他们可以试探最终能达到什么程度，对他们的读者使眼色，对他们的读者做鬼脸。对此，我们会在后面进行说明的。

不必要的以及戏剧化的展示足以取代的解释也会打扰到读者。在业余小说中，这些问题可能以粗劣的形式出现，但是有经验的作家也会犯下同样的基础性错误。例如，业余作者会告诉我们，吴夫人是一个暴躁的老人，并解释说，其中一个原因就是吴夫人患有坐骨神经痛。所有这些信息本应该通过对话或者行动来展示。我们本应该看到她一脚将猫从路上踢开，揉一揉她的髋关节，并从窗户处向张先生叫喊，因为他将卡车停在了她家路边；我们应该听到她打电话，向身在圣地亚哥的儿子抱怨。但有经验的作家也会犯下同样的错误，原因在于，作为作者的他们有一点喜爱自己流畅的声音。他们可能会这样写：

> 杰拉尔德·B. 克雷恩探长喝得烂醉。那天早晨，他坐在停下来的卡车里，无法将现实——至少是你我所谓的现实——同他震颤性谵妄所造成的影子和幻象相区分。他的责任感、他的勇气、他内心的高贵、他天真的骑士精神，所有这些都同以往一样敏锐，但是他的眼睛不能像在正常情况下一样寻找平凡的事实。因此，他相信自己看到了一些什么，想象有人召唤他的英雄行为。他扔下酒瓶，拿出左轮枪，跑进姑娘刚刚离开的房子，又一次证明了自己就是一个傻子。

如果作者可以掌控好口吻，本是一种讨人喜欢的技巧，但是没有哪个聪明的作者能仅仅依靠口吻而解决所有的问题。让我们拿同一场景的另一个版本进行比较，还是那个喝醉的探长，这一次场景得到了戏剧化的处理，而不是进行解释：

> 蛇从什么地方出来，他并没有看到。他的耳边传来一声尖叫，天空一片苍白，就好像通往地狱的大门打开了，蛇就在那里，一英尺宽，也许有三十英尺长，身上是发绿的金色。它快速地移动着，优雅地穿过了他面前的街道，穿过人行道，来到门廊，片刻之前伊莲·格拉斯就站在那里。它有大大的黑色眼睛，鳞片闪出紫色和朱砂色的光，斧头形状的脑袋抬了起来，吐出信子，它以一位熟悉的访客的从容沿着人行道爬上了台阶。
>
> 克雷恩大叫一声，不假思索地扔下酒瓶，推开了身边的门，

从卡车上半跳半摔地下来，向前跑去。他在跑动之中掏出手枪。门廊里的学生将他们的东西从地板上拿起来，向后面逃走。巨蛇的尾巴在门里消失，它现在不见了。他追赶它，摆动着手枪，他跑得非常快以至于很难保持不摔倒。

虽然我们可以遇到例外，也可以遇到解释中含有趣味的哲学小说，但解释的冲动几乎是应该一直被控制的。一个优秀的作者可以通过行动和对话让所有的内容自圆其说，如果没有充足的理由表明需要解释，那么他就应该把解释的机会留给他的评论者和批评家。作者尤其应该避免对人物的感受进行评价，或者至少应该确定他理解了那则古老的信条“展示而不要讲述”中所总结的意见。原因显然是，与戏剧性的事件所体现的复杂思想相比，解释就像稀粥，十分无趣。例如，一个女人决定离开家。作为读者，我们整个早晨都在观察她，研究并想象她的动作、她的言语、她关于邻居以及天气的感受。如果作者是一个优秀的作者，我们的感受就可以非常深刻，我们根据作者的描述就可以**知道**人物为什么离开、她为什么最终走出门外。我们是以一种很难用言语来表达的微妙的方式了解的，这就是为什么如果作者有解释的冲动、如果他愚蠢到想尝试着解释，他就会让我们打哈欠并将他的书扔在一边。

心理距离上的粗心的变动也会让读者分心。我们所谓的心理距离，是读者感受到的与故事、事件之间的距离。我们可以对比以下例子，第一个例子有意营造较大的心理距离，第二个例子有意营造相对较小的心理距离，以此类推，直到最后一个例子——在理论上，它所营造的心理距离几乎为零。

1. 这是 1853 年的冬天，一个高个儿男人走出门口。

2. 亨利·J. 沃伯顿从来不在意暴风雪。

3. 亨利痛恨暴风雪。

4. 上帝知道，他痛恨这些该死的暴风雪。

5. 雪，在你的衣领下面，在你的鞋里面，冰冷，填满了你痛苦的灵魂……

当心理距离大的时候，我们观察这场景就好像是从远处观察的，也就是我们通常在传统的传说中的位置，在时间和空间上都很遥远，在展示方式上非常正式（例子 1 仅仅可以在传说中出现）。随着距离变得越来越小，随着镜头拉近，我们来到逸事（例子 2 和例子 3）以及短篇小说或者现实主义小说（从例子 2 到例子 5）通常的位置。在优秀的小说中，心理距离的转变得到了细致地控制。在故事的开篇，一般情况下，我们发现作者会运用长镜头或者中镜头，他为呈现高度紧张的场景而稍微拉近镜头，为转变而拉开镜头，为故事的高潮而拉得更近。（当然，所有种类的距离都是可能的，细心的作者会运用心理距离，就像运用其他小说技巧一样，以实现惊人的、新的效果。例如，他可以让整个故事在一个心理距离的背景之下展现，以实现一种神秘的、非常冷峻的效果，比如例子 2 中的设定，就会实现这样的效果；而例子 5 中的设定，则会实现过热的效果，只有伟大的技巧才可以让它不至于沦为过分的混乱或伤感。重点在于，无论是否以传统的方式进行，心理距离一定要得到控制。）小说作品如果含有心理距离上的突然的、不可解释的转变，就会看起来很业余，而且容易失去读者。例如：“玛丽·博登痛恨啄木鸟。天啊，她想，它们会让我发疯的！这个年轻女性从来没有亲身接触过任何啄木鸟，但是玛丽知道她喜欢什么。”

我一直在讨论的这类笨拙的写作会不断地使读者从梦境中脱离出来，并因此破坏或者严重影响小说的效果。我对自己进行了限定，只谈论最为常见的类型，或者根据我作为写作教师、书刊编辑的经验所认定的最为普遍的类型。在糟糕的作者中，更加糟糕的错误也会出现——这样的错误立即就会出现在我的脑海中，例如：事件没有按照有秩序的行动展开，细节被粗鲁地、奇怪地引入，一直进行非常奇怪的模仿，或者像鬼画符一样的拼写。第一种错误并不需要解释。因为某种原因，作者——也许因为他的思想聚焦在其他某些事情之上——使得事件脱离了前后关系，迫使读者回看并将情节理清；或者，换言之，作者没有直接给出句子的含义（这从来就不是一个好想法），迫使读者坚信多读好几个单词，某些意义就可以从看似混乱的句子中出现。我只需要指出这些作者呈现行动序列的方式，你们就可以明白我的意思。这里，我举两个例子。第一个例子：“转过头来，他压低身位带球，找机会投篮，突然之间他被一个啦啦队长撞倒在地，那个啦啦队长兴奋地闯进了场地，拦住了他的去路。”这样的句子偶尔能够欺骗读者，但敏锐的读者会发现其中的问题并提出反对。如果这样的事情经常发生，作者的权威就会受到严重的影响，而且，更为严重的问题在于梦境将失去魅力和连续性。要让读者看到完美聚焦的梦境意象，意象一定要一个接一个按照一定的顺序持续呈现给他们，这样，所有的事情才会按平稳的逻辑性、完美的必然性发展。唯一的例外（即使这样，作者也应该确定例外具有合理性）就是，在场景之中，人物的迷失——或者说读者的迷失——是被设计为效果的一个重要部分。但低水平的作者将这样的例外当作借口，他们会莫名其妙地引入一个声音。例如，我们看到一个年轻人沿着马路走来，高兴地吹着口哨，周围没有一个人，但是我们读到了这样的话（在新的段落中出现）："小心，布恩！"后面是（又是新的段落）："布恩惊讶地回过头来，在惊恐之中四下张望。"当然，这种事情在小说中非常常见，我的反对并不会让某些作者不再继续使用这些方法。不过，如果小说作为读者心中的梦境这个理论是正确的，那么平静之中突然出现惊讶（"小心"）就是一个错误，或者是对绝对的清晰原则的背离。我们可以对比一下："突然之间，一个声音从什么地方喊道：'小心，布恩！'"但这些是非常细节化的问题，每一个作者都有个人意见，都知道他应该在多大程度上追求关于清晰度的理想。就我自己而言，如果作者至少严肃地想过这个问题，并且完全了解让事件 a 出现在事件 b 之前、让所有的事件链条像多米诺骨牌一样排列合理而逻辑清晰的好处，他就可以也应该尽其所能做到最好。谁知道约翰·霍克斯（John Hawkes）的早期小说中究竟发生了什么？然而，很少有作家创造过比他所描绘的更加动人、更加前后统一的梦境。

事实上，关于将细节粗鲁地、奇怪地嵌入故事，我们也无须多说。有时候，作者发现自己纠结于（就好像是第一次一样）如何将中心人物的相貌顺畅地引入故事这个由来已久的问题。我们可以想一想这样的时刻，因为这样的时刻在职业写作中也非常普遍。比如，她刚好经过一面镜子，或是看到钟面之中映照出自己的脸，或是刚好有一位朋友正在大谈特谈她现在的容貌同过去相比是多么不同；或者，作者干脆认输，直接告诉我们人物的相貌，就此了事。任何一位有经验的写作教师都会给出很多关于“如何熟练地将事情带入”的技巧，就像一位魔术师在观众面前将卡片放在助手的手里一样熟练。但是，真正需要说的是这一点：诚实的作者完成初稿之后所做的事情，就是一遍又一遍、一次又一次地修改，拒绝让任何看起来奇怪、虚假或者做作的东西留下。如果细节被笨拙地嵌入故事，就需要修改为灵巧地嵌入，或者从小说中删去。

至于我们所说的业余作者会犯下的第三个错误，即模仿或者拼写的错误，我们对此说得越少越好。我所指的是诸如对话中的“嗯，啊……”这样的东西，优秀的作者也时有运用，但它们并不会非常明显，不会让读者因此从小说梦境之中脱离，而业余作者经常会以一种让读者很不舒服的方式去使用。我们只要已经有了一个确定的叙述者，就可以避免这种滑稽的对话，例如，我们只需要说：“卡洛斯有一点犹豫地说：‘我不知道。’”（这样就没有必要加上一个“嗯”或者写成“不，不，不，不知道”了。）此外就是奇怪的拼写，例如以“Yea”代替“Yeah”或者“Yeh”，这样的拼写会模糊足球运动员或毒品贩子与类似于耶稣的道德典范之间的界限，因为后者也以同样的方式表达肯定。

所有这些写作错误都属于“基础技能学习”标题下的内容。对于有经验的读者或者作者而言，这些问题非常明显。初看起来，它们并不应该出现在一本写给严肃作者看的书里。但它们的出现也有原因：第一，最好的作家并不是一直（甚至不是经常）出自教育完备的中上阶层，艺术的殿堂很少是金装银裹的。第二，我一直以来讨论的笨拙错误类型可以让我们清楚地看到，所谓的“让读者从小说梦境之中脱离”的东西究竟是什么；在我所说的所有的事情当中，只有不被打断的小说梦境才是最基础的内容。

现在，让我们处理三个比笨拙远为严重的问题，它们不是技巧失误，而是灵魂失误：伤感、僵化和矫揉造作的风格，这些是灵魂失误，我的确说过，但是我运用这个词的意思与加尔文主义者的意思并不一样。灵魂失误同技巧失误一样，可以得到纠正。事实上，一个写作教师的主要任务以及作者应该为自己完成的主要任务，都是使作者的基本性格产生变化，帮助作者成为“真正的诗人”，就像弥尔顿说的一样，没有真正的诗人就没有真正的诗歌。

任何形式的伤感都企图在不提供合理原因的情况下取得某种效果。我默认读者了解小说中**情感**和**伤感**之间的区别，前者是感动或者感受，后者是被错误地激起的感动或者感受，其中错误的根源通常在于，后者是通过某种欺骗或者夸张的形式而获得的。没有情感，小说就没有价值，然而，伤感可能让最好的人物、行动以及思想混乱不堪。小说是读者头脑中一个鲜活的、不被打断的梦境这一理论，在逻辑上要求小说合理的原因只能有一个——戏剧性，即表现为处于行动之中的人物。一个人物一旦被戏剧性地建构，就成为值得读者同情和热爱的对象，故事讲述者就有权利（某些人甚至会说是义务）通过强大的、合适的修辞让我们关注人物的不幸给我们带来痛苦。（如果感动人的时刻已经被很好地确立起来，平实的语言同样有效。我们可以想一想契诃夫。）结果就是强烈的情感，而不是伤感。然而，如果故事讲述者试图让读者因为几乎不了解的某个人物所遭遇的不幸而痛哭；如果故事讲述者依赖读者的固定回应（读者对上帝或者国家的热爱，读者对被压迫者的同情，所有正直的人对孩子以及小动物都怀有的温暖情感）；如果故事讲述者试图通过廉价的情节剧让读者哭泣，告诉我们那些我们并不了解的受害者完全清白无辜，而压迫者绝对铁石心肠；如果故事讲述者并没有通过描写不幸的人物细节化的、真实的美德，而是通过修辞上的陈词滥调，通过令人喘不上气的句子，或者通过高度戏剧化的一句话段落——“之后，她看到了枪”（色情以及惊悚作品作家喜爱这样的句子，某些所谓的严肃作家近期也开始越来越喜爱这样的句子）——赢得我们的情感，那么，他所得到的效果就是伤感。只要读者感受过真正小说的魅力，就不会对这样的小说产生兴趣。

在伟大的小说中，我们是被其中发生的事情所触动，而不是被作者对于事件的含泪泣诉或号啕大哭所触动。在伟大的小说中，我们因为人物和事件而感动，而不是因为某个故事讲述者的伤感而感动。有时候，就像在托尔斯泰或者契诃夫的小说中，叙述的声音有意保持平静和不动声色，这样，小说事件呈现出的情感丝毫不受影响，但是这种约束并不具有美学上的必要性。福克纳在其巅峰时期的华丽风格同样可以成功。问题的关键仅仅在于风格应该为素材服务，而不应该为作者做宣传。当思想、人物以及行动获得了稳固的基础，托马斯·沃尔夫或者威廉·福克纳的风格也可以对一个故事的情感内容进行合适的表达。就像古希腊合唱所发出的庄重的悲叹，伟大修辞的滚滚波浪可以加强我们的欢喜或者悲哀，使作品超凡脱俗，获得仪式上的丰富性和普遍性。换言之，在现实中发生的事情可以通过风格得到提升，成为我们阅读时可以马上辨认出是真实的或真实的变形形式的东西。

因此，《八月之光》（*Light in August*）中关于乔·克里斯姆斯之死的段落，可以让读者立即意识到这就是现实和艺术品、是事实和赞美诗。散文化诗歌如果具有强大的自我意识，如果可以从人们的日常话语中勇敢地跳出来，就可以让我们感觉到死亡的共鸣及其中意义之所在。然而，正是因为必要的戏剧性得到了展现——真实的动因在故事中被呈现出来——修辞才能发挥效果。如果沃尔夫或者福克纳写作的时候并不那么认真——他们两个有时也的确不认真——试图以咒语取代行动之中的人物，读者就会局促不安。经常被提及的形式主义伤感的另一种极端情况，可能同样会让我们感到局促不安，比如我们有时会在海明威的作品中发现的牢骚，其中的轻描淡写成为一种自我哀怜。

被朗基努斯称作“僵化”的错误也会在小说中出现，它指的是作者由于遗忘或者自私地介入而没有对人物表现出应有的关心。应有的关心是指任何正派的人在同样的情形下都会自然而然付出的关心。假设作者在讲述老人和儿子之间的一场血腥拳斗，在故事的前一部分作者已经说明了老人非常爱他的儿子，尽管老人从来没有找到一种合适的方式对此进行表达，以至于他的儿子现在已经步入中年，却依然相信父亲并不爱自己，并希望可以找到某种方式让父亲喜爱自己。让我们进一步假设，作者已经通过充分的手段创建了这个关于误会的故事。当拳斗开始的时候——老人的拳头打向了儿子的侧脑，儿子惊讶地抬起了臂膀保护自己，老人的第二拳又打向儿子的鼻子，儿子在疼痛和愤怒之中打了老人的耳朵——我们阅读时的反应一定是恐惧和痛苦的。我们被吸引住并怀着担忧继续阅读。作者继续写道：“老人像个婴儿一样哭泣着，疯狂地挥舞着拳头——无力地，由于他已经受了伤——他边挥舞边哭泣，满脸通红，就像一个婴儿因为尿布完全浸湿了而哭泣一样。”“哈哈！”读者笑了出来，并将这本书扔到了火堆里。这是因为作者已经忘记了他的人物所处的环境是严肃的；他对于自己所构想出来的场景并没有做出足够的温情的回应，而是任由自己被婴儿的意象牵走，暂时忘记了或者没有注意到场景的**真正**趣味——事实上，一种愚笨的误解会导致这样的情况——作者所抓住（或者所满足于）的一个至多只能提供无用趣味的细节不过是尿布而已。这个作者缺少真正的艺术家所具有的那种情感，他缺少一个真正的作家所具有的高贵精神（凭借这种高贵的精神，作家得以深入虚构人物的情感，就像他们深入挖掘真实人物的情感一样）。总而言之，这样的作者是僵化的。

严格说来，如果作者要呈现严肃的素材，但是没能做到始终如一，没能带着所需要的认真和严肃对这些素材进行处理，那么，这个作者就是“僵化”的。我想将这一词语的意思进行扩展，让它同样可以指代一种更进一步的冷漠，指作者没有能力在第一时间辨认出事情的严肃性，或者仅仅看到意志冲突中的表面现象，或者对爱情、美好或痛苦的理解与我们从贺卡上获得的理解同样肤浅。僵化的意义如果延伸到了这样的范围，那么，这看起来就是当代文学以及艺术一个最为显著的问题。有时，僵化让作者成为小修小补的工匠，对形式愈加着迷；僵化使得批评家形成批评流派，使他们对故事中的人物、行动和明确观点的兴趣越来越少；僵化甚至让作者感染伤感，伪装出他们没有真正感受到的情感。总之，僵化是文学领域最为严重的问题，通常也是其他问题的根源。如果一个业余作者知道这样做并不好，但还是让一个糟糕的句子留在了他的终稿中，他就犯下了僵化的错误：他还没有了解他所创造的艺术的重要性，这门艺术是这个世界上唯一一门能准确、详细地描述普通人或者超凡人的感情的动因、本质和影响的艺术（或者说科学）。而如果一个技巧纯熟的作者写了一本浅薄、无聊、仅供消遣的关于婚外恋的书，他就已经陷入了同样令人生厌的沼泽，并会比普通作者造成更加有害的影响。

矫揉造作的写作有时看起来是僵化的一种（低谷时期的海明威就是这样），有时看起来是伤感的一种（低谷时期的福克纳就是这样），但是我们最好将它当作另一种严重的问题加以对待，因为矫揉造作的作者可以既不僵化也不伤感，而仅仅是矫揉造作而已。矫揉造作的写作不断地通过风格转换让我们从小说梦境中脱离。在阅读的过程中，我们会情不自禁地认为这类作者是希望自己闯入作品，以证明自己与其他作者不一样。矫揉造作的写作风格转换并不能和风格技巧混淆在一起，因为风格技巧可以通过为主题（人物和行动）服务而得到清晰的解释，或者设计目的在于呈现某种新的观察方式［有些难以理解但是明显有其合理性的风格，会产生特别的效果，我们一定要学会接受这些风格，比如格特鲁德·斯坦因的、弗吉尼亚·伍尔夫（Virginia Woolf）的，或者彼得·马修森（Peter Matthiessen）在其作品《遥远的托尔图加岛》（*Far Tortuga*）中所表现出来的风格］。矫揉造作的写作风格转换也不应该同固有的僵硬或者紧张联系在一起，后者可以比作一个不善言谈的人，他小心地、有点笨拙地想出句子，就像舍伍德·安德森令人痛苦的、有些笨拙的风格一样。例如，我们可以看一看他的《林中之死》（*Death in the Woods*）的开篇两个章节。

她是一个老太太，生活在一个农场上，距离我所居住的城镇很近。所有乡村或者小镇的居民都曾经见过这样的老太太，但没有人知道关于她的太多的事情。老太太骑着一匹疲惫的老马进城，或者提着一个篮子步行而来。她也许拥有几只母鸡，并有几个鸡蛋需要出售，她用篮子装着鸡蛋，把它们带到杂货店，她在那里将鸡蛋卖掉。她得到一些咸猪肉以及一些豆子，然后买上一两磅糖和面粉。

然后，她去肉店，要一些狗肉。她也许会消费十或十五分钱，但她要是这么做的话，就一定要得到点什么。那段时间里，谁愿意拿走肝脏，肉店老板就把肝脏给谁。在我家，我们总是吃肝脏。一次，我的一个哥哥在露天市场附近的屠宰场里得到了一头牛的整个肝脏。我们一直吃，直到吃腻。这不用花费一分钱。从那以后，我就痛恨想起这件事。

很难相信安德森竟然认为乡下人是以这样的方式谈话的，他模仿不识字的人写作的方式实在令人灰心，我们无法追随。然而，如果我们仔细阅读安德森精心写出的严谨作品，我们从来不会觉得他写作是为了将注意力引向自己。他要么**不可能**写得更加平滑（但是他的某些作品掩饰了这一点），要么是在以农民式的方法进行写作，原因在于这样的风格可以表现其小说的目的：这样的风格不会鼓励我们寻找表面的华丽和消遣式的流畅，而是鼓励我们冷静地阅读他的作品，带着一种朴素的真诚，这份诚挚适合于这样纯朴、细致的叙述者和他的故事。这样的风格并没有向我们揭示作者的聪明，也没有向我们揭示他的自我，而是向我们揭示他写作的口吻和目的。

另外，矫揉造作的写作风格源于作者别有用心的目的，或许他们对这样的目的并不是完全有意识的，但是我们怀疑他们有这样的目的，我们对这样的目的高度警觉。我们可以想想在最为自负的时刻的约翰·多斯·帕索斯（John Dos Passos），或者自以为是地发表意见的乔治·萧伯纳（George Bernard Shaw）。如果说僵化的作者缺乏强烈的情感，而伤感的作者不加分辨地滥用情感，那么矫揉造作的作者对于自己的人格和思想——他的自我——感受更加强烈，因此他通过风格的手段将自我展现在读者眼前——他对笔下的任何人物都没有这样强烈的情感——事实上，他对其他所有人都没有这样强烈的情感。

那么，矫揉造作的写作——同伤感和僵化一样——源于有缺陷的性格。在批评领域，我们认为在文学上的失误和性格上的缺陷之间建立联系是糟糕的方式，但对于写作教师而言这样的联系不可忽视。如果一个男性的写作学习者攻击一切女性，写出了一篇令全班同学都感到尴尬的小说，而教师仅仅将批评限制在他对“哥特式的细节”的过量运用、句子节奏的伤感化倾向或者下流措辞的不良效果等问题上，那么这个教师远远没有做到他的工作所要求他做的。这样怯懦的批评可以实现的最好效果就是对小说进行修改，新作品可能没有任何技巧问题，但是同样会令人感到尴尬。既然帮助作者是写作教师的工作，为了对作者有所帮助，写作教师就一定要让作者看到——部分是通过让作者看到小说以何种方式暴露了他扭曲的观点（就像小说一直以来所展示的那样，假设小说得到了仔细的研究）——其实作者本身的问题是人格有所欠缺。

有些写作教师不愿做这类事情，那些并非艺术家的人——尤其是对写作或者对深刻真理的价值没有信仰的人——更愿意认同别人。他们会慷慨地说，没有人是完美的。但是，真正的艺术家对这样的谈话没有耐心。马戏团的飞刀手知道完美的确有可能，而且他最好实现完美。完美的意义是精确地击中你的目标，不要有一丝一毫的误差。一个作者告诉自己“甚至荷马都有粗心的时候”并没有意义。荷马只有在最无关紧要的情况下才会粗心大意，例如，他在某些漫长的战争描写中将同一个士兵写成被杀死了两次。乔叟在他所有最为优秀的诗歌中几乎实现了完美，拉辛在《菲德拉》（*Phaedra*）中实现了同样的完美，莎士比亚则在《麦克白》（*Macbeth*）中实现了完美。严肃的批评家有时会说，艺术标准永远都是相对的，但艺术杰作揭穿了这个谎言。最伟大的艺术作品中——我们可以想一想塞尚或者贝多芬的后期作品——没有真正的失误。正是基于这样的原因（而不是势利或者恶意），了解非一流作家的错误才非常重要，特别是那些与我们的时代接近并因其才华让我们部分相信他们的错误有可能是优点的作家。

看一看上一辈的作家，包括我们所处的时代中最为著名的作家，没有比矫揉造作的写作更为明显突出的问题了。威廉·福克纳虽然是一个最出色的人，也是一个杰出的作家，但是他的写作非常矫揉造作。读者感觉到，若是被尊奉为神，他就要去把某座教堂给炸了。在阅读其晚期作品的时候，读者一次又一次地感觉到福克纳尝试通过奇异的修辞重新获得已经失去的成功，这些修辞发明出来原本是为了传达已经存在的思想和情感，但是现在成了泡沫、吼叫和噪声，就像是一辆没有了货物的货车。海明威的情况几乎同样糟糕，虽然他矫揉造作的散文与福克纳的作品构成了对比。［如果有人认为海明威的风格并非高度矫揉造作，而仅仅是精雕细琢，就像《乞力马扎罗的雪》

（*The Snows of Kilimanjaro*）以及他所有最好的短篇小说之中表现的那样，那么他可以一口气读上十篇或者十五篇他的故事。〕詹姆斯·乔伊斯是另外一个存在这类问题的作家，就像他自己了解的那样，他对关键象征句子的抒情性重复在《尤利西斯》（*Ulysses*）中表现得特别明显。这些用审美功能并不能完全解释，它们永远带着乔伊斯纨绔主义的一丝味道，他在中年时期不愿从艺术作品中退隐出来——就像他告诉所有人他应该做的那样——他作为一名艺术家不愿意模仿“坐在外面，漠然以对，修剪指甲”的上帝。在晚期生活中，乔伊斯因为错误的转变而非常痛苦且灰心，他相信自己的事业在《都柏林人》（*Dubliners*）和《一个青年艺术家的肖像》（*A Portrait of the Artist as a Young Man*）之后发生了错误的转变。他说，有史以来最杰出的短篇小说是托尔斯泰在晚期创作的简短的小寓言故事《多少地才够?》（*How Much Land Does a Man Need?*）。这个观点就像乔伊斯许多晚期观点一样，通常并没有被我们认真地对待。乔伊斯是病态的，他是酒鬼并充满自我仇恨，但他最近创作了《芬尼根的守灵夜》（*Finnegans Wake*），这是人类思想和精神最伟大的作品之一，而且他依然在修改完善。

然而，我们一方面显然应该客观地看待乔伊斯对《芬尼根的守灵夜》的不满，另一方面也有必要留意事实上他说出了他的意思。他非常严肃地指出，他所在的时代在某些问题上出现了错误，这错误不仅仅出现在他自己的作品中，而且几乎出现在每一个人的作品中。带着赞扬，他将话题转回自己早期的、最不矫揉造作的作品，并将一个没有任何矫揉造作、简单的寓言故事当作文学试金石一样看待，所以乔伊斯在重述他在一开始就承认的原则，虽然他有时在实践中违反了这个原则。他以前说过，所有的小说都应该以“很久以前……”开篇，他的《一个青年艺术家的肖像》就是依据这样的原则通过精巧的技巧开篇的。很久以前，他就已经提出了低调的艺术家模仿上帝的著名隐喻。总之，他指出了一个重要的事实，但他早期或者晚期的追随者在大多数情况下都拒绝听从这一事实，从福克纳到多斯·帕索斯都是这样。

并不是所有具有独创性的或者十分与众不同的作品都是矫揉造作的。没有任何风格可以比契诃夫的风格更加具有辨识度，但很少有比他更不矫揉造作的作家了。也应该清楚地看到，虽然有的作家可以在一个地方令人痛苦地矫揉造作，但他在其他地方也许并不会这样。在乔伊斯所有最优秀的作品中——例如《死者》（*The Dead*）——我们都不会发现艺术家的人格不合理地介入故事。在梅尔维尔所有最伟大的作品中，特别是《班尼托·西兰诺》（*Benito Cereno*）和《录事巴托比》（*Bartleby the Scrivener*），梅尔维尔的声音都不会变成（就像劳伦斯说的那样）一声“驴叫”。这些作品就像其他类似于它们的作品一样，诗化效果是精致的、不引人注意的。所有人都会发现乔伊斯在《死者》结尾段落中的诗意的优美，但是其中的诗化效果源于句子的节奏（节奏如此精巧，只有散文才可以实现），源于有精确焦点的意象（落雪的意象，雪向外飞旋出去，直到整个宇宙被雪填满），源于最后几行的回声——不过是耳语而已，我们在之前的段落里曾经读过。然而，也并不是明显的诗化效果才使得一个故事看起来矫揉造作。就像威廉·加斯在其最好的小说中表现的那样，例如《在中部地区的深处》（*In the Heart of the Heart of the Country*），甚至最引人注目的技巧也可以稳固地融入小说之中，而不需要作者的介入。

那么，写作初学者如何发现他的写作已经偏向了矫揉造作的迹象呢？他应该认真思考他的创新之处，确保以这种新的方式写出的作品跟用更为传统的方式写出的作品是不一样的。比如，如果他将故事大多数的句号换成逗号，以此尝试某种精巧的、新的节奏，因为这样的效果在他看来适合某种特别的叙述，那么他可以尝试用传统的断句方式重新写一遍主要章节，之后一遍又一遍地阅读两个版本，以此确定新的方式的确增加了新的效果，超过了它所减损的部分。（减损的意义是指新的方式分散了读者的注意力，直到读者能够适应它，就像我们在适应最好的创新作品时所做的那样。）

如果作者已经引入了华丽的诗化效果——例如引人注目的韵律——作者可以一遍又一遍地阅读已经写出的内容，之后将这些放在一边，给它们冷却的时间；之后再一遍又一遍地阅读，在阅读中仔细地分析他的情感，判断新的手法是否因为将新的趣味和生命力加入素材而产生了效果，或者恰恰相反，作品的效果开始减弱，让人感觉到诡异。无须说明，最终的决定当然不应该基于怯懦做出。任何傻瓜都可以把作品修改到其中不包含任何冒险、所有内容看上去都很安全的程度——这样的作品也就没有生命力了。无论以这种或者那种方式，所有伟大的作品都是活力四射的。问题在于如何写作以使这种活力和热情源自作品本身，无论小说中的展示能够获得什么样的效果，这些效果都源于展示与展示之物之间的和谐或融合。

六 技巧

为成为一位伟大的艺术家，年轻作者所需要掌握的并不是一系列的美学规律，而是艺术修养。他不能指望一下子就掌握所有的东西，这涉及太多。然而，如果采用合适的方式，他就可以更加迅速地接近目标，这比他漫无目的地进行要快许多。他前进的每一个阶段做得越成功，他的进步就越可能快速地实现。当写作初学者将一篇短篇小说上交给他的写作老师的时候，故事毫无例外地会存在许多问题，使他的作品显得并不专业。然而，几乎同样毫无例外的是，当写作初学者处理到某些特定的小问题的时候，例如，对一个背景进行描写，对一个人物进行描写，或者对一个有某种固定目的的对话对象进行描写，作品的质量就会接近专业质量。如果作者盲目地写作，没有人警告他需要注意哪些问题、给他一些指导、以某些可能的方式帮他解决主要难题，那么，他的作品可能就达不到这样的质量。然而，写作课堂上通常的情况是，当作者需要处理某些非常明确的技巧方面的问题时，若将精力全部集中在这一问题上，他可能会写出非常优秀的作品，连他自己都感到惊讶。成功会带来更多的成功。很好地写出了一些非常优秀的作品之后，他就会开始建立信心。

在处理某些固定问题的时候，作者能实现最好的效果，我们可以从这一事实中发现两个重要的问题。第一个就是，作者相对而言并不重视素材可能是某种优势（虽然这并不意味着作者应该永远都对他的素材保持漠然）。作者在开始做一篇老师留给他的练习的时候，对于需要阐发的信息并不十分热衷，对于需要创造的人物是否符合现实也并不关心，比如一幅描绘母亲的画面是否精确。在做练习的时候，我们仅仅根据作业要求编造故事，如果碰巧需要出现一棵会说话的树，我们马上就会轻松地想象一棵树希望说点什么。毕竟，我们一定要让这棵树有趣，否则练习就会令人觉得无聊。事实上，树会情不自禁地说出一些对于作者而言非常重要的事情，否则作者根本不会想象树可以这样说话。很快，作者将发现他轻松的想象开始变得有一点认真了。无论作者是否意识到，他正在表达的都比书写现实生活中母亲的故事更能展现童年的挫折和母爱。无论一项给定的练习是导向现实主义小说还是导向非现实主义小说，它都的确在导向小说：导向一个经过仔细研究的模仿，通过作者对内心真实情感的回忆和想象的投射而完成。当写作话题有关我们的父母、某位朋友或者我们自己的时候，我们所有的心理“审查”都停下来，所以我们经常会写出安全的但并不完全真实的情感，或者——无论会造成怎样的伤害，作者都有讲述事实的愿望——我们写出了直白但扭曲而虚假的情感。在第一种情况下，一个人的老朋友阿尔玛·斯皮尔有时候在性的问题上有一点随便，她可以被写成“敏感而有强烈的欲望”；而在第二种情况下，她就是一个荡妇。现实生活中的人物在小说中有时的确能够保持他们的真实形象，但仅局限于那些被爱或者被恨的人物，当作者在脑海中或在写作的过程中将他们转变成虚构的存在来做练习的时候，他们处于理想的艺术状态之中，他们既严肃又不严肃。作者希望自己的练习精彩，这样自己的同人就会报以掌声，但是他并没有处于拥有雄心壮志的青年小说家黑暗的心理状态之中，只有他们才感觉到青年詹姆斯·乔伊斯的鬼魂就站在他们的背后，促使他们努力地如实地完成自己的练习。

写作初学者在做练习的时候，正是在做职业作家大多数时间里所做的事情。一个真实的故事或一篇小说之所以包含某种内容，并不是因为作者强烈地希望它存在，而是因为他需要它存在：某个场景使得某些后来的行动具有了合理性，建立了某些动机的基础，或者展示了人物的某个方面（没有这种人物的某个方面，为行动所设计的高潮看起来就不可信）。我们一次又一次发现，我们正在费力地塑造一些次要人物；如果我们不需要某人出售定时炸弹装置或者剪羊毛，这样的次要人物从来就不会被引入故事。我们一次又一次发现，我们在挖空心思让一场风暴显得逼真，并不是因为我们在意风暴，而是因为如果风暴并不真实，那就没有人会相信玛塔的午夜来电。如果可以出色地完成练习，作者就会有意无意地了解引导他走向成功的思维模式的价值。

写作初学者发现的第二个重要问题就是，小说由结构单元组成，创作小说不能急于求成。每一部小说都由许多这样的单元组成：一段描写，一段对话，一个行动（比如雷奥纳德开着皮卡进城），另一段描写，更多的对话，等等。优秀的作者会单独处理每一个单元，把它们一个一个地发展起来。当他对费奥多大叔的商店进行描写时，并不会考虑排队等待的人——他们一会儿就会进入商店——虽然在头脑的深处，他并没有忘记他们。他耐心地对商店进行描写，让商店形象逼真，渲染费奥多大叔情感和人格的每一个细节（也许是出于他对持枪劫匪的恐惧）。他对这商店进行描写，就好像这不过是一个练习而已，他好像有无穷无尽的时间完成这样的练习。描写至完美（就其在整个故事中承担的功能而言，对它进行描写的篇幅既不长也不短）以后，他进入故事的下一个单元。他以这样的方式思考，一个单元接一个单元地写作，头脑里一直想着故事构思所要求他做的事情，但是拒绝立即加入更加重要的事情（比如枪声响起的时候娜迪亚阿姨的歇斯底里）。作者写出的故事没有一个死角，没有模糊的地方，我们在他的故事里没有发现审美趣味的丢失。

在通往艺术纯熟的路上，起步的方法之一就是按照小说技巧的系统发展进行练习。当然，我所谓的技巧就是控制小说要素的方式。没有一本书可以处理所有存在的或者可能存在的技巧。每一位作者都发明了新的技巧，或者以新的方式运用旧的技巧。在此，我们先从一般角度研究技巧在当代小说中所起的作用，之后，我们再随机地研究几个基础的技巧问题，这样也许会有用处。

总体而言，技巧在当代小说中的应用同以往相比更加自觉。如果任何基础故事情景已经被给出——谋杀犯在灌木丛中爬行，奶奶在聊天，情人初吻——同以往任何时期的作家相比，当代作家有可能知道更多的方法来处理这些情况。以往的作者普遍以某一种基础风格持续写作，但当代作者有时可以在不同的故事或者不同的小说中展示出巨大的变化，以至于我们难以相信这些作品都出自同一作者之手。其中的原因当然容易找到。托马斯·马洛里爵士（Sir Thomas Malory）在描写一个大规模战争场景的时候，并没有什么模式可以借鉴。结果就是，他虽然是一名出色的创新者，但是他的战争场景对现代读者而言有一点单调、有一点令人生厌。当代作者有大量的模式可以借鉴，从荷马的作品到蒙古强盗传奇，再到关于法国大革命或者越南的故事。

另外一部分根源在于当代哲学的某些运动，小说艺术同所有艺术一样，变得越来越自觉，越来越自我否定，艺术家不断地追问自己究竟在做些什么。契诃夫和托尔斯泰可以带着莫大的自信说小说的任务就是“讲述事实”。就像我们看到的那样，当代理论对于事实可否讲述经常表示怀疑。尽管我们相当确信艺术可以讲述事实，小说要素以及技巧可以形成一种语言，作者可以非常精确地运用这样的语言，而且读者凭借直觉能够判断作者讲述的内容是否真实，但我们对整个问题进行更加详细的研究非常有益处，因为其中的知识可以帮助我们澄清技巧的作用。

小说中所谓的讲述真实有三种含义：讲述事实上正确的事情，这是一种无关紧要的真实，但是这种真实对写实作品非常重要；借助特定的口吻和连贯的故事讲述，故事不会让读者觉得作者在说谎，这是一种更加重要的真实；发现并肯定人类存在的道德真理，这是最高等的艺术真实。我们已经说过，作者从来就不会将这种最高等的真实当作已经获得的事物，这并不是他的起点，而是他的目的。虽然艺术家有信仰，就像其他人一样，但他意识到艺术的突出特征就是对于说服持有彻底的开放性。即使是最为肯定的信仰，艺术家也会让它们承受压力，以此观察它们是否可以经受住考验。他也许有一个非常清晰的看法，知道他的实验可以导向何处，就像陀思妥耶夫斯基让拉斯柯尔尼科夫去完成邪恶的任务时所做的那样，他并不强迫得出结果。他在内心深处知道，当一个作者为证明错误的信仰（指的是他将错误的观点当作知识）而写作的时候，或者当他为也许正确、也许错误但并不能证明的信条（例如关于死者最终会复活的信仰）而写作的时候，无论是否值得赞赏，作品实现的并不是真正的艺术效果，而是其他效果——教育、宣传或者宗教。

然而，我们依然还有一个问题需要解决，这是所有严肃的当代艺术面临的一个核心问题，就像当代科学一样，即海森堡原理（Heisenberg Principle）的含义：调查研究的手段会在多大程度上改变调查研究本身？

就像一位人类学家出现在其正在研究的人群之中，他的到来可以改变这一人群的行为，同样，一位艺术家探索现实的风格可以改变被探索的事物本身。每一个人都可以发现，在音乐中，以有声调的方式对情感进行探索和以无声调的方式探索是不一样的。虽然我们不能证明作曲家在有意识状态下生成的情感在两种情况下近似，但是作曲家经常表达这一观点，即：他们首先选择音乐形式，再仔细研究。比如，他们先选择D小调，再以这一音调的声响表达此刻的情感；如果他们选择的是“更加愉快的”G大调，他们表达的情感就会不同。

有人告诉我，几年前一群音响工程师开展了一项实验，他们试图发现是否可以通过增多声道和扬声器的方式加强所录音乐的“现场感”，目的是得到一种四声道的音响效果。但是在实验过程中，一件奇怪的事情发生了。一群作曲家、音乐表演者和评论家被组织起来欣赏为四个扬声器而设计的音乐，之后是八个扬声器，之后更多。当听到为八个扬声器设计的音乐时，有些音乐家发现，他们所听到的不是音乐的精确展现，不像我们在音乐厅里听到的那样，而是某些全新的、完全不同的东西：听众可以在空间中定位声音。单簧管好像在空间中占据了一个特别的点或者位置，小号占据了另一个区域，钢琴也占据了另一个区域——这里所谓的区域并不是与录制群体的座位相对应的位置，而是几个相互关联的区域，这种关联就好像雕塑的头、胳膊和腿之间的关联。简而言之，音乐成了可视的，成了这个世界中全新的东西。为八个扬声器设计音乐，作曲家就需要在理论上塑造音乐，即在形体上对音乐进行塑造，这样的事情以前没有人做过。我并不知道，是不是有作曲家曾经尝试过这样的可能性，如果这个故事是真的，那么，它就可以证明一个在艺术家群体中广为人知的事实：艺术并不模仿现实（拿着镜子照自然），而是创造一种新的现实。这个现实可能与我们每天都在经历的现实（街道、房屋、邮递员、树木）刚好相反，可能会以新的方式激发思想和情感，就像自然界中新发现的事物一样，比如一个被捉到的大脚怪或者尼斯湖水怪，但是，这样的现实在本质上就是其本身，而不是某些我们所熟悉的事物的镜像。

艺术竟然可以以这样的方式产生效果，人们对此的深刻认识形成了近年来盛行的形式主义艺术——为艺术而艺术，还有元小说——我们之前已经谈论过。前者的普遍原则在几个世纪以来已经为我们所熟悉。第一位对形式进行清晰定义的现代思想家可能是罗伯特·路易斯·斯蒂文森，他曾经为切斯特菲尔德版的《维克多·雨果作品选》（*Works of Victor Hugo*）写过序言。在这一序言中，斯蒂文森指出所有的艺术都存在于被其称为“客观”与“主观”的两极之间的连续区间内。主观是一个极端，雨果的小说作品就在其中，我们在阅读雨果小说作品的过程中可以感受到，我们就在法国的动乱人群之中，周围都是噪音和硝烟，我们从阅读时所处的房间一下子来到了雨果想象中的巴黎。另一个极端是菲尔丁的《汤姆·琼斯》，在这部作品里，我们从来没有被允许长时间想象主人公就是一个“真实的”年轻人。一旦我们倾向于相信他是真实的，菲尔丁就会引入一个荷马式的明喻、插入一个章节或运用木偶戏传统中的某种手段，让我们再一次将小说看作一个对象，而不是“真实的生活”。斯蒂文森通过视觉艺术来阐明他的观点，他对比了特纳早中期的作品和一位无名法国艺术家的作品的艺术效果（我们怀疑这个艺术家可能是斯蒂文森编造的），特纳的风景就像从窗户中看到的鲜明风景，无名艺术家则将真正的沙子涂在他的海滩风景之上，这样，所有人在欣赏的时候都会将它当作一片真正的海滩，一家人可以在上面野餐。

所有戏仿作品的作者都不可避免地要么是客观的艺术创造者，要么是形式主义艺术创造者。一旦我们忘记戏仿作品是在幽默地或严肃地对另一部文学作品进行评论的文学作品，戏仿就会失去意义。在普通的“现实主义”小说——被斯蒂文森称为主观小说——的作品中，作者的意图是让读者通过文字进入其展现的场景，这样一来，读者看到的并不是文字和小说传统，而是一个梦境意象，例如一棵风滚草正在穿越亚利桑那。在形式主义小说中，我们主要留意作者的艺术，或者留意风滚草以及让风滚草滚动的艺术。当代优秀的例子有威廉·加斯的小说作品。不过，为了节省翻阅资料的时间，此处用我的一篇作品来分析。在我的中篇小说《国王的印第安》（*The King's Indian*）中，我主要对埃德加·爱伦·坡进行了讽刺。有些地方，我直接借用坡的作品："我的头发竖立起来，我的血液凝固了，我又一次沉入舱底的污水中。"如果我的效果是成功的，读者就会在他的想象中看到意象，不是现实主义作家的意象，而是从19世纪杂志插图中得到的意象；也会看到坡在苦笑，在挥动翅膀。

在19世纪，虽然不是所有的作家都相信，但是大多数作家相信他们的工具和他们所呈现的小说就是对生活的模仿，无需任何理由。如果一个作家强调艺术的漫画或者木偶式效果，就像狄更斯、萨克雷（William Makepeace Thackeray）以及斯蒂文森一样，那么，他这样做并不是因为他不相信艺术与生活的关联，而是因为要么他或多或少地觉得这样的关联并不重要，要么他喜爱纯粹的艺术，就像我们一样。荷马、但丁、乔叟、"僧侣"刘易斯（"Monk" Lewis）以及斯摩莱特（Tobias Smollett）都是这样。如果我们一定要让他们把问题说清楚，他们极有可能会说，他们相信艺术与生活直接相关，但是他们喜爱艺术。我们可以想象《项狄传》就是这种情况。当然，这样的作品是对普遍意义上的小说以及故事讲述方式的一种讽刺和颠覆，但是没有人可以怀疑斯特恩愿意让托比大叔看起来同现实生活中一样。坡是19世纪英语作家中的伟大例外。生活与艺术之间的悲惨断裂（艺术扼杀生活，或者艺术改变生活）既是他最喜爱的主题，又是他新小说形式创造背后的原则。他是侦探故事、恐怖故事、海盗故事、幽灵故事、绘画式故事［《兰多的小屋》（*Landor's Cottage*）］、仅有结局的小说（《阿芒提拉多的酒桶》）等形式——就像我们现在知道的那样——的发明者。对于坡而言，正如对于其伟大的法语译者而言，艺术与生活的关系远不是简简单单的。在《丽姬娅》（*Ligeia*）中，他以寓意的方式进行暗示：在对理想的追求中，即对柏拉图哲学的“理想记忆”（叙述者关于他失去的丽姬娅的记忆）的追求中，艺术家谋杀了现实。在《厄舍古屋的倒塌》（*The Fall of the House of Usher*）中，逝去美人的复活通过叙述者阅读古老的传奇而实现，尽管当她出现的时候她已是血迹斑斑，消瘦得令人感到恐怖。一次又一次，在坡的心理寓言中，艺术家实现效果就像巫师施弄咒语一样，依靠古老的仪式，依靠更加古老的艺术作品魔鬼般的协助。

坡及其追随者为20世纪的作家开辟了道路，20世纪的作家通常并不认为艺术与生活具有关联。“风格的变化就是主题的变化”，就像他们在科学和哲学领域里的同伴一样，他们在这一事实上大做文章。他们知道，八个扬声器并不会让我们与音乐厅里的现实更加接近，而是创造了一个新的现实。作家的诉求并不在于跟随生活，而在于追求新的现实，追求发明，语言雕塑和“模糊语”的风尚由此产生。

就像我们看到的那样，对艺术不可信特质的高度迷恋导致了元小说的流行，元小说的主题是小说创作。其中比较有趣的近期作品——不那么令人感到无聊的作品——是威廉·加斯的《威利·马斯特寂寞的妻子》（*Willie Master's Lonesome Wife*）、罗恩·苏克尼科（Ron Sukenick）的《你的故事是什么?》（*What's Your Story?*）以及约翰·巴斯的《生活故事》（*Life-Story*）。所有这些小说的中心问题是，技巧或媒介在多大程度上可以成为艺术唯一的信息。美国近期元小说最优秀的作品之一就是约翰·巴斯的《迷失在开心馆里》（*Lost in Fun-*

house)，故事讲述了一个男孩与姐姐以及姐姐的水手男友一起去开心馆的故事。巴斯根据传统的标准，将故事中所有感人和写得精彩的地方都加进了评论，他从真正的或者想象的小说艺术手册中获得这些评论。我们喜爱并肯定故事中天真的爱人，我们对呈现他们的文字的美妙进行了回应，但是，关于文字如何产生效果的评论不断打断这样的文字，这让我们烦躁地意识到感人的文字在很大程度上并不是自然而然的，而是人为的。于是，我们开始怀疑我们对情人们所做的天真回应，就像巴斯设计的一样。我们既分享艺术家的疑惑和问题，也分享他的作品带给他的快乐；而在普通小说中，我们绝对不会这样做。但是，在这一过程中，我们失去了在开心馆中获得的纯真的快乐和在热恋的情侣身上得到的体验。就像那个聪明的弟弟一样，我们从生活的游乐场获得的各种感觉中没有真正的快乐，我们“迷失”了。

约翰·巴斯的意思并不是说我们应该避免技巧上的娴熟，而是说我们获得了娴熟的技巧后应该保持对技巧的控制。一方面，在小说作品中华丽的技巧令人赞叹，就像杰出的空中飞人或者驯兽师的成果一样，没有人会要求艺术大师们隐藏起自己的能力；另一方面，聪明可以成为自身的目标，破坏更高的目标，就像风格可以让人物、行动和思想失色一样。问题是，艺术家能否在主题和展示之间找到平衡。也许，艺术的本质就是谋杀现实，就像在《丽姬娅》中一样。如果艺术展现的并不是某种更高等的现实，而是一个满身血迹的东西，那么艺术就像玛德琳·厄舍一样，带着生命之光仅仅闪烁很短的时间，之后就在死亡中瓦解。

对技巧作用于主题所能产生的变更效应的迷恋，最近（尽管并不新鲜）的一个有趣结果是被 L. M. 罗森博格（L. M. Rosenberg）称为“小说的超现实主义”的东西。这一流派作家［玛丽·罗伯逊（Mary Robison）、劳拉·弗曼（Laura Furman）、安·贝蒂（Ann Beattie）等］的目的，与绘画中的照相现实主义者或者超写实雕塑家杜安·汉森（Duane Hansen）一样，即艺术家不做任何微小改变地记录现实。作为一个群体，他们反对我们通常称之为“有趣的情节”的东西。在一个典型的故事中，一个人物继承了纽约胡西克瀑布附近的房子，他到那里居住，安定下来，同邻居进行了简单的、看起来没有前后联系的交谈。时光流逝，发展到一个情感有稍许起伏的时刻（标志是从描述性的细节到完整意象的转变，即对未言明的、微不足道的情绪的对象化处理），情节流被限制在这样的事实中；叙述被划分为有组织的场景这一惯例被尽力避免采用；如果某些深意被唤醒或者情感被触发，这样的事实也只是被报道出来，就像其他所有事实一样。作者尽力以照相一般的客观姿态来选取意象，只要有可能，他就压抑或者小心地削弱文字的情感效果。就像罗森博格所指出的那样，作者甚至不允许像“她大喊”或者“他惊叫”这样的对话标签出现，甚至像“盐究竟在什么鬼地方?”这样的问题都被列为“她说”。作者试图让左拉（Zola）或者威廉·迪安·豪厄尔斯（William Dean Howells）的科学理想变得完美，他们认为自然中没有什么东西不值得注意，也没有什么东西比其他东西更值得注意。H. D. 雷蒙德（H. D. Raymond）对超现实主义视觉艺术家进行了评价，并给古老的科学理想提出了当代的版本：“在去掉视觉中的意识形态、崇高性和道德性的过程中，他们怀有一位现象主义者的信仰。他们坚定地观察那里的‘现实’，而忽视他们进行观察的心理结构。”

针对这一信仰，有一种反对意见，而且非常古老、非常明显：我们无法相信现实就是这些作家（以及画家）认为的那样。现实主义并不是“像生活一样”，因为这在我们看来没有生命力。我们甚至认为作者对情感的压制是一种无意识的不诚实。当然，如果一个人在观察菲利普·皮尔斯坦（Philip Pearlstein）的绘画，其中满是强烈的正面光以及对细节准确却又卡通化的强调——他将这些称作“愚蠢的绘画”——他就无法不怀疑皮尔斯坦蔑视人类形式，即使绘画是以他的女儿作为主题。

就算是通过为八个扬声器写作而创造视觉音乐的作曲家，也有可能并不仅仅是在尝试现实的新的可能性。他凭情感选择出一种视觉音乐，认为比其他的视觉音乐更有趣味。艺术家可以完全压制其个性，就像罗伯逊、弗曼以及贝蒂的超现实主义小说中所表现的一样，这些作家对个体风格进行了非常彻底的否定，除非我们非常仔细地研究，否则我们无法将一位作家的作品同其他作家的作品区分开来。然而，压制风格也是一种风格，也是一种审美选择，也是一种情感表达。

关于当下对技巧作用于主题所产生的变更效应的迷恋，可以在一些当代非现实主义运动的作品中找到一种反向的回应，比如卡夫卡式的表现主义、超现实主义以及博尔赫斯和巴塞尔姆等作家的形式主义“非现实主义”。这项运动最具表现主义倾向的代表就是娜塔丽·萨洛特（Nathalie Sarraute）的《向性》（*Tropisms*）。在其中，萨洛特描写了一位年轻女士和一位热情的老先生之间的一段相遇，他们的对话是奇怪的、紧张的：

> 但是，他打断了她："英格兰……啊，是的，英格兰……莎士比亚，嗯？嗯？莎士比亚。狄更斯。顺便提一下，我记得我在年轻的时候喜欢翻译狄更斯。萨克雷。你读过萨克雷吗？萨……萨……他们就是这么发音吧？嗯？萨克雷？是吧？这就是他们发音的方式吧？"
>
> 他抓住了她的手，用拳头紧紧地攥着她的手。他看着她，她将手甩开，她费力地挣扎，像孩子一样在空中踢腿，脸上还有一个愉快的微笑："是的，我想就是这样……"

这里的内容就像卡夫卡某些作品一样，心理现实的某些细节直接转变为实际的细节。技巧并没有被压制，而是得到了强调，然而现实与现实的表达之间的真正分裂也没有被暗示。其中，也没有现实与超现实主义小说表达之间的真正分裂［参见杰西·科辛斯基（Jerzy Kosinski）、威廉·帕尔默（William Palmer）的作品，有些时候约翰·霍克斯也是如此］。不同在于，在这里所模仿的现实是我们梦境的现实，不是在一两个细节中，而是在许多细节中。在这部小说中（就像在传统故事中），事情的发生好像是随机的，只有前后连续的情感才赋予其秩序。在另一种情况下，就像在卡夫卡的梦幻故事［《乡村医生》（*A Country Doctor*）］中一样，事件的发展带有情感因素，但是这些情感因素起初并没有从事件本身得到完全的解释。其展示方式与传统的现实主义小说颇为相似，只是主题已经发生了变化。

所谓的荒诞主义小说为我们提供了另外一种可能。在欧仁·尤内斯库的剧作《犀牛》（*Rhinoceros*）中，一个城镇的人开始一个接一个地变成犀牛——所有人，除了叙述者。叙述者在故事的结尾也希望自己可以变成一头犀牛，但是又不能；他的女友可能和其他人一样变成了犀牛，而且因为孤独和内疚日渐憔悴，最终消失。人物变成犀牛并不可以通过表现主义的方式得到解释，因为某些变成犀牛的人非常像犀牛（倔强、残酷、无法理喻），而其他人并非如此；故事也无法解释为一个梦境。如果人成为犀牛的这种变化反映了某些内容，主要是反映了一个荒诞宇宙的运行机制，人类的所有回应（“我们的道德准则”“我们的哲学”“我们不可替代的价值体系”“人文主义”，甚至爱情）都是不足的。

在更加有趣、更加多样的“非现实主义作家”中，有一群作家脱离小说传统进行创作，他们放弃了直接应对现实的打算，其中之一就是唐纳德·巴塞尔姆。从《白雪公主》（*Snow White*）到《死去的父亲》（*The Dead Father*），其所有作品都可以理解为对文学（以及视觉）技巧的精心研究。其所有小说的世界观都是荒诞主义的世界观：人物在挣扎中解决无法被解决的问题，他们或者接受命运，或者继续挣扎。从表面上看，巴塞尔姆的方法是滑稽的，巴塞尔姆故事中的悲哀总是静默的，除了这些事实以外，其作品的情感效果与我们从自然主义小说、讽刺和同情中获得的一样。使其作品有趣的一个因素就是他对写作技巧看似无限的控制能力，他可以使写作技巧成为理解的手段。不言而喻，对于巴塞尔姆而言，写作技巧无法实现真正的理解：现实并不是一个可以由此抵达的地方。[短篇小说《城市生活》（*City Life*）的一部分内容是对超现实主义小说的讽刺。] 然而，在最精彩的段落里，巴塞尔姆可以用技巧变戏法，从而对情感和生活观点进行表达。

如果作者稍有能力的话，所有这些小说种类——表现主义小说、超现实主义小说、荒诞主义小说、非现实主义小说——都可以产生有趣的作品，无论其哲学基础多么不牢靠。当作者创造出某些新的东西的时候，他至少要通过与熟悉的创造过程建立类比而进行创作，比如，像是将街道上的声响或者电子仪器的“哔哔”声转变为“音乐”，这一过程与巴赫以及他之前的音乐家运用音符创作音乐一样；或者，像是创造一个口头的雕塑，这一过程与传统雕塑家或者电影制作者的方式一样。在罗伯特·路易斯·斯蒂文森所说的连续区间的“客观”一端，也就是吸引非现实主义小说作者的那一端，唯一留存的人类现实就是艺术家的选择过程。我们从作品中得到了他的情感线索，确认了他的眼睛（也是他的心灵）与事物之间的关系，即使他并不想做出这样的确认。超现实主义作家的情况也是如此。就像罗伯·格里耶（Robbe-Grillet）一直持有的观点，如果屋子里没有人物，你就无法写出冰箱的真实存在，换言之，作者并不可能压制“他们进行观察的心理结构”。不确定性原则的整个问题在某种意义上是在转移注意力。我们选择技巧就好比是在英语里选择单词，要么是为了尽可能地表达我们的意思，要么是为了弄明白当我们选择这些技巧、这些单词的时候究竟发生了什么。“我恨你。”孩子对他的父亲说，并认真地观察着他的反应。“婚姻是一件奇怪的事情。”男人说，并看了他的情人一眼。因此，要是我打算在一篇小说中写一个男人有三百个儿子，他们都是红头发，之后我就会仔细考虑这会引出怎样的下文。

下面，我们探讨一些具体问题。在可能提出的所有技巧问题中，我将选出七个对我来说是基础的问题：通过模仿学习技巧、发展和控制词汇、句子的处理、诗歌格律、视角、延迟以及风格。所有这些问题，我的讨论都意在启发，不在穷尽。

模 仿

几个世纪以来，模仿一直是一种标准的学习写作技巧的方式，就像在 18 世纪的时候，学生将某些古典模式当作典范，例如品达（Pindar）的颂歌或者贺拉斯（Horace）的颂诗，再以古希腊文、拉丁文或者英文写出一篇对古典模式的模仿作品。这一方法现在依然具有教育意义。两种模仿尤其有意义：一是对古老的、一般情况下不熟悉的形式进行小心的使用，以此来对当代主题进行展现和分析；二是更加直接地甚至是一行接一行地模仿，这使得作者可以“从内部”理解某些伟大作家写作风格的秘密。

虽然人类经验在很多方面都具有普遍性，但是每个时代都会产生观点上的变化。有一种理解我们思想和情感的方法，就是借助某些早期的形式或者一套审美前提来对它们进行研究。因为各种各样的原因，我们并不十分赞同浪漫主义关于自然的经验，其中一个原因是，自然本身已经发生了变化。浪漫主义艺术家可以创作一幅他称之为《树木与溪流》（*Tree and Stream*）或者《圣维克多山风光：傍晚》（*View of Mont-Sainte-Victoire, Late Afternoon*）的绘画。而今天的画家或者因为绝望，或者因为一种奇怪的但也是真实的、与其所知世界的联系，只可以创作出《庞蒂克与树干》（*Pontiac with Treetrunk*）或者《绿色田野里的雪佛兰》（*Chevy in Green Fields*）这样的绘画。以同样的方式，作家也可以复制某些古老的想法，比如梦境、想象中的旅行、对国家的赞美诗、圣人的传奇或者结构化的叙事，并对其形式进行改造以适应当代经验。因此，我在《伊阿宋与美狄亚》（*Jason and Medeia*）中复制了阿波罗尼奥斯·罗蒂奥斯的《阿耳戈英雄纪》[还有从欧里庇得斯（Euripides）和其他作家作品中借鉴的一些内容]。我时刻在问自己：这些人物和事件对于当代情感有什么意义？原作品在多大程度上有效？我们在多大程度上有进行改变的必要？为什么要改变？谁的阅读经验更加准确（究竟是阿波罗尼奥斯的，还是我们的)？有多少经验本身已经发生了变化？同样，唐纳德·巴塞尔姆在《玻璃山》（*The Glass Mountain*）中借鉴了寓言之山的中世纪传统［主要借鉴自乔叟的《声誉之宫》（*The House of Fame*)]，斯坦利·埃尔金在《迪克·吉布逊演出》（*The Dick Gibson Show*）中对《坎特伯雷故事集》（*The Canterbury Tales*）进行模仿，约翰·巴斯在《客迈拉》（*Chimera*）中借鉴了谢赫拉莎德（Scheherazade）这个形象，詹姆斯·乔伊斯在一个场景中模仿了《奥德赛》。在对某些早期作品所进行的仔细阅读中，在对古老的作家写作方式进行的研究中，当代作家得到了适用于其素材的某个角度。他了解到现代英雄的语言一定要同旧时英雄的语言相区别，了解到颓废主义的优点和缺点，了解到为什么简单的荷马明喻已经让位于当代的、更加有讽刺性的明喻，了解到为什么传统的寓言对我们而言已经失去了生命力，只是在喜剧作品中还有用处。

我所提到的所有模仿，比如巴塞尔姆等人的模仿，都是成熟的模仿，即远远高于被模仿的原型。对原型更近距离的模仿也可以产生同样有趣的新成果。埃德加·爱伦·坡的许多故事都是模仿或者戏仿性的评论。例如，他在《反常之魔》（*Imp of the Perverse*）中模仿了华盛顿·欧文（Washington Irving），并对欧文的《睡谷的传说》（*Leg-*

end of Sleepy Hollow）中的庸俗主义和反智主义进行了攻击。虽然我们有时容易将戏仿和高校幽默杂志或者《幽默杂志》(*Mad magazine*)、《国家讽刺文社》(*National Lampoon*）等流行刊物联系起来，但是，戏仿技巧的使用既幽默又严肃，在当代作家中已经被证明可以产生很好的效果。(几个世纪以来，这是诗人的主流技巧。）戏仿文作者既可以仅保留原型的大体风格，就像罗伯特·库弗（Robert Coover）在《行人事故》（*A Pedestrian Accident*）［选自《点谱歌与多声部》（*Pricksongs and Descants*）］中用闹剧电影的喜剧和杂耍方式来表现一个残忍的新目的，也可以几乎逐行地模仿其原型，仅仅对行动、人物以及环境的细节进行改变。其结果究竟是不是艺术，则依赖于作家的智慧。但无论采用哪种方式，这样的练习都会让我们更加清晰地看到作家是如何实现他们的效果的。

词　汇

庞大的词汇量并不一定总是优势。至少对某些种类的小说而言，简单的语言可以比复杂的语言更加有效，因为复杂的语言可能导致浮华或者暗示着教育的虚伪和错误。品位有限以及才智平平的一个最确切的标志，就是不断运用同样的多音节词语或者已经落入俗套的外国词汇，虽然有些时候这也是羞涩以及无安全感的表现，如“机缘巧合”(serendipity）或者“无处不在”（ubiquitous）等流行词汇，“体裁”(genre)、“环境”（milieu）以及“气氛”（ambiance）等法式词汇，“世界观”（Weltanschauung)、“完形”（Gestalt）或者“狂飙突进”(Sturm und Drang）这样陈旧的德语词或者短语，“小说策略”

(fictional strategy）这样的行业术语。如果作者运用过于花哨的语言，而不是运用他人都在使用的语言，效果同样令人生厌。虽然作者像一位现实主义作家那样写作，但是他所选取的语言都是具有优雅语言效果的——因为他为了呈现机智的对话而选择人物，甚至为了听觉效果而破坏人物——比如用“算计”而不用“想”，赋予所有人物使用“卑鄙的”(dastardly)、“得体的”（comme il faut）或者“我的男人”(my man）等词语来表达的权利。如果读者能感觉到这些，那么他就会发现形式主义以及僵化，就会立即停止阅读。这条规矩同其他规矩一样，在应用的时候需要良好的判断力。陀思妥耶夫斯基选择的人物就会说出他们应该说的话。如果运用得好，一个修饰繁复的词语也可以产生非常好的效果。如果一位作家可以很好地运用艰深或者晦涩的词语，流畅自然地将它们引入作品，既不损害作者文风，也对人物保持忠诚，那么修饰繁复的词语就可以拓展作者的风格范围，赋予作品文本丰富性，提升作品表达的精确度。对霍桑和梅尔维尔这样的象征主义作家及寓言作家而言，修饰繁复的词语可能是一个必要条件。通常情况下，在有效的作品中，作者可以精巧地引入象征手法以及寓意，就像一个电影人可以欺骗他的观众一样。如果象征手法从所在背景中过分明显地突出，就可能打断读者的小说梦境，产生令读者不愉快的效果，使得作者看起来是僵化的，他的故事看起来是虚伪的，更像是布道，而不是对想象事件的诚实展示。总之，读者在这样的故事中感到被控制，被推向某种意见或者世界观。而从小说素材中并不能得出这样的结论，它显然是从外部强加进来的。

我说过，“通常情况下”是这样。在某些种类的小说中，笨拙的象征手法或者寓意的出现可能是快乐的来源。某些非常奇怪的词语，比如“似麸的”（furfuraceous）、“贩贾”（venditate）或者“食火的”（ignivomous）等，其功能就像装饰品或者文本气泡，这些词语可以让读者注意到故事的人为性，可以让读者获得乐趣。为了实现幽默的效果，可以尝试各种有趣的事情。对那些欣赏幽默效果的人而言，乔叟的《公主遇难》（*Man of Law's Tale*）的一部分魅力就在于僵硬，在于思想和情感的僵化。康斯丹斯对我们来说从来就不是一个真正的女性。她拥有原始雕刻的尖硬的棱角或彩色玻璃映照出的身影，她的故事一会儿开始、一会儿停止，就像一台陈旧机器发出的噪声。读者喜欢她的故事，原因在于今天被称为非现实性的东西——它建立在一种过时的文学传统之上。乔叟的《第二个修女的故事》（*Second Nun's Tale*）的情况也是如此，当代戏仿作品中的绝大多数情况也一样，无论是严肃的还是幽默的。我们可以让象征含义不同寻常地明显，就像巴斯的《羊孩贾尔斯》（*Giles Goat-Boy*）中最精彩的段落一样。有时候，我们通过这样的方式可以获得一种令人愉快的艺术效果，而事实上并不会破坏作品的象征含义。我们因为寓言的笨拙而发笑，但与此同时也会彻底弄清寓言的含义，就像在木偶戏或者日本能乐中一样。我们既欣赏对技巧的强调，又欣赏其中的意义。

然而，在正常情况下，象征主义作家或者寓言作家的写作要更为精巧。在《录事巴托比》中，梅尔维尔用他惯用的方式，给出了一个圆形话语的叙述者，这样就允许他引入双重意义（具有寓意的双关语）而不破坏故事的表层。在最明显的层面，故事是有关一个具有同情心的律师的，他需要在商业世界中开展他的工作，他的录事巴托比陷入巨大的绝望而发了疯，律师需要仁慈地处理这件事，因而陷入了困境。在更深层的意义上，律师是某种类似耶和华的形象，巴托比则是一个绝望的、无用的类似耶稣的形象，他迫使律师接受了一种新的正义的观念。律师作为叙述者的语言规范甚至有点呆板，但是这允许梅尔维尔在处理表面故事的时候对人物的尊严以及他们的悲惨境况予以尊重，而与此同时，又通过对更加深刻的意义的象征产生效果。梅尔维尔这样写道：

> 这个风景（叙述者透过他的一扇窗户看到的白色墙面）可以认为非常平常，在风景画家所谓的“生活”上非常欠缺。但是，我房间另一边的景色至少可以提供某些对比的内容，在那个方向上，我从窗户可以一览无余地看到一面高高的砖墙，这面墙因为时间和永恒的阴影而发黑……

初看起来，这些句子不过是对叙述者办公室的描写而已，一扇窗外是一面白墙，另一扇窗外是一面砖墙。但是，叙述者的措辞非常讲究，在语言上可以暗示出深刻的含义，巴托比马上就会让他注意到：他舒适的、“楼上的”房间正被死亡包围。这样的事情贯穿整个故事，确立起完整的象征含义。

至此，我仅仅谈论了修饰繁复的词语。写作初学者的一个普遍问题就是，即使是使用普通单词，其效果也是受限和被削弱的。普通单词就像稀有单词一样，可以增加文本的趣味。优秀的作者既了解并运用描绘普通建筑特征的单词，例如“过梁”（lintel）、“端柱”（newel post）、“支柱”（corbelling）、“桥基”（abutment）等，也了解并运用混凝土或者石头“褶边”（hems）以描写通向教堂或者其他公共建筑的台阶；他们了解并运用木匠或者水管工的工具名称、艺术家的素材的名称、任意家具的名称、笔下人物工作过程的名称；他们了解并运用普通家居用品的名称，有些东西尽管我们经常使用，但通常情况下听不到它们的名字，比如“指甲钳”（pinch-clippers，用来修剪指甲）。作者也应该了解并运用商标品牌名称，如果它们有助于塑造人物的话。开丰田汽车的人与开宝马的人并不相同，用佳洁士牙膏刷牙的人与用高露洁牙膏或用以茄子为原料制作的健康食品品牌牙膏刷牙的人并不相同。（在超现实主义小说中，商标名称比他们描写的人物更加重要。）总之，作者应该扩展他的普通单词和习语的词汇量，也就是那些他总是可以看到、知道如何使用但从来不用的单词和习语。我并不是指多么高深的词语，而是指相对普通的动词、名词和形容词，比如“笨拙的人”“缓行”“泥潭”“勺”“脓疱”“竞技场”“心烦意乱的”“顽固的”“疏忽”。一种扩大词汇量的简单方法是在阅读过程中留意语言。一种认真的方法是通读词典，将我们从来不会使用的所有普通单词记录下来。当然，最认真的方法就是学习语言，比如学习古希腊语、拉丁语或者一两门现代语言。在一流作家中，几乎每个人都能以至少两种语言流利地进行对话。托尔斯泰可以轻松地说俄语、法语、英语，可以不太熟练地说其他一些语言，四十岁的时候还在学习古希腊语。

如果一位作者认真地扩大词汇量，容易遇到的一个问题是他的风格可能会变得过于丰富，会让读者从小说梦境中脱离出来。但练习会教给他平衡。有限的词汇量则像一位撑竿跳高运动员的短腿，是一种天然的屏障，使人在达到一定高度后很难再进步。

句　子

在单个词语之上，作者最基本的表达单位就是句子，句子是所有修辞技巧的基础媒介。作者笔记本中应该有的一类内容就是一系列关于句子的实验。长句是开始实验的一种便捷的、有挑战性的方法，有些长句的长度可达到两页。一个精彩的例子就是唐纳德·巴塞尔姆的短篇小说《句子》（*Sentence*），事实上它并不是一个长长的句子，而是一个片段。我们马上就会知道，长句有许多种，每一种都有特殊的效果。我的意思不是指虚假的长句。在虚假的长句中，逗号、分号和冒号可以变成句号，而情感的力量和思考的连贯性并不会因此而受到损失。我的意思是**真正的**长句。句子可以由强烈的、歇斯底里的情感推动，就像威廉·福克纳在《喧哗与骚动》（*The Sound and the Fury*）“引言”中的长句一样，虽然这个引言只有在少数情况下才被收入作品。在这个长句中，镇上的图书管理员在一本杂志上发现了凯蒂的照片，她关上图书馆大门，拿着照片飞跑出去，思绪万千，心跳剧烈，跑到了杰森的商店。句子或许可以一直写下去，即没有一个最终节点上的放松，没有为喘息设计停歇，换言之，没有句号。这可以通过人物犹豫时的某些神经质的情感实现，句子就是用来展现人物复杂的心理过程的。例如，一个聪明的中年家庭主妇在杂志上读到了关于妇女解放的内容，日益感到焦虑，又充满了渴望，被怀疑所困扰，她开始感觉自己应该去上夜校了，去学习一堂内容是插花、陶艺或者有关自我意识的课程。她也许可以将这件事告诉她强势的母亲以及她的丈夫，也有可能不会（尽管如果她秘密地去上课，钱会成为一个问题，因为她只有家庭开销费用以及零用钱可用）。而且，孩子们也会给她制造麻烦，虽然她极有可能劝服马克（让我们这样叫他），让他周二下课以后整个晚上都去打篮球，但另一方面，丹尼尔……如果她出门了，丹尼尔真的会想她吗？他可是每天晚上都在他的房间里看电视消磨时间，还抽着大麻（如果那种味道真是大麻的话）。毫无疑问，这样做会有风险的，如果哈罗德和她的母亲发现了她的秘密，就会有争吵和令人厌倦的闹剧。她最好可以找到某个万无一失的计划……句子可以因为思想的复杂性、意象的绚丽、描绘的繁难或者其他原因和动力而延续下去。

短句可以实现其他效果，句子片段同样如此。这种效果可以是犀利而言简意赅的，可以是在暗示厌倦，也可以是在加强一个单调场景的单调效果。而如果它们因为一个并不值得的原因被运用，它们也可以令人感到无聊。

在看似无穷无尽的长句和非常短的短句这两极之间，有无限变化的可能，这是所有作家都需要探究的领域。

诗歌格律

1. Prose, like poetry, is built of rhythms and rhythmic variations.

散文同诗一样，有节奏和节奏变化。

2. Like poetry, prose has rhythms and rhythmic variations.
同诗一样，散文有节奏和节奏变化。

3. Rhythm and variation are as basic to prose as to poetry.
节奏和变化对于散文和诗同样是基础性的。

4. All prose must force rhythms, just like verse.[①]
所有的散文一定要注意节奏，就像诗那样。

---

① 格律分析标记总是近似值，我们处理散文和处理诗时都是如此。其他优秀的读者——或者某一天中的我自己——可以以另外的方式合理地阅读我所标记出来的内容，虽然某些阅读方法没有其他更好的方法那样令人信服。在此，还有书中讨论格律的其他地方，我以符号进行格律分析，具体内容如下：“ˊ”＝重读音节；“ˋ”＝微重读音节（或者在某些情况下，在格律诗中，其意义是没有轻重的**节拍**）；“‿”＝非重读音节；“—”＝非重读但长或缓慢的音节；“↥”＝非重读而略微偏向重读的音节（通过押韵或者其他手段）；“‖”＝停歇或者停顿；“ ∧ ”＝悬停重音（同样可以由“$\overset{2}{\frown}$”表示），我们将两个并列音节或者读为扬抑格，或者读为抑扬格，但是重音非常相近，这两个音节看似将彼此之间的节拍重点分开了，这种情况下，我们运用这一符号。就像在罗伯特·弗罗斯特的诗中这样：

Whose woods these are I think I know
这是谁人的树林我想我知道

或者：

Whose woods these are I think I know.
这是谁人的树林我想我知道

在诗歌中，三个或三个以上的重音（处于并列之中，或者其中有一个或多个插入的非重读音节）看似共用一个节拍，在这种情况下分节标记和重音数目非常有用：“$\overset{3}{\frown}$”。（在节奏微妙的格律诗歌中，我们可以将节拍想象为击鼓的基本节奏，将变化想象为爵士乐独奏者的切分音处理。）这种复杂性、悬停重音以及分节的根源在于，在英语格律诗歌中，一个音步在正常情况下包含不超过一个的重读音节和不超过两个的非重读音节，虽然在个别情况下——特别是在摇篮曲以及某些非常古老的民谣中——一个甚至更多额外的重读音节可以被引入，杰拉尔德·曼利·霍普金斯（Gerard Manley

让我们对比一下以上句子。我们要用阅读散文时的自然速度来阅读，比阅读诗歌或者散文诗的自然速度快。我们会发现，第 2 句比第 1 句慢，而且更加沉重；第 3 句因为重读音节和穿插于其中的非重读音节的有规则出现，比第 1 句和第 2 句读起来都更加轻松，比第 4 句则轻松更多；在第 4 句中，并列重读音节让句子读起来就像跋山涉水一样缓慢。

在优秀的散文中，节奏从来不会出错，不会使之沦为拙劣的打油诗，或者产生与句子的意义相反的效果。让我们看看以下句子的不同

（续前注）Hopkins）将这些称为“入侵者”。如果我们不考虑“入侵者”以及切分法，根据我正在运用的体系，英文音步可能的形式仅有抑扬格（◡ ´）、扬抑格（´ ◡）、扬抑抑格（´ ◡◡）、抑抑扬格（◡◡ ´）以及抑扬抑格（◡ ´ ◡）。在诗歌中，一个诗行中音步的数目形成了这一诗行的格律。比如，我们刚刚引用的弗罗斯特的诗句：

Whose wóods | these áre | I thínk | I knów
这是谁人的树林我想我知道

此行诗有四个节拍（就像标记出来的一样）。基础的节拍就是一音步、二音步、三音步、四音步、五音步、六音步以及七音步。超出这样的长度，诗行就会破碎成分开的部分，例如八音步，读起来就像两个四音步放在了一起。只有在少数情况下，就像威廉·加斯的某些作品中，或者我自己的某些作品中，散文节奏的确含有格律。通常情况下，这些格律是隐而不露的，因为格律相同的字行是连续的，虽然它们会以明显的或巧妙的押韵来表征其存在。

格律分析的知识对散文作者而言并不是无用的。真正优秀的散文与当代优秀的诗歌——主要是指自由诗（无韵律或没有规则韵律的）——仅在一个方面有区别。诗歌通过诗行的切分延缓了读者的阅读，散文并不会这样。下面这些诗行是诗人和小说家乔伊斯·卡罗尔·奥茨（Joyce Carol Oates）的作品，我们看到它既可以是散文，也可以是诗歌：

汽车西行，消失在纽约州蓝色的黄昏里。
无边无际：那蜿蜒在前照灯里的公路、
雪山的横断面、岩脉、葡萄树和藤蔓，
天空是疯狂破碎的蓝色
像陶器一样。

一些当代自由诗有许多凝练浓缩——就像盖威·金内尔（Galway Kinnell）的作品中那样——这是散文所无法容纳的。没有人可以否认金内尔最优秀的诗歌的魅力，但就像惠特曼证明的那样，金内尔那样的凝练浓缩并不是绝对的要求。

文字排列。[为了方便，假设在上下文中“ice”（冰）已经是默认的，我们可以将其省略。]

1. The pig thrashed and squealed, then lay helpless on the ice, panting and trembling.
   猪扭动并尖叫，之后无助地倒在冰上，喘气并颤抖。
2. After thrashing and squealing, the pig lay helpless, panting and trembling.
   扭动并尖叫之后，猪无助地倒下，喘气并颤抖。
3. Thrashing and squealing, then panting, trembling, the pig lay helpless on the ice.
   扭动并尖叫，之后喘气、颤抖，猪无助地倒在冰上。
4. The pig thrashed and squealed, then, panting, trembling, lay helpless.
   猪扭动并尖叫，之后，喘气、颤抖，无助地倒下。

从节奏上说，第 1 句并不十分理想。最后的短语“喘气并颤抖”有一点像事后的想法——前文出现的所有内容并不会将我们引向它——它与之前“扭动并尖叫”的节奏构成微弱的回音，感觉有点奇怪。第 2 句更加糟糕：“扭动并尖叫”的回音变得更加显眼，给整句造成一种突兀而笨重的对称效果。第 3 句效果要好些，有回音效果的短语被放在了句子中的同一个地方，使句子的结尾变得平整，可以自由继续下去，而且将“并”从“喘气并颤抖”这个短语中删去，这一部分的节奏慢了下来（“喘气、颤抖”），回声也在某种程度上得到了压制。第 4 句甚至更好，句子因为“喘气、颤抖”这样的短语而放慢了速度，猪最终“无助地倒下”，句子也以这个短语收尾，声音在这里可以表达意义。

作者通过认真把握节奏，可以非常精细地控制句子的情感。在我的小说《格兰德》（*Grendel*）中，我想在中心人物（怪物）说第一句话的时候就确立他的情感和性格。我考虑良久，写道：

> The old ram stands looking down over rockslides, stupidly triumphant.
>
> 老公羊站在那里俯视着岩石滑坡，愚蠢得扬扬自得。

如果句子要实现效果，部分在于对单词的选择。如果我写的是“The old cow sits ...”（老牛坐着……），效果当然就会不同。部分原因在于对重读音节的处理，开头的并列重读音节因为相近的押韵而得到了加强，造成了某种刺耳的效果；有着令人不愉快的声音的头韵（“站在那里”“愚蠢得”*）保持了其令人讨厌的品质；还有第一个半句的结尾处长音节的节奏拖沓：

* “站在那里”和“愚蠢得”对应的英文单词分别为 stands 和 stupidly，均以“st”这一辅音连缀来押头韵。——译者注

/ —
rockslides

岩石滑坡

之后就陷入了难以处理的、数量极多的非重读音节：

/ ⌣ ⌣ ⌣ / ⌣
stupidly triumphant

愚蠢得扬扬自得

这些可以暗示出——我希望暗示出——怪物思想上和步伐上的笨拙和不灵活。我想，我们可以分析下面这几个单词：

/ ⌣ ⌣ / / ⌣
stupidly triumphant

愚蠢得扬扬自得

这不是扬抑抑格或者抑扬抑格。就像在格律诗中一样，“tri”的功能是“入侵者”，我们习惯于在节奏强烈的散文以及诗歌中期待它的出现，因此音节变得非常笨重。

优秀的作者通过他的耳朵实现节奏，他并不需要任何工具——比如我在此为了讨论而运用的这些工具。但是，在某些情况下，以各种节奏分析符号对一句话进行分析非常有用，这样就可以确定在什么地方某些新的、强烈的节奏应该被引入，或者某些非重读音节应该被压制或者增强。对句子进行研究，尝试对基础性的要素进行不同组合，最终会被证明是有价值的，不仅因为这样能帮我们写出更好的句子，也因为这样做几年后，我们会学会一些确定节奏的基本方法，而这些将在其他表面看来并不相似的句子中发挥作用。我自己并不知道我究竟做了什么——我想大多数作家都会这么说——我究竟运用了什么样的规则将糟糕的句子变成了理想的句子。但是，我一直在努力这样做，每一年我都在进步，我努力找到让事物得以表达的最好的方式。类似于将非重读音节变成重读音节这样的修改也许是值得注意的。让我们拿《泰菲是个威尔士人》（*Taffy Was a Welshman*）这个童谣做一个例子。从节奏上看，这首诗可以用两种方式来进行有效的分析：或者作为“韵律规则的诗歌”；或者作为“古老的叙事歌谣”，这种形式的歌谣从古英语的头韵诗行发展而来。在前一种情况下，每一行有六个节拍；在后一种情况下，只有四个节拍。我将从古老的叙事歌谣角度对此分析。让我们从将非重读音节置换为重读音节的角度进行观察，或者从“重组”诗歌的角度，就像霍普金斯说的那样：

Taffy was a Welshman, Taffy was a theif.
泰菲是个威尔士人，泰菲是个贼。

1. Taffy was a damn fool,
   泰菲是个大傻瓜，

2. Taffy shot a damn fool,
   泰菲击中了一个大傻瓜，

3. Bill Jones shot a damn fool,
   比尔·琼斯击中了一个大傻瓜，

4. Bill Jones shot two damn fools,
   比尔·琼斯击中了两个大傻瓜，

由此，我们可以发现不同的韵律排列组合带来的不同效果，虽然所有的爵士乐背后的鼓点（想象中的）都是一样的。

视　角

关于视角，我们已经进行了一些讨论，这里就不再重复了。在当代写作中，我们可以随我们所愿对视角进行任意处理，只要这样做能达成期望的效果。只要写作风格是当代的［就像约翰·萨尔特（John Salt）的绘画和乔治·西格尔（George Segal）的雕塑并不会在任何其他时代产生一样］，我们就不需要提示读者我们可能会做特别的事情，比如任何类型的突然转变。这就是“当代”或者立即就可以被识别出的创新艺术的部分乐趣所在，以及对它们的内在期望。但是，在所有的时代（也包括我们自己的时代），有些文学作品——通常是最优秀的文学作品——会运用传统的方法，因为总体而言我们不能同时无限地发明并深刻地思考，一定程度上的“正确性”不可忽视。因此，对于视角进行一定的讨论很有必要。

经常有人——大部分并非作家——说，第一人称视角是最自然的视角（“我”的视角，比如在“然后我看到了罐子”中那样）。这种说法是值得怀疑的。第三人称视角（“然后她看到了罐子”）在民间传说以及复杂叙述中更加普遍。没有童话故事是以第一人称讲述的，笑话也是如此。第一人称允许作者的写作就像谈话一样，如果作者谈话节奏有趣，并源自一种口头表达传统高度发达的文化，就像美国黑人、犹太人或者新英格兰纺织工人那样，那么，第一人称对这样的有天分的人来说也许是一个优势。但是，第一人称无法迫使作者意识到书面表达缺失了面部表情、手势以及诸如此类的内容，所以通常的结果是：作品并非优秀，而只是不那么糟糕。

一旦作者掌握了第一人称的使用——就某种标准而言的掌握——我们就鼓励他以第三人称写作。在这种视角之下，所有的“我”都被变成“他”或者“她”，重点也被放在人物的思想上。“然后她看到了罐子”就变成了“她看到的是一个罐子吗”或者“一个罐子！她想”。这样的视角（在某种意义上是风格）可以进入深层意识，旨在让人物的思想和情感成为读者自己的（无需媒介的）思想和情感。效果就像这样：

> 她看到的是一个罐子吗？不，她绝不能碰那个蜂蜜罐子！老中医在呵呵笑着：“你得减下九十磅，露露·博格，否则你就没救了。你妈妈就是前车之鉴。你会在某个清晨坐在床上，努力坐起来这事就够让你脸色发白了，然后，‘咔嗒’一声。”老中医打了个响指，他的手指颜色深而枯瘦；即使你让他连吃一个月肥鹅肝和白面包，他也不会胖起来。

第三人称视角有它的作用，但也有局限性，因此，近年来它在美国小说创作中成为最具支配地位的视角这种情形，是有一定问题的。除了第三章中提到的缺点，第三人称也会将读者锁在人物的思维之中（甚至比亨利·詹姆斯的“意识中心”还要严重，我们有一个叙述者在进行解释），无论这一思维会有多么局限。这样，当人物的判断错误或者不足时，读者的正确判断就会干预。当小说在做判断时——出于某种原因，大多数第三人称主观视角小说都是如此——作者除了讽刺以外没有在做任何事情，他仅仅在揭露人类的愚蠢。除非他没有实现目的，否则读者就会从故事的行动中脱离，批判地对故事行动进行观察，就像一个脾气暴躁的老人看待宴会那样。当然，我们可以通过其他的技巧手段实现同样令人厌恶的效果，例如，通过凯瑟琳·安妮·波特（Katherine Anne Porter）小说中易怒的全知叙述者或者梅尔维尔所偏爱并在《骗子》（*The Confidence Man*）中使用的黑色幽默声音。另外，作者当然也可以运用第三人称主观视角去欣赏、喜爱并描写他从某个角度认为是英雄的人物，但是，即使小说是好的，第三人称主观视角也不能实现宏大的效果。它以表现密切关系或某种像窃窃私语的东西见长，它从钥匙眼中窥视，而从来不在开阔的田野中穿行。

第三人称客观视角是一个更加狭小的视角，它与第三人称主观视角非常相似，只是叙述者不但从来不对自己进行任何评论，也从来不进入任何人物的内心。结果就是一个冰冷的、照相机镜头式的记录。我们看到事件，听到对话，观察背景，对人物的想法进行猜测。这样的视角可以在非常短的小说中产生效果，不过局限性也非常明显。

最伟大的作家——比如伊萨克·迪内森和列夫·托尔斯泰，通过作者的全知视角，超越了第三人称主观视角的琐碎和不相宜的熟悉感，也避免了第三人称客观视角所带来的贫乏感。在作者的全知视角中，作者说话的方式就像上帝一样。他可以进入所有人物的内心和头脑，公正、客观地将所有可能性呈现出来，时而也会进入第三人称主观视角，让读者立刻理解为什么人物和他有同样的感受，但是他保留评判的权利（尽管他很少运用这一权利）。在通常情况下，他仅仅通过暗示来评断事件和谈论道德。如果他带着浓重的道德感进入小说，就像托尔斯泰在《复活》（*Resurrection*）中表现的那样，效果就有可能是灾难性的。在作者的全知视角下，读者可以摆脱自己由于被限制在一个有限的观点中而可能产生的幽闭恐惧症；他对各种观点进行观察并赞扬、置之不理或者表示强烈反对；他安全地前进，相信自己不会被那明智的、有思想的故事叙述者欺骗或背叛，因为一切都已经摊牌了。

一度让作者的全知视角——占据支配地位达几个世纪的视角——地位降低的是在文人群体乃至更广泛的群体中对于上帝是否存在的普遍怀疑，以及对于彼拉多（Pilate）“真理是什么”这种令人生厌的问题持续增长的兴趣。查尔斯·狄更斯、约瑟夫·康拉德（Joseph Conrad）、亨利·詹姆斯、斯蒂芬·克莱恩（Stephen Crane），还有好多其他的作家，为作者全知视角发明了许多有价值的可能的形式，这其中包括通过许多视角讲述故事的方式，比如通过康拉德的马洛这样不可靠的叙述者过滤故事的方式，或者通过某些诗化的声音、真实的声音甚至想象出来的集体的声音进行报道的方式。现在，人们对令人紧张的理论化的形而上学的问题已经普遍失去兴趣。像唐纳德·巴塞尔姆、乔伊斯·卡罗尔·奥茨（Joyce Carol Oates）、威廉·加斯这样的作者可以自由地运用全知视角，当他们想这样做时，他们对上帝是否存在及其他因素都可以不用操心。对他们来说，在小说中——或者一种不具有令人绝望的含义的文学传统中——作者的全知视角和他们在写作中能够运用的其他东西一样，比如一匹上了年纪的跛脚的巴洛米诺马或者厨房中某把有些残破的椅子。归根结底，他们仅仅在以全知叙述者的传统口吻描述小说中真实的事情。他们扮演上帝，就像他们披上斗篷扮演克劳狄斯国王一样。

初学者在运用作者全知视角的过程中可能会遇到的问题是，一开始如何将其建立起来，以及此后如何在整个故事中顺畅地出入于人物的思想之中。为了在叙述开始的时候就建立这样的视角，作者一定要很快地进入不同人物的内心，建立规则，即让读者有所预期。只要作者愿意，他可以在不同人的意识之间进行切换。第三人称主观视角的转变需要对心理距离的娴熟处理。（关于心理距离，参见第五章。）

另外一个我们可以用到的视角就是所谓的“散文家全知视角”。解释它最简便的方式就是与作者全知视角进行对比。作者全知视角的语言是传统的、中立的，作者带着尊严，以合理的语法说话，他所说的内容，任何清醒的、有尊严的以及有理智的人都会说。“幸福的家庭都是相似的。”“在上个世纪的头二十五年里，海边度假成为时尚，甚至在北欧国家也是如此，在这些国家人们的心目中，大海一直以来就扮演着魔鬼般的角色，是人类冰冷的、邪恶的宿敌。”所有作者全知视角的口吻都很像。散文家全知视角的口吻虽然也拥有几乎同样神圣的权威感，但是更加具有个人色彩。虽然我们并不知道说话者的名字以及职业，但我们可以立即感觉到其声音究竟是年老的还是年轻的、是男性的还是女性的、是黑人的［就像在查尔斯·约翰逊（Charles Johnson）的《菲丝与好东西》（*Faith and the Good Thing*）

中那样］还是白人的。如果一位作者已经选择了作者全知视角作为基础，他仅需要模仿诸如托尔斯泰这样的作家；而如果他运用散文家全知视角，他就一定要首先发明一个有特别思维习惯和特别语言模式的人物。除了他们的关注点和主题，我们无法将托尔斯泰和迪内森区别开来。两者都非自动带有诡诈或者恶意的色彩，其作品中的声音只能陈述事实以及进行看上去合理的判断。然而，简·奥斯汀可以说任何她想说的事情，只要这样说有趣，并适合于已经得到建立的个人声音。直到后来，大多数运用散文家口吻的作家（比如爱伦·坡、马克·吐温、威廉·福克纳）都发展出了自己某种独特的口吻，并应用在每一本书中。当代作家倾向于更多地运用腹语术，所以，有时候一个作家的某本书看起来与他的另一本书会非常不同。

延　迟

所有优秀的小说都含有某些悬念，不同类型的小说中有不同类型的悬念。让我们从最简单的悬念开始说起。

任何作家都可以写出“枪响了一声”或者“乌尔德里奇夫人的尸体躺在那里”，不好写的部分是引向这种高潮的段落。如果作品成功，读者就会感到高潮正在迫近，感到有直接进入高潮的冲动，但是又不能从正在阅读的内容中脱离出来。理想情况是，每一个处于引入段落的要素都应该是一个相关的分散点，这样的分散点可以强化读者的预感，同时又能保持住读者的兴趣，比如通过表层语言或者隐喻语言的丰富性、通过感官上惊人的敏锐度，或者通过对此前意味深长的某个时刻的主题以及情感效果进行深化，这样，读者就不会选择跳跃阅读。

甚至在某些较好的流行小说家的作品中，对这一问题过于随意的解决也比较普遍。一种方法是，作者以第一人称或者第三人称介入一个人物充满悬念的思想，希望人物的悬念能吸引读者。另一种方法更加普遍，就是不相关的干扰：

> 在我走向派克区的时候，有一只知更鸟正在唱歌。它听起来像在楼上，在百叶窗后面的什么地方，虽然我知道里面不该有知更鸟。我悄无声息地向大门走去，我记得老巴斯过去经常给我讲起知更鸟。“塞缪尔，”他会说……

不相关的干扰可以让读者有一种被控制的感觉，即使它是在以一种微弱的力量产生作用。的确，文本结构可以帮助我们掩盖错误（此处的名字是“老巴斯”“知更鸟”），不相关的干扰和相关的干扰之间的界限可能很恰当。在以上文字中，关于知更鸟的干扰细节并非不相关，如果可以唤起小说之前的情节，那么这样的联系可以丰富有悬念的时刻。老巴斯可能已经神秘地死去，或者他可能曾经相信知更鸟的歌声预示着黑暗事件的发生。

我们对于某些悬疑电影中的悬念时刻非常熟悉。比如，一位女士正在开启一扇危险的大门。她停下来仔细地听，眉毛抬得很高，如果电影是一部好电影，让她疑惑的声音就应该是我们之前听到的某个声音（虽然也许她并没有听到），这个声音此前就让我们产生了疑惑，后来我们才知道那不过是挂在泵嘴上的锡杯在风中发出的声响。那令人分心的声响可能会让我们回想起某个场景，与此场景形成对比。例如，在那个场景中，小利安德曾经同雇工的猫欢乐地玩耍，给它喝饮料，现在这孩子却不祥地消失了。女士又向前移动，她的恐惧有一点减轻了，她小心翼翼地来到了我们并不希望她打开的大门边。又是一个声响！她停了下来，她的表情中一部分是恐惧，一部分是愤怒——也许是对自己的怯懦所感到的愤怒，我们可以自由地将我们自己的愤怒投射到她的愤怒之中。（带有悬念的延迟是令人愉快的。但是，即使干扰丰富了即将到来的高潮的意义，我们也不是傻瓜，我们能感觉到我们正在被牵引，就像驴子一样。如果写作者不想让读者从小说梦境中醒过来，那么，预测读者的感受并将他们引导回故事中可能会有用。）

另外一种延迟可以通过风格并置来实现。早在《看见父亲在哭泣》（*Views of My Father Weeping*）中，唐纳德·巴塞尔姆就将超现实主义因素——在这种情况下就是从时间流之外引入的意象——引入了叙述，而叙述此前一直在平稳地向前推进。我们不禁感到疑惑，不知道已经死去的父亲在床上哭泣的奇怪意象究竟从何处出现，后来是他扔针线包的意象，再后来就是他捣碎蛋糕的意象。在我们还未猜出答案的时候，我们就已经被带到了事件流之中，一页或者两页之后，更多的超现实主义又把我们从其中带出来。这样的效果很精巧，有一点惊悚小说的感觉，作者会从一个人物以及事件系列之中离开，进入另一个与之并不密切相关的人物以及事件系列，后一个最终一定会同前一个联系在一起。例如，作者可以以一户令人喜爱的美国人家来到香港开篇，之后转移到一群危险的国际阴谋家身上，读者可以在内心预测这一家旅行者会遇到麻烦，并感到是悬念在让他们产生兴趣。这就像巴塞尔姆的做法一样，悬念部分来源于我们并不肯定地知道我们究竟在什么地方，或者我们应该如何预知未来。

在严肃的小说中，最高等的悬念含有萨特式的选择的痛苦，即我们的悬念感受并不仅仅同将要发生的事情有联系，还同行动的道德深意发生联系。两种选择中的每一种都建立在某些我们可以肯定的目的的基础之上。随着阅读的展开，我们对人物的选择感到忧虑；而在现实本质的基础之上，我们对结果感到忧虑。

在近期的某些小说中，特别是在塞缪尔·贝克特和唐纳德·巴塞尔姆的作品中，作家对小说的延迟传统进行了讽刺性的应用，鼓励读者预知某些可能的结局，并拒绝向这一结局前进。在《等待戈多》（*Waiting for Godot*）中，作者告诉我们两个流浪汉来到了这个荒芜的地方，他们等待着戈多的到来，无论戈多可能是什么人。流浪汉们聊天，他们的行动出现了循环——不指向任何目的的乏味无聊。时间流逝，其意义是事件在发生（虽然没有前后顺序）：唯一的树叶从枝干上落下，树几乎光秃，但是戈多并没有到来。读者习惯性的期待帮助贝克特构建了故事的停滞感。在贝克特的剧作《快乐时光》（*Happy Days*）中，我们看到了同样的效果。两个人物中的一个被埋在土堆里，土堆随着故事的推进变得越来越厚。到了第三幕，土堆已经埋到了她的脖子。虽然时间在推移，但是人物并没有获得任何认识，没有实现任何进步。在巴塞尔姆的作品中，结局可能实现，但即使结局得到了实现，也只是某些愚蠢的笑话，就像《玻璃山》或者《死去的父亲》的结尾一样，这样的笑话使得探寻没有了意义。在这些作品中，延迟本身成了目的。如果说作品有任何价值，价值就在过程之中，而不在结果中。因此，对于选择所感到的痛苦只是一个傻子的幻觉而已，因为任何选择都不会令人满意。这种小说的艺术性就在于让读者一直阅读下去，尽管作者从一开始就知道没有什么目的地。这种作品的道德价值明显是模糊的，虽然我们可以对此进行讨论——我们可以在作者展现他所怀疑的观点时强调作者道德的严肃性；如果可能，我们可以指出我们对人物所感受到的真正的同情（不仅仅是怜悯或者讽刺性的远离）；或者，我们可以在大笑之中发现我们既接受又拒绝这种巧妙的言辞。我们接受，就像我们听到了不得体的笑话那样接受，因为我们看到了作者通过什么样的方式说出了这样令人生厌的事情；我们拒绝，因为在大笑之中我们否定人类是作者所表现出来的无助的小丑，我们感觉作者在内心之中是同意我们的观点的，无论我们的感觉是正确还是错误，否则，他为什么要让人物这样像小丑？事实上，塞缪尔·贝克特是认真的，或者他说他是认真的，这让我们感到惊讶，但是，这并不会改变我们的回应。对希望模仿贝克特或者巴塞尔姆的作者而言，唯一可能的建议就是：你需要确定你的乏味无聊同你榜样的乏味无聊一样有趣。

风　　格

关于风格，我们其实说得越少越好。没有什么可以像追求风格上的独特一样更快地将我们引向欺骗。但是，从另外一个角度来说，年轻的、有雄心的作者尝试找到一个属于自己的声音和领域，证明自己与其他作者并不一样，也没有什么比这更自然不过的事情了。这样的年轻作者有可能不会听取任何人的意见，尽管这种情况会让他的写作老师感到无奈，但明智的老师知道这是一个很好的迹象，他会让这年轻的作者自由发展，仅仅对其风格上的缺点给出恰当的反对意见或者批评，让他做到诚实就好。

以下规律对年轻的风格学习者来说也许会有作用。第一，大多数的小说风格都是传统的，比如，我们可以想一想传说、逸事以及采用第三人称全知视角的现实主义小说。第二，大多数作者仅仅把握其中的一种风格，终其一生都只采用这一种风格，通过其独特的经验和个性使得这种风格具有个人色彩。他们这样做没有任何问题，但是他们的选择并不是唯一的选择。每一个作者的兴趣和个性都不可避免地会给风格带来变化。一个作者以其仔细观察的细节精彩地写出杂货店里的洗碗工或者记账员，他以第三人称主观视角现实主义小说的正常风格呈现他的素材；另一个作者以同样的基本风格写作，但他写的是马戏团演员或者专业行刑者的生活。那么，两个作者的作品一定会有差别。风格通常是自然而然形成的。

对于那些掌握了多种传统风格的作者而言，情况也是如此。他们写作一个故事所采用的风格与前一个故事的风格不同，或者在一个故事中以某种方式融合了多种风格——这种方式是他们将故事视为一个整体时觉得满意并且认为或多或少具有合理性的。

但是，还是会有许多作者强调一定要创造自己的全新风格，就像乔伊斯、福克纳或者威廉·加斯那样。我们能对这样的作家说的就是：放手做吧。但风险非常明显：这样的风格可能让读者过多地关注风格本身；这样的风格容易显得做作；这样的风格也许不能让作者自由地表达自我，反而会限制他所能表现的事物的数量和类型。（我们在海明威以第三人称客观视角描绘质朴硬汉的早期试验中发现了这样的局限。）关于这一点，恰当的批评会对作者有所裨益——如果作者能够获得这样的批评并愿意接受的话。如果做不到这点，那么时间有可能削减他风格上过度的部分。

七 情节设计

我们已经说过，作者在进行事件流设计的时候，可以采用三种方式中的任何一种，有些可以用两种，或者三种都用。作者借鉴某些传统故事或者某些源于生活的行动；他从高潮开始反方向写作；或者，他从一个起始情境开始写作。本章不会重复之前已经说过的内容，将探讨把以上所说的三种方法应用于设计短篇小说、中篇小说以及长篇小说的情节之中，并且会探讨设计其他类型小说情节的方式，包括我们所说的“无情节”小说。这里的讨论不是穷尽式的，但可以给初学者一些实践指导，让他们能够处理一个作者可能遇到的最困难的工作。

虽然因果顺序造就了最好的（也是最明显的）事件流，但因果顺序并不是实现这一目的的唯一手段。一则故事或者小说可以通过辩论的方式发展下去，一点一点地将读者导向某个结论。在这种情况下，某个事件的发生并不是为了解释一个未来事件，而是为了戏剧化地呈现二者的逻辑关系。所以，事件 a 和事件 b 不是直接的因果关系，而是在逻辑上具有一定的联系。因此，作者可以为赫拉克勒斯的十二项任务——或者是现实生活中的某个行动，或者是某个虚构的行动——

制定某些逻辑顺序，这些逻辑顺序就像某些有趣的论证一样，让我们愿意阅读下去。作者通过已经戏剧化处理的具体情境来论证，例如“如果 a 没用，就尝试 b；如果 b 没用，就尝试 c”，等等，由此尝试行为模式或者价值的十二种可能性。更具体地说，作者可以让他的人物通过仁爱的行为进行尝试，这种方法失败以后再通过自私的行为进行尝试，失败以后再通过将仁爱和自私狡诈融合在一起进行尝试……如此往复，直到所有的可能性都已经穷尽。这样的故事或者小说可能是有趣甚至精彩的，但是它永远无法获得一种充满能量的行动的力量，因为行动是通过理智来控制的，行动并不直接产生于事物的本质。这种讨论现实的方式与讲师讲解现实的方式相同（虽然也许更加形象），无法揭示事物的表现形式。这样的方式也无法刻画出过程。

直线型的或者经过修改的流浪汉式的情节也是一种相关的事件流，也可以组织起虚构的故事以及传统故事或真实故事（我们已发现的事物）。在传统的或者纯粹的形式中，流浪汉式的叙述中会有这样一个人物，他通常是一个聪明的无赖，从社会的一个阶层穿越到另一个阶层，让我们看到每一个阶层的缺点和荒唐之处。作者可以做出任何他喜欢的改变以给旧的方法注入新的生机。比如，有别于普通的流浪汉英雄，这个人物可以是来自沼泽的怪物，例如《贝奥武夫》中的格兰多；有别于穿越社会阶层的平常行动，作者可以选择一系列西方文明中的伟大信念（爱情、英雄主义、艺术理想、虔诚等），并将这些信念一个一个地赋予这个会怀疑的怪物。这种情节设计可能更加有趣，或者较少依赖于人物未来命运的发展情况，因为每一个价值都会影响怪物的怀疑行为。只要这些思想可以产生影响，读者就会融入其中，就好像情节结构完整，具有“实现式”的品质，虽然此处决定性的情节推进动力是缺失的。

或者，情节可以通过象征符号的并列进行构建。史诗《贝奥武夫》此前已经讨论过，它就是以这样的方式构建情节的。几乎所有的以探求为主旨的故事也都具有这样的结构。

在最后的分析中，与一种可以同时吸引我们的理性和更加精妙的机能（最深刻的感情，包括同情心和共鸣，以及我们对现实的直觉）的结构相比，一种基本上理性的结构似乎不可能产生同样的力量。无论这种力量是什么，一种理性的结构与一个充满能量的情节相比更容易创造。作者如果运用一种理性的结构，他会永远清晰地知道他在什么地方，清晰地知道他向什么地方行进，虽然读者可能在获得答案之前一直处于疑惑之中。如果作者善于为骨架填充上血肉，以从生活或者文学作品中获得的鲜活细节将其填补完整，读者可能开始会感觉到疑惑，而他的直觉会告诉他小说具有某种规则。两者结合在一起，最初会让读者高估作品，后来则会让读者对作品感到失望，因为他已经猜到了结果。我们一下子就可以感觉到卡夫卡的《乡村医生》中有某些神秘的逻辑，我们的第一个冲动就是将这些神秘的逻辑归结为某种对事物本质精巧把握的结果。但是，一旦我们发现故事高度寓言化，像数学或者像一个关于七宗罪的布道一样严谨，我们就会发现故事有点单薄，设计得过于刻意。上面这些论证也可能不合理，毕竟这无法否定但丁作为中世纪最伟大诗人的地位。但是，我们处于一个喜欢理性结构的时代，在这样的时代里，我们有必要考虑，有些作家比所有其他作家都更让我们感动，例如荷马、莎士比亚以及托尔斯泰，他们与那些使用理性结构的大师——诸如但丁、斯宾塞（Edmund Spenser）、斯威夫特（Jonathan Swift）——并不相同。他们之间的不同不是在程度上，而是在类型上。

这个问题从根本上说其实就是，一种从一开始就被作者操控的论证，能否具有与由作者关于生活运作方式的直觉引出的论证同等的情感和理性力量？对比是令人生厌的，但是具有启发价值。无论《格列佛游记》（*Gulliver's Travels*）的结构设计有多么精彩，它可以触及像《李尔王》这样的剧作的裙摆吗？或者，为何《埃涅阿斯纪》（*Aeneid*）如此明显地逊色于《伊利亚特》？

从我们关于一般意义上的情节设计所说的所有内容来看，有一点是显而易见的：即使在某些"当代"情节中，事件遵循那些并非马上就可以看出的法则而发生——例如，马戏团里有文身的人在一次古怪的谈话中表明，他胸前的文身就是现在正在看着他的小姑娘的图像；或者就像在伊萨克·迪内森的作品中那样，一位高雅的老修女突然之间变成了一只猴子——我们也一定可以在这样的情节中找到某些理性的或者在诗化意义上令人信服的基础。如果一个故事有某些隐秘的逻辑，尽管我们只能慢慢发现这些逻辑，我们也会喜欢这个故事。但是，如果我们开始怀疑事件流的基础不过是某些疯狂的古怪想法而已，我们就会从小说梦境中脱离出来，我们提出问题、产生怀疑、感到故事不会得出任何结论。"疯狂的"故事，比如超现实主义、表现主义或者其他什么故事，一定要进行精心的情节设计，就像行动有因果关系的故事一样。

我们可以通过许多种方式对这样的小说进行情节设计。最普通的方法就是将基本的哲学对立面设计出来，之后将它掩饰起来，通过老派寓言家的方法将思想转化为合适的人物并编造事件，每一个事件都以神秘但具体的词语表现中心思想之间的联系。因此，如果我们希望谈论物质主义和精神性问题，我们可以选择一位肥胖的银行家和一只鸽子作为寓意的“中心人物”。我们希望表明身体不能离开灵魂而存在，或者灵魂不能离开身体而存在，我们就可以设置这样一个情境：其中，银行家在吸烟间隙吃奥利奥饼干，饼干屑掉落下来，年老的鸽子通过吃这些饼干屑而积蓄力量。而银行家之所以没有死于烟气窒息，是因为他需要时不时地开窗，以让鸽子进出。为了实现对比，我们可以在旁边的办公室里设计一位同样肥胖的银行家，他并没有一只鸽子为伴；还需要设计一只同样的鸽子，这只鸽子除了雨水外无以为生。无须说明，所有这些意象（从银行家和鸽子开始）都是作者为实现象征意义以及内在趣味而选择的。（这里所说的“象征”，是指具有一种意义的意象。银行家代表物质主义，而且仅仅代表物质主义。）故事中的所有要素，比如背景设定、对话、所有其他事情，一定要根据同一原则进行选取，既包含直接意义，也包含象征趣味。

或者，我们可以模仿乔叟惯用的做法，通过寓意方法的对立面来制造效果，选择传统的寓意象征（玫瑰、羔羊、王冠、圣杯），并以准现实主义的表达方式对它们进行探索。例如，一位思想简单、实干的哲学家，一位家用电器的发明者，或者一位投诉部的主管——可能发现自己正在陪伴垂死的渔王。通过基础寓意方法之中的任何一个，作者首先想出他想要表达的普遍道理，之后再将他的思想转化为人、地点、对象以及事件。之后在写作的过程中，他紧紧关注故事之中的暗示，他所表达出的内容也许比他起初计划时要多出许多。

表现主义以及超现实主义小说在表面上都像寓言一样，只是意义并不是从外部赋予的。表现主义作家将某些基本的心理现实处理为现状：格里高尔·萨姆沙并不是变得像甲虫一样，而是他就是一只甲虫，故事以现实主义的方式从这一点开始发展。在超现实主义小说中，作者需要对整个心理事件进行处理，就像在头脑里编织梦境一样发展他的小说。以任何一种方式对故事进行情节设计，都像对一部现实主义作品进行情节设计一样。作者通过戏剧化的形式让我们知道我们需要知道的一切（在这一流派之中），直至将故事读到高潮。他不是简简单单地告诉我们某些事情，而是在高潮中将所有对我们的信仰而言至关重要的事情进行戏剧化的处理。

我们之前已经看到，作者如何从一个高潮（海伦的惊讶）反向写作，以此发现他需要进行戏剧化处理的内容，从而使得高潮有意义并令人信服。在特洛伊的故事里，某些基本的事实可以通过传奇以及考古学证据（比如，特洛伊木马究竟是什么样的，亚该亚人究竟是什么样的）而获得，作者在某种程度上应该尊重这些事实。如果他对事情所进行的改变过于明显，读者就会感到作者为了自己方便而将事情简单化了——打网球而没有网，就像罗伯特·弗罗斯特说的，写诗而没有押韵。如果我们依据一个著名的传统故事写作，或者依据我们可以在报纸上找到的素材写作，那么作者就自然而然地激起了读者的期待——不但会获得一个有趣的故事，还会获得一个对其已经了解的事实的解释。这个解释如果想让读者很感兴趣，就一定要让他们信服。理论上，作者可以破坏这一规则，他可以通过口吻和风格，立即让我们知道他正在将他的故事当作虚构的寓言来处理，他可以随时从故事中脱离出来。《恐龙》（*The Dinosaurs*）是伊塔洛·卡尔维诺的一篇戏剧故事，关于恐龙时代结束前的生活的，这就是一篇熟悉的事件被重新解释的特别作品。这种重新解释既包括卡尔维诺讲故事的方法，也包括突变是主题的一个部分——当恐龙以叙述者的身份令人惊讶地在结尾说“我穿越了峡谷和平原，我来到一个车站，登上了第一班火车，消失在人群之中”，我们对此并不感到惊讶，而是感到愉快。虽然规则并不是一成不变的，但是旧事新说的趣味主要来源于我们对作者的解释所产生的兴趣，这一点是普遍正确的。

当故事完全是编造出来的，作者从故事的高潮反向设计情节时，让我们来看一看作者是通过什么样的方法实现效果的。任何在作者看来惊人、奇怪或者充满趣味的事件都可以构成一个故事的高潮：路边摊贩的一辆轻型小货车被一辆重型卡车撞到，一个女人有意撞到街上的一个旗手。根据作者观察事件方式的复杂程度，即根据他感觉我们对事件的理解需要多少背景才可以实现，分别产生了短篇小说、中篇小说、长篇小说的高潮。一般来说，情节设计并不是一个能够仓促完成的过程，作者需要对此进行考虑和研究，尝试一种方法，再尝试另一种方法，随时都想着这个问题，即使在他快睡着的时候都需要不断地思考。在这样的过程中，作者通常会发现，一部短篇小说的想法可以变成一部中篇小说甚至长篇小说的想法。不过，为了方便起见，这里我将提到的两个高潮——路边摊贩的货车被撞到以及那个女人袭击一个旗手——当作短篇小说的想法来处理。

路边摊贩的一辆轻型小货车被一辆重型卡车撞到，让我们假设摊贩是故事的中心人物。中心人物可以与其他人或事（另一个人物、某些动物、或多或少非人的因素）发生冲突，在这样的高潮中，高潮冲突的产生或者通过双方的认识和意志、或者通过有意义的巧合而实现。（无意义的巧合会令人感到无聊。）肇事司机可能故意、无意或者因为某些我们不知道的原因撞到小货车（因为我们不能进入他的思维）。如果肇事司机故意撞向小货车，而且作者从高潮开始反向写作，那么他在逻辑上就需要通过戏剧化的手段让我们知道在此之前的场景里：（1）两个中心人物是什么样的；（2）肇事司机为什么撞向摊贩的小货车。（作者也可能绕开第 1 点和第 2 点，仅仅告诉我们摊贩是什么样子，但是，如果一个可恶的肇事司机仅仅是碰巧进入故事，因此带来了高潮，那么以这样的方式引入肇事司机在当代小说中就是陈词滥调，几乎没有任何用处。）包含第 1 点和第 2 点的故事相对来说比较容易想出，也比较容易写作，当然这并不是说这样的故事就不能成为一个优秀的故事，只要它能得到很好的处理。标准世仇故事的价值永远依赖于作者，他需要有能力创造非常可信的人物，并让他们处于不可协调的冲突之中，双方在某种程度上都具有某种同情心，即双方都追求某种真实的价值，尽管二者追求的价值彼此排斥。为了让高潮令人信服，作者就一定要以戏剧的方式让我们知道：为什么每一个人物都相信他所相信的价值？为什么每一个人就是不能接受对立面的价值？作者也需要通过戏剧的手段让我们知道：为什么彼此冲突的人物就是不能够或不会简单地避免遇到对方——就像在现实生活中老虎们通常所做的那样？如果高潮不但要让我们相信，还要让我们产生兴趣，其产生的方式就要看起来既无可避免又令人惊讶。（在诸如世仇故事这样标准的形式中，最后一点尤其重要。）作品如果依赖于巧合，那么无论这样的巧合在现实生活中是多么普遍，所产生的惊讶效果都不会让我们信服。

如果肇事司机因为意外或者某些我们并不了解的原因撞到了小货车，那么一个在审美效果上合理的故事就更加难以编造，因为推动故事发展的价值冲突一定要从中心人物及其处境之中完全得出。在这种情况下，肇事司机只能作为一种非人的力量发挥作用，而且只有当路边摊贩归咎责任于他的时候他才具有意义。换言之，对摊贩而言，重型卡车一定是一种象征。让我们假设，对摊贩而言，重型卡车代表着权力与力量，这与他自己的生活构成了带有象征意义的对比，他认为自己的生活有限制、不能令他满意。那么，轻型小货车的残骸就有沉重的讽刺意义了。想到了这一步，我们发现故事开始有头绪了。事件流的故事原则可以是一个从限制最大到限制最小的过程，当重型卡车撞到了轻型小货车的时候，这一发展开始突然转向。

比如，摊贩是一个红鼻子的底层农民，在肯塔基州、密苏里州南部或者伊利诺伊州南部的红土地区种植甜瓜、南瓜、西葫芦、攀缘茎豆、山药以及西红柿，这个人叫作猪脚（Pigtoe）。[这个版本的情节来源于作家李・威尔逊（Leigh Wilson）。] 对于这样的一个人，我们很容易发现其限制所在，他可以被土地、政府、思想不再保守的浸信会教堂出卖，也会被生活以其他方式背叛，至少在他自己看来是这样的：他的妻子爱丽丝脆弱、憔悴而且多病，而别人——比如他的邻居品奇・赫恩斯——却有健康、强壮、农活也干得好的妻子。猪脚的孩子非常多（或者就一个孩子），而且不听话。

作者可以通过三个场景将故事引向高潮，这三个场景相对简短，但在文本上是非常丰富的，并具有少许南方哥特式的味道。在第一个场景中，猪脚正在与妻子一起吃早饭、交谈着，孩子们在外面装载货车。作者可以快速地、简单地建立起猪脚的感受，比如他对生活的厌倦，以及他对教堂、学校、黑人、他的孩子、邻居、税收、天气的感受。虽然他的家人在很大程度上依赖于农场，就像他们在抱怨中所表达的那样，但是猪脚至少可以暂时离开，见一见更大的世界，遇到一些陌生人，就在高速公路的外面，从小货车的后面将货物卖出去。孩子们漫不经心地装载货车，猪脚正在呆望，场景以此结束。

作者可以通过一个简单的过渡场景，展示猪脚沿着里普斯岭路开向州高速公路和州际公路的交会处。作者让我们看到猪脚思想中的某些内容、他驾驶小货车的鲜明意象，以及从一个世界向另一个世界的戏剧化转变。然后，在第三个场景中，作者可以让我们看到猪脚和两三个重要的顾客在一起，例如一个穿戴整齐的乡下太太、一对大学生情侣等，对猪脚而言，他们就是“嬉皮士”（而他们也许会羡慕他“接地气”的生活）；也许还有一家富裕的黑人，开着一辆雪佛兰车。通过所有这些内容以及故事的开头，我们可以隐约地看到猪脚对周围人的感受：他的蔑视和苦闷，他羡慕甚至崇拜生活不被限制的人——这些人开着用镀铬金属板装饰的十八轮大卡车。这时，高潮来了。

至于作者通过什么样的方式来展现高潮（在结局中），他在写作以及不断修改故事的过程中可能心里已经有数了。猪脚可能会死去，或者他可能活着，眼睁睁地看着翻倒的小货车、甜瓜和南瓜沿着通往俄克拉何马州的高速公路滚下去。当然，肇事司机也可能停车（并不是猪脚所想象的那种完全自由的人)；猪脚在愤怒中可能从小货车里拿起那陈旧的红色汽油罐，试图烧毁那十八轮车——成功了，或是可悲而徒然无功。或者，还有其他的事情可能发生。作者需要自己决定，从故事中发现他的结局。

我们已经勾勒出的这个故事有其风险所在，这十分明显。优秀的作者在动笔之前会对故事进行仔细的考虑。当然，其中的一个主要风险就是故事中的南方哥特主义风格看起来显得古老陈旧。然而，故事符合某一标准类型，这一风险并不构成不写作这个故事的原因。所有的故事都有其模仿的样本，优秀的作者会将这一点变成他的优势，最大限度地利用读者的期待，将旧有的传统融合在一起，以我们无法预料的方式满足我们的期待。因为故事素材很显然是南方哥特主义风格的，作者可以选择一种在南方哥特式小说中不那么常见的风格，这一风格可以尽量地与弗兰纳里·奥康纳（Flannery O'Connor)、尤多拉·韦尔蒂（Eudora Welty）或者威廉·福克纳的风格拉开距离。最主要的是，他一定要以一种全新的眼光看待这些素材，运用他自己的南方生活经验，选取其他作家没有注意过或凸显过的细节，并由此创造一种与哥特式传统中的现实不同的现实，就像哥特式传统同现实本身也不相同一样。

我们第二个故事的主人公是有意撞到一个旗手的女性，这个故事是我们关于猪脚的故事的对立面，因为这里的中心人物是攻击者，而不是受害者（就像在猪脚故事的结尾中那样)。为了使高潮具有合理性，作者需要想清楚的问题是：(1）什么样的女人才会撞到一个交通旗手？(2）为什么？她或者认识这个旗手，跟他有一点个人恩怨，或者不认识他，而是将他当作了一种象征，例如一个大男子主义者。这个女人可能是意外地撞到了这个旗手，出于讨论的需要，这种可能我们不去考虑，主要是因为这种情况下我们又会陷入受害者故事中。在高潮之前所发生的事情不可避免地会是一系列恼人的事件，这些事情解释了这个女人的粗心。如果我们把这个故事抽象化，它不过就是猪脚故事的翻版：这个女人相信某件事情——比如某种观点以及行为方式是有效的——但是，事实证明这是错误的。

让我们任意地（虽然事实上某个作者的选择可能不是任意的，而是由他关于优秀故事的直觉引导的）假定，这个女人并不认识旗手。我们将要选择什么样的中心人物？是一个受折磨的、不幸福的妻子，一个女强人类型的经理，还是一个脱衣舞娘？任何选择都可能创造出一部优秀的小说。此处让我们选择脱衣舞娘，这个想法至少可以吸引某些特定的作者，这在一定程度上取决于我们的社会意识现状：我们之前的作者可能不会以我们的方式来看待脱衣舞娘。我们可以将什么样的压力放在我们的脱衣舞娘身上，以引发高潮事件呢？

让我们假设我们的脱衣舞娘叫作范妮，三十六岁，身材保持得还算不错，甚至算是美丽的，但是无法同新一代的年轻脱衣舞娘竞争。她是一个旧式风格的脱衣舞娘，像她这样的脱衣舞娘挑衅并嘲笑她的男性观众，就好像奚落他们一样，引诱他们征服自己——这是一个经典的动作（她曾经在几年的时间里是明星），但是她的动作同她的身体一样，正在慢慢松懈。她的动作曾经是高度精致的：她脱衣服时动作很慢，带着挑逗意味，有着艺术化的风格。让我们假设，她还驯养了白鸽，她每脱掉一件衣服，白鸽就会飞走。而年轻的脱衣舞娘正在挑战她的头牌地位：她们风格新颖，裸体对她们来说并不算什么，她们脱掉衣服，就像大树掉落树叶一样无动于衷；因为她们简单的、毫不遮掩的性感，她们的动作并不需要高超的技巧和修饰。范妮成长在得州，有着严格的浸信会教的背景，在令人难堪的蔑视中不得已从事了这一行，她有负罪感，但是依然持不在乎的态度。新一代脱衣舞娘在旧金山这样的大城市中成长，对于这种内在冲突，她们并没有感受。

作者已经想好了故事的总体框架，他开始准备构思场景。根据优雅和高效的原则，他将选择数目尽可能少的场景，也许只有三个：第一个场景，作者可以描绘一幅景象，即范妮看着一个年轻的脱衣舞娘在排练时所做的动作，感到恐惧和气愤。她通过观察发现，虽然那动作与她的动作相比在技巧上是逊色的，但是已经初露锋芒，这个姑娘极有可能取代她的头牌地位。在下一个场景中，范妮可能与经理或者管事发生了冲突，并得知她的担心不是没有道理的。她大发雷霆。在这个场景的高潮阶段，她可能打了经理或管事一个耳光，但让她感到震惊的是，他竟然也打了她一个耳光，甚至解雇了她。在第三个场景中，范妮撞向了那个旗手，因为旗手很不巧向她露出好色的一笑，高潮就这样到来了。在此之后故事的结局会怎样，作者只有在写作的时候才会知道。（有些作者认为他们从一开始就知道故事的最后一句话。我认为这种观点并不可取，因为这会产生做作或者刻板的小说。）

这个故事速写虽然简单、粗糙，但是已经触及了非常重要的一点；对大多数严肃作家来说，这一点同“小说梦境不可阻断”的观点一样是基础性的。我们目前已经拥有的一切、我们在速写中所创造出来的一切——许多很不错的写作者也不会超越于此——就是一篇小说的框架，如果它们可以得到合理的写作，就会成为一项对现实的令人信服的模仿。它让我们知道了事情发生的方式，也可以对某些价值进行暗示，但是它并没有对事物的意义进行评价，它没有真正的主题。这是一种对二流小说的一般模仿，但是有时候，它也可以概括非常有感染力的小说的特点，就像尤多拉·韦尔蒂的小说《失败的战争》（*Losing Battles*）一样。家中有人去世，我们会有何感受？离开自己的丈夫和孩子去寻求一种新的“自由的”生活，会是什么样子？因为行为不当而被控诉或者竞选失败，我们会有什么感受？对于上述这些，我们得到了一种精确的、完全可信的认识。我们并不对某些深层的思想进行近距离的考察。换言之，作者完成了所有严肃小说的第一项工作，即他创造了一个可信的并且有意义的事件序列。但是，他还要完成第二项工作，即“深层挖掘”！就像梅尔维尔说的那样，围绕某些基本问题或者围绕人物关心的问题所暗示出的主题，来组织对现实的模仿，以这样的方式挖掘事件的本质意义。

当然，我们关于脱衣舞娘范妮的故事的主题也可以是大男子主义，或者可以是艺术与生活（或者自然）的对立，或者可以是任何形式的裸体。作者对主题的选择——在一定程度上也是范妮的选择——会决定他对细节、风格等的选取以及组织。例如，如果他认为范妮挣扎的中心问题与艺术和自然的对比有关，那么他就会仔细地聚焦于范妮的动作与年轻姑娘的动作有何不同，他可以利用意象等对他的焦点进行强调。他可以特别注意范妮的镜子——这是一件做工精巧的木家具，背后还有一段历史，对范妮来说有特别的意义。旗手工作的方式——三心二意且毫无艺术感，或者敬业且认真——对于高潮会有一定的作用。如果作者选择的主题是裸体，他就会选择其他的细节来思考并发展。例如，更衣室墙壁上的破碎图案、某些人心理上的裸露、经理掩饰或者隐藏他对范妮的幸福毫不关心（既然说到这里，可以说经理对于范妮所代表的一切怀有憎恨）。如果这就是主题，作者就可以引入一个得体的老看门人，他的着装以最为精细的搭配表现了他的情绪——无论什么天气他都穿两件毛衫和一件外套。就是说，这些变成了作者思想的“内容”，帮助作者找到并准确地表达他的意思。

这里应该指出的是，主题并不是强加在故事之上的，而是从故事内部引发出来的——起初是作者的一种直觉行为，后来是一种理性行为。作者研究故事的思想，以此确定故事吸引他的内容究竟是什么、为什么故事在他看来值得讲述。在他确定他所感兴趣的内容——主要人物最为关心的——是关于裸露的（物质的、心理的，也许还有精神的）思考后，他会尝试各种讲述故事的方法，考虑传统中关于裸露曾经有过什么表述（例如在传统基督教和异教神话中），考虑他所想到的每一个意象，对这些进行一次又一次的思索，解决其中的难题，并寻找联结点，尝试在动笔前、写作中以及在反复修改的过程中找出他的真实想法究竟是什么。（我们应该或者可以在多大程度上裸露？裸露是弱点、美德还是缺陷？需要附带哪些重要的条件？）他发现自己需要引入黑人脱衣舞娘，也许还有印度脱衣舞娘，这些都有意象可以支持，可以让我们想起原始的裸露，如此等等。只有当他以这样的方式对故事进行思考时，他所表达和描绘的才不仅仅是另一种现实或者对自然的模仿，而是真实的、真正的艺术——一部有思想的小说。

我已经说过，一位作者可以通过从起始情境寻找出路而对他的小说进行情节设计。比如，他有了一个有点疯狂的想法：旧金山一名年轻的高中英语教师被一群暴徒绑架，因为他们想让他写一个关于他们的故事，因为他们对于这个故事感到非常骄傲。如果小说不想沦为一个受害者的故事（那样就没有用处了），作者就需要建立某些冲突：教师一定要有自己的意志和目的，并与绑架者的意志和目的相互冲突。换言之，他一定不希望——以某些非常严肃的方式——写出他们的故事。我们在编造故事的过程中会问，究竟是什么让我们的教师如此不情愿写出这些暴徒的行径，即使他会因此而激怒他们，他也知道其中会有危险？也许，他满脑子都是蒙古强盗传奇；也许，他不但是一名教师，还是一个有雄心的、特别有冒险精神的年轻诗人，深受诗歌和散文传统的浸淫。在这种情况下，由于这些绑匪没有任何高尚的事迹——他们无非是抢劫了某些银行——他们的故事与他的生活和艺术感格格不入，他拒绝与他们发生任何联系。如果绑匪因为他的坚持而随随便便地枪杀了他，这不过就是结果而已，并不是故事。我们通过什么方式可以让他活下来，并因此让故事继续下去？也许，他的确像他们告诉他的那样进行了写作，但是他所写出的内容侮辱了他们——将绑架者鸡鸣狗盗的行径合理地同伟大蒙古强盗的事迹进行了对比。他可以劝说他的劫持者，他们的确应该更像蒙古强盗那样行事——如果他们没有某些值得骄傲的事情，他们也不会绑架他，并要求他进行写作。劫匪可能会不情愿地释放他，因为他们从他那里了解到一种更加值得炫耀的行匪方式。那么，他们最终可能在旧金山闹市区的交通高峰时段抢劫一家银行，然后骑上马背逃脱，就像蒙古强盗一样。因此，我们最终看到了滑稽的、有英雄气概的现代蒙古强盗形象，他们戴着传统的徽章，在说笑之中穿越金门大桥。

作者从一个起始情境正向思考，或者从一个高潮反向思考，在这两种情况下，他所遇到的基本问题是一样的。在他的情节线成型的过程中，在他逐渐知晓他的高潮或者高潮系列应该是什么样的过程中，他一定要想清楚如何通过戏剧的形式证明其高潮或者高潮系列有意义并令人信服。他一定要想出他的主题，在这种情况下很明显是艺术与生活以及艺术家的道德责任之间的关系。他一定要想出人物塑造的主要细节，想出他的主要人物形象的深意所在（他们在多大程度上作为象征符号发挥他们的作用）；他一定要找到故事的自然长度和节奏，并选定合适的风格。

以上我们主要讨论了短篇小说的情节设计。现在，让我们看一看更长的小说形式，即中篇小说和长篇小说。在此，我仅仅讨论实现式的情节，因为对长篇小说而言，只有这样的形式才最有可能获得成功。

中篇小说只能定义为比长篇小说短（大多数中篇小说的单词数在30 000至50 000区间）、比短篇小说长并且故事情节更丰富的作品。我运用了“故事情节更丰富”这个描述，其意义大概就是中篇小说有一系列的高潮，每一个都比前一个更加强烈，虽然它们也可以建立在一个连续的行动基础之上（也许，在实际情况中更应该是这样）。威廉·加斯的《佩德森小子》（*The Pedersen Kid*）就是这种形式的一个完美例子。如果我们不考虑其中的简短倒叙［这些倒叙让我们知道，在中心行动开始之前老汉斯（雇工）、老爸和老妈都是什么样的人，以及他们如何成为了现在的样子]，作品中的行动就是一个连续的事件流，穿越了一系列的高潮，自始至终都聚焦在一个简单的人物身上，即年轻的乔治。故事如下：在某个荒凉的乡村（也许是威斯康星，也许是达科他），深冬时节，一个邻居家的孩子“佩德森小子”来了，有人发现他在乔治父亲的谷仓旁边几乎被冻死。他获救了，并恢复了神智，他讲述自己家里有一个杀人犯，那个杀人犯戴着黄色的手套。老汉斯和老爸决定赶过去看看，带上了年轻的乔治。当他们来到那里，乔治从谷仓向房子跳了过去，他听到了枪声；老汉斯和老爸被杀害了——尽管乔治并不确定——乔治溜进了房子，在地下室里面等待，直到小说的结尾他依然等在那里。行动流是完整的、未被打断的，从起始情境（事件序列的起因，即“佩德森小子”的到来及其奇怪的故事，这一情况向老汉斯和老爸的勇气和人性发起了挑战）到结尾事件，乔治意识到他已经完成了他一定要做的事情，兑现了自己的诺言，并因此而获得了身份，或者说获得了他的地位。然而，连续的事件流依然有越来越多强有力的高潮，如果我们仔细观察，每一个高潮在纯粹行动的层面都是象征性、仪式性的，并且是非常强烈的。换言之，作者将他的连续行动组织为一系列的场景或者场景群，也就是“片段”。

加斯对他的中篇小说的控制是这样的：

“佩德森小子”到来，他被带到了厨房，在那里暖和过来，或者被乔治的母亲“救过来”。[在这里，就像在整个小说中一样，神秘仪式的暗示比比皆是。老妈救了快要冻死的“佩德森小子”，就像她在烤面包时所做的那样。孩子脸色的惨白让乔治想起了面粉。老妈在救他，就像她在厨房的桌子上揉捏他——平常时候她就在那里揉捏生面团。顺便提一下，我们应该注意到所有这些在整个过程中是多么现实，虽然其中的象征含义也非常多。场景的细节拥有如爱德华·韦斯顿（Edward Weston）的照片或者现实主义绘画般棱角分明的鲜明特点。然而，几乎每一个细节的功能都既是象征性的，也是现实的。]

为了让“佩德森小子”暖和过来，老妈需要老爸的一点威士忌酒（与圣餐面包有关的酒，其与“佩德森小子”“死去的”身体讽刺性地交织在一起）。我们也知道老爸是一个危险的、小气的酒鬼，他非常喜欢暴力，名声并不好，像蛇一样，可以将他便盆里的东西倒在老汉斯的头上。场景以紧张的压力开始（全家人都有一点疯狂：老妈因为害怕老爸而在颤抖，乔治几乎像神经病一样拒绝让在雪地里发现的孩子暖和过来）。场景建立在小说的第一个高潮基础之上，老汉斯向老爸挑战，他们决定要去佩德森家的房子，找那个戴着黄手套的人。

他们发誓要这么做。之后，老爸、老汉斯和乔治出发了，带着武器，并在气愤之中折磨彼此。他们在通往佩德森家的路上发现谋杀犯的马已经死了——几乎被埋在雪里。（在整部小说中，雪埋和复活是影响深远的意象。）死马的发现和老爸威士忌酒的丢失带来了第二个高潮：因为他们已经说过，他们一定要去佩德森家那里，他们非常固执，不会回头。老爸和老汉斯再一次坚定了他们的决心。他们来到了佩德森家的房子，乔治来到了墙边，老爸和老汉斯被房子里的某个人开枪击中（在小说的第三个主要高潮中）。乔治并没有被冻死——尽管他以为他会以某种方式死掉——而是进到屋子里面。小说最后的高潮就是乔治意识到了他所实现的究竟是什么，无论他是不是能够讲述他的发现。

我已经说过，《佩德森小子》是中篇小说形式的一个完美的例子——一个单一的行动流聚焦在一个人物之上，并穿越一系列越来越紧张的高潮。我们在亨利·詹姆斯的许多短篇小说中发现了同样的结构，例如，《螺丝在拧紧》（*The Turn of the Screw*）和《快乐的一角》（*The Jolly Corner*）。还有许多其他作家的作品，比如福楼拜（Flaubert）的《一颗纯朴的心》（*A Simple Heart*）、纪德的《忒修斯》以及《田园交响曲》（*The Pastoral Symphony*）、威廉·福克纳的《熊》（*The Bear*），还有托马斯·曼的好多中篇小说。虽然中篇小说的形式是最优雅、最有效的小说结构，但是，这并不是唯一可能的结构。事实上，某些中篇小说作家将不同的故事组合在一起，从一个视角（或者中心人物）向另一个视角转变，并运用真实的情节，行动流之间有时会中断，而不是一个连续的过程。D. H. 劳伦斯（D. H. Lawrence）在其中篇小说《狐狸》（*Fox*）中就运用了这种更加复杂的形式，并取得了一定的成功。通过选择这种复杂的形式，他小说中的时间跨度比正常中篇小说的时间跨度大，风格也更加多样。获得这些优点同样也要付出某些代价：在事件的推进上没有加斯和福克纳所实现的那种紧迫感，作品的有限篇幅也使得结尾部分没有获得强烈的效果（而在一部优秀的、长度足够的小说中，这样的效果非常普遍）。

另外一种可能的结构方式就是小说的点描法，这一方式在罗伯特·库弗的《汉塞尔与葛雷特》（*Hansel and Gretel*）中得到了有趣的应用，而在威廉·加斯的《在中部地区的深处》（*In the Heart of the Heart of the Country*）中得到了非常杰出的应用（这一作品也极有可能是威廉·加斯最为优秀的作品）。作者用片段展示他的故事——片段有时叫作“描点”，好像随机地从一个点移动到另一个点，逐渐将一个好似实现式的行动的字面以及象征因素聚集起来。这种作品的组织无法靠规则来确定，而是需要作者有写作散文和诗歌的天分。即使他对描点的安排有某些理性原因，但他聚集素材的基本原则仍是感受：他编织素材，重新编织素材，以探寻可能展示的最感人的方法。高潮的实现与在线性小说中不同，不是通过主要事件的连接而实现，而是通过诗化效果。作品在很大程度上依赖于文本安排，因为放弃了传统意义上的结构（事件通过因果关系联系在一起，或多或少是按照序列展示的），这样的模式有过分修饰的危险，作者的意图可能过于明显，还会产生感伤的效果。然而，最大的优点就是对意象进行了必要的聚焦，重复的意象通过这种方式获得了越来越大的心理以及象征意义。

一部优秀的中篇小说，无论其结构如何，效果都同音乐中的诗曲效果相似。换言之，一部优秀小说的效果更像一首贝多芬的交响曲。让我们对这里的类比进行更加详细的说明。

一部中篇小说的魅力就在于其几乎东方式的纯洁，以及对一条情感线索的优雅探寻。一篇短篇小说实现了乔伊斯所说的“顿悟”——对一个中心人物或者至少对读者而言，在认识或者理解上的高潮时刻——通过真实的背景而使高潮事件或者时刻获得合理性，从而实现它的效果。中篇小说则穿越一系列小顿悟时刻或者次要高潮，以此得到更加稳固的结论。通过尽可能简单的手段（并不通过小说中发生作用的大量元素的聚集，而是通过单一的思想线索），中篇小说进入结尾，世界在这里发生了变化，至少对中心人物而言发生了剧烈的变化。乔治如果可以再次回到家里，他就会成为一个不一样的年轻人：他活了下来，在他的成人仪式中获得了胜利，取得了他的成人身份。在D. H. 劳伦斯中篇小说的结尾，“狐狸”赢得了他的女人，并且杀死了他的敌人。在福克纳中篇小说的结尾，“熊”离开了，但是艾克·麦卡斯林永远地被改变了。没有什么可以比一部优秀的中篇小说更加完美或者完整。如果长篇小说实现了同样脆弱的完美，就像福楼拜的《包法利夫人》(*Madame Bovary*)，我们会发现这些并不令人满意、并不是真实的。“完美的”长篇小说会缺失掉最好的长篇小说中那种丰富和粗糙。我们并不需要研究其中的原因，我们只需要看到，在正常情况下，中篇小说仅仅处理一个人物和他生活中的一次重要行动，这样的聚焦使得中篇小说需要精致地选取素材、设计结构。然而，长篇小说至少会假装模仿整个世界的复杂性：我们不但仔细地观察不同的人物，还会听到关于远方战争以及婚姻的传闻；我们会窥视人物，他们就像地铁里偶遇的人，我们再也不会见到。结果就是，长篇小说如果过于整齐有序，就会失去最基本的效果。如果长篇小说的所有线索都在结尾处被精致地编织在一起，就像狄更斯的某些作品那样，或者就像流行的神秘惊悚小说中一直以来的处理那样，我们会感到小说并不像生活。至少，在某种程度上，长篇小说在定义上就是一个“松松垮垮的怪物”——就像亨利·詹姆斯在气愤之余所说的，他其实是在贬低托尔斯泰的小说。长篇小说不能太松弛、太散漫或者太像怪物，但是，像茶杯那样构造精致的长篇小说也没有多大用处。

一部长篇小说就像一首交响曲，结尾部分是所有之前部分的回声和回响。这种情况在中篇小说中非常稀有，这样的效果需要太多的时间、太多的内容。在长篇小说的结尾，作者以直接的方式或者以人物回忆的形式重现意象、人物、事件以及引发思考的主题。意想不到的联系开始浮出水面；隐藏的原因变得清晰；生活变得井然有序，无论持续的时间多么短暂或是多么不稳定；宇宙万象显露出本相，即使只是短短的一刻；不同人物行动的结果最终显示出来；我们看到了自由意志的责任。长篇小说存在的目的就在于这最后的"交响"。如果没有这样的结尾，无论在理论上有什么好理由，我们都会带着不满合上书，就好像被骗了一样。当然，这等于在说，长篇小说作为一种文体有其内在的顶层设计。长篇小说的确有顶层设计。如果作者不接受这样的顶层设计，那么他就写不出长篇小说，他只是玩一玩而已，就像贝克特和巴塞尔姆一样，他们只能通过推翻长篇小说的传统实现自己的效果，就像那些制作自我毁灭的雕塑的雕塑家或者炸毁钢琴的作曲家那样。当然，我并不是说艺术家就应该说谎，而是说从长远角度看，反传统小说家极有可能注定失败，因为我们并不相信他们。荷马、莎士比亚或者梅尔维尔并没有让我们非常感动，不是因为我们希望相信他们小说所体现的顶层设计的假设——一种有道德责任的有序宇宙——而是因为我们的确相信那些假设。除非以某种极为精巧的方式，否则我们不可能同时相信荷马和塞缪尔·贝克特。

成功的长篇小说可以以许多方式来组织：以实现式的方式，通过一系列由因果关系联系在一起的事件来组织；或者通过并列的形式来组织，如果小说的组成部分之间有象征性的或者主题性的联系，却没有通过因果关系而实现的流动性发展；或者通过抒情诗式的方式来组织，即通过某些在本质上是音乐性的原则，例如马塞尔·普鲁斯特（Marcel Proust）或者弗吉尼亚·伍尔夫的长篇小说。

抒情诗式的长篇小说讨论起来最为困难。总的说来，让读者阅读下去的因素并不是情节——虽然长篇小说可以以某种隐匿的方式包含一系列由因果关系构成的事件——而是某种形式的节奏性重复：一个主要意象或者一群主要意象（大海、关于秋千的童年回忆、白雪覆盖的山脉、森林）；一个主要事件或者一组事件，作者会经常回到这些事件中，之后又会离开，处理某些让事件或事件序列意义加深或者被重新定义的素材；某些中心思想或思想集合。这一形式与心理叙述相结合，模仿游移不定的内心（特别是经历过一次或者多次创伤体验的内心）活动或者梦境。大多数此类长篇小说的实践者都带着明显的梦境味道写作，经典的例子就是《芬尼根守灵夜》。另一个例子是《甲虫腿》（*The Beetle-Leg*），这是约翰·霍克斯迷人的、神秘的早期小说，是一篇噩梦故事。其中，叙述以越来越快的速度和越来越大的张力推进，从一个主要意象转向另一个，虽然主要意象并不多，比如水坝上一个甲虫脚大小的裂纹、一个摩托车匪帮，等等。

长篇小说最普遍的形式就是实现式的。这是最简单也是最不容易写作的长篇小说类型：它最简单，因为它是不可避免的、自我推进式的；它又最难写，因为它是目前为止最不容易被抄袭的。就像我们之前说的那样，亚里士多德通过“实现”这个合成词表示“存在于性格或者环境之中的可能得以实现”。（亚里士多德的确通过这个词讨论过古希腊悲剧，但我们不必因此而困扰。如果他知道长篇小说这个体裁，他也会说同样的事情。）从逻辑上说，实现式的长篇小说有三个部分，就是亚里士多德所谓的“开头、中间和结尾”。我们可以将三者想象为在长度上大体相等，在节奏上则分别对应于阐述、发展和结局。在实践中，没有哪个正常的小说家会将作品整个篇幅的最初三分之一用来阐述、第二个三分之一用来发展、最后一个三分之一用来作为结局，因为阐述如果没有事件流，读者在阅读了三五页之后就不会再读下去了。正因如此，亚里士多德才会建议作者应该从“事情的中间”开始，然后尽可能地对阐述进行填补。当然，出于讨论的目的，对三个组成部分分别处理是有益处的。

在阐述部分，作者将呈现读者需要知道的关于人物以及环境的所有内容，即“可能得以实现”的那些可能性。很明显，如果他不知道发展部分会包含什么内容，或者他一点儿也不知道在结局部分究竟会发生什么，那么他就无法完成阐述，因为长篇小说同短篇小说或中篇小说一样，读者需要知晓的是那些对于他接受并理解接下来的人物行动而言必不可少的东西。如果情节简洁、不显得凌乱或低效，那么读者要理解接下来的人物行动，就一定需要知道所有的原因，且从本质上来说，他不需要知道任何其他事情，也就是说，阐述部分的任何重要信息都需要与未来将发生的行动有所关联。长篇小说同篇幅稍微短小的其他小说一样，读者一定要通过戏剧事件了解阐述部分的内容，而不是由作者来告知。（我们仅仅被作者告知一个人物残忍得难以想象是不够的，我们一定要看到他割断一个婴儿的喉咙。）最后，如果想要从起始的情境和人物塑造中引出某种东西，那么阐述部分的事态就需要在某种程度上是不稳定的：人物一定要出于某种原因而产生行动的冲动，从而实现某种变化；作者也一定要让读者知道这是一个可能实现行动的人物。

这就意味着，人物和环境之间的关系一定是有某种冲突的：人物自身或者外部的某种压力迫使他产生了某种行动，而另外一种内在或者外在的力量一定会对这种行动施加强烈的压力。两种压力一定不能都来自人物外部，要有来自人物自身的压力，否则冲突就无法涵盖怀疑和道德抉择，结果就是作品没有深刻的含义。（最优秀的小说，全部意义都源于——就像福克纳所说的——人类内心的冲突。我们已经说过，所有真正的悬念都是对道德抉择的痛苦地戏剧化呈现。）著名的费希特（Fichtean）曲线事实上就是对这一冲突情况的图解：

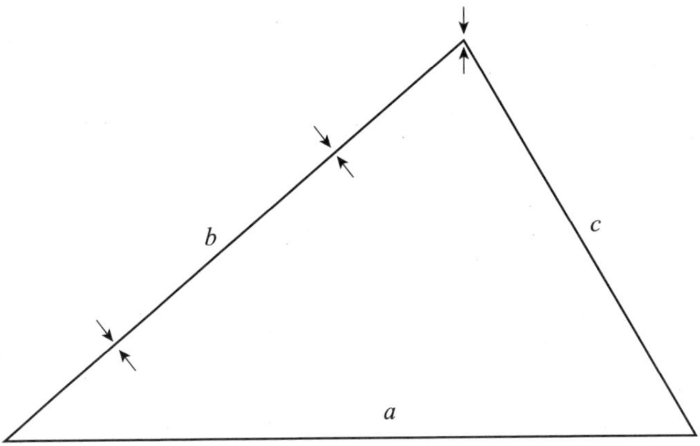

线段 a 代表行动的“正常”过程。如果人物仅仅在意安全和稳定，而不愿意发挥他的独立意志，不去尝试应对困难或者不可能的事情，不去促成变化，他就会选择这一过程。线段 b 代表人物实际上所选择的行动过程：他在困难中挣扎，勇敢地面对冲突。下降箭头↓代表与人物的意志相违背的因素（敌人、习俗或者自然法则），上升箭头↑代表在人物行动中支持他的因素。上升线段 b 的顶峰代表小说的高潮时刻。线段 c 代表所有后续的内容，即结局：冲突已经得到了解决，或者正处于解决的过程中，原因要么是中心人物在意志上被击垮了，要么是他成功了，因而他的情况再一次恢复了稳定。费希特曲线是小说情感发展（我们在阅读过程中的紧张、被吸引或者渴望等感受）的图示。由于上升线事实上并不是平滑的，而是通过一系列逐渐推进的高潮（小说的事件节奏）发展而来的，所以曲线的一个改进版本可能如下：

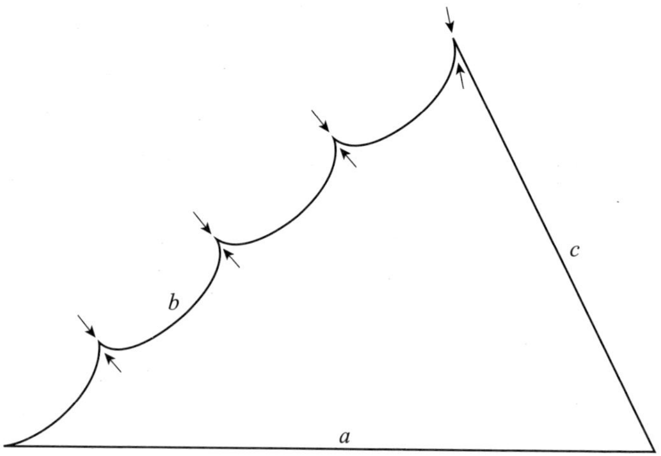

我忘记了是谁在多年前告诉过我，有一篇正在写作的小说的情节完美地验证了以上一切。小说的中心人物是一个机智、强壮、年轻的阿帕奇印第安人，让我们把他叫作吉姆，他在印第安保留区度过了早年时光，但他现在从加州大学伯克利分校获得了美国人类学文凭。他的母亲年事已高，需要他的经济援助，而他的弟弟需要钱上大学（他想成为一位卫理公会教的牧师）。按我们这位英雄所学的学科，适合他的工作非常少，但他还是努力找到了一份工作，没有经过面试，是在俄亥俄的一所小型大学——让我们把它称为吐温·奥克斯斯大学，它曾经是一所教士学院。在吐温·奥克斯大学，一个印度研究项目正在筹建过程中，由联邦政府拨款资助。吉姆将他所有的东西装上哈雷·戴维森摩托车，来到了俄亥俄。来了以后，他发现大家犯了一个严重的错误：吐温·奥克斯大学认为他们聘来的是一位亚洲印度研究专家。没有人知道吉姆是一个阿帕奇印第安人，是一位美国印第安研究专家，还是城市印第安人。怎么办？"正常"行动过程就是吉姆回到伯克利，再重新试一试。更加大胆的过程就是吉姆尝试造假，装作一个印度人，将自己伪装起来。现在作者的任务就是将压力施加给他的英雄，一方面列出那些鼓励并支持他的人，另一方面列出反对他的人。这时，我们已经到达了我们作品所谓的发展部分。

作者为他的英雄设计了一系列危机。另一个阿帕奇印第安人可能会来做一个讲座，或者是来了一个真正的印度人。而某些教师同事会非常不喜欢我们的人物，出于某种原因还会监视他，试图让他被解雇；某些学生也许会开始怀疑他；他的弟弟可能因为过于热心而来拜访他；和他上床的一个女人听到他说梦话，并对他的身世产生了怀疑。与此同时，作者会从英雄的角度安排一些支持性的因素，比如友好的学生以及教师同事、来自家庭的与日俱增的压力（他的母亲摔伤了臀部，急需用钱）迫使我们的英雄继续伪装下去，等等。最后，小说的主要高潮来了，冲突以某种方式得到了解决，故事进入了结局阶段。（在此，图示会有一点误导效果。结局可能是行动的下降式发展，最终回归平静；也可以非常激烈，比如一个令人狂喜的结尾或者一个可怕且黑暗的结尾，例如，主人公烧毁了大学，死了好多人。无论是通过何种方式，冲突都得到了解决；读者在起始的时候最为关心的如何保守秘密，现在变成了其他事情——秘密被发现之后的结果。）

如果作者知道在他的发展部分会发生什么，并知道其哲学主题含义何在，那么他就知道该如何写阐述部分了。如果人物行动要求吉姆身上带有一种暴力性格，那么，作者就应该通过戏剧化的形式，呈现给读者这种暴力性格是如何发展而来的。如果吉姆和某一位院长因为都喜欢吹短号而结下了友谊，那么，读者就应该知道吉姆是在什么地方、通过什么方式学会了吹奏短号。或者，说得更普遍一点，作者一定要为读者呈现对于吉姆的性格和境遇而言所有重要的内容，包括吐温·奥克斯斯大学所有支持他或者反对他的人，以及他们的政治关系和偏见、有关他们的会对行动产生影响的每一件事。

我们已经说过，这样的阐述不能在小说的开头一下子就完成。如果故事有事件流，那么行动就需要立即推进，作者一定要在合适的地方插入阐述。唯一的限制就是，当读者来到费希特曲线顶点的时候，作者就再也不必插入阐述了。小说的结尾如果得到了合理的设计，就会发生崩塌，作者的主要任务就是描写崩塌是如何通过一块块石头的掉落而完成的。在完成了对阐述和发展部分的处理后，作者就来到了情节设计中最为困难的部分——中世纪的修辞学家将这一部分称作“安排”（dispositio），即配置或者组织已经选取的不同素材。

理论上，作者可以在任何地方让人物开始行动，但在实践中他的选择是有限的。如果他开始的地方过于靠后（例如吉姆读大学本科第一年时），小说的开篇就会进展非常缓慢，而且几乎一定会令人疲倦；如果他在靠近结尾的地方开始，例如从小说最后一个戏剧事件开始，结果就是作品给人以骗人的感觉，并以自我为中心。如果作者希望避免诸如形式主义和僵化之类的问题，他就会猜到行动应该从什么地方开始——极有可能在吉姆抵达吐温·奥克斯大学时开始。（因此，让我们暂时切换到荷马那首壮美的史诗，它并不是以特洛伊战争的开头为起点，也不是以阿伽门农抓住布里塞伊丝为起点，而是以阿喀琉斯与阿伽门农之间的争吵为起点，他们之间的争吵表明了阿伽门农的犬儒主义与阿喀琉斯的理想主义之间的对比，他们的争吵导致了阿喀琉斯从战争中退出，并最终导致悲剧降临到他的头上。）在作者决定了要从什么地方开始之后，他要对他的节奏高潮进行设计，然后具体设想出他要在哪里加入必要的阐述。在作品的每一个阶段，作者都会对早先的计划进行修改。例如，他也许会发现他在第二章中需要加入更多的阐述，因此他需要插入一些新的次要高潮，高潮前后的低谷区会为他留出更多的空间。

我将留给读者自己思考实现式小说的庞大表亲（所谓的建筑式小说）的情节设计空间，这类小说中有两个或者更多平行的实现式的情节，每一个都聚焦在一个中心人物或者多个人物之上。[这是维多利亚时期作家最喜欢的形式，更不用说托尔斯泰了。这样的形式现在依然可以应用，就像威廉·加迪斯（William Gaddis）在《JR》中证明的那样。] 所有的情节一定要在哲学意义上有所联系，例如，我们可以想一想《安娜·卡列尼娜》中的两个主要情节：一个导致安娜在象征意义上受到诅咒，她在模糊的声音和突然间出现的奇怪的光里自杀；另一个导致列文在象征意义上和实际上的救赎。总体来说，其情节设计过程与简单的实现式的小说一样，只是更加不容易操作，风险也更大。因为平行情节上太多的设计会让小说看起来有做作的感觉，而太少的设计又会让小说有杂乱无序的感觉，仿佛脱离了控制。我也会让读者自己思考传记形式的小说（例如《大卫·科波菲尔》）写作中的问题。在这样的小说中，情节设计依然是实现式的，至少从长线角度来看是这样的，但是会在主人公生活的不同阶段分化为大的片段，而这些片段（与其他可能的片段相对立）是依从主题的。当然，其中的风险也很明显：如果不同片段的主题之间的联系过于整齐有序，那么小说就会显得做作、脱离生活；如果联系过于模糊，则可能缺乏焦点。

很大程度上，无论作者选择了什么类型的情节，他都只是故事的仆人，而不是主人。对于重要的细节，作者从来就不会仅仅利用一次。例如，如果作者让英雄做了一个噩梦，这个噩梦非常逼真（噩梦最好的效果就是逼真），读者会从中感受到人物的某种痛苦，那么，作者以及追随他的读者就会渴望随后的故事中出现另一个噩梦或者某些清晰的等同物。在小说中，一个元素需要另一个元素，而一种形式呼唤另一种形式。如果作者引入了一个爱情场景，他就需要让这一场景在之后有所发展；如果他紧紧地聚焦于某个次要人物，他就需要在之后让这个人物再次回归，即使是作为一种回忆而回归。

正是小说的这种品质——内在的回归和重复的需求，构建了小说最精彩的部分和令人回味无穷的结尾的客观基础。（这也有使小说看起来做作的风险。）然而，在小说的结尾处发出声音和回响的因素，并不一定只是客观性的。让我们受到触动的，不仅是人物、意象和事件得到了某种形式的回想和重演：我们被事物之间不断加深的联系触动，并最终被价值观之间的联系触动。柯勒律治对哈特莱（Hartley）的心理学产生了兴趣，经过观察后，他有感而发：联系愈加复杂的系统可以带给一部文学作品某些魅力。哈特莱指出，如果我们遇到两个联系紧密的事物，那么，当我们再遇到其中一个的时候，我们会倾向于回想起另外一个。因此，如果一个人是在药店里第一次读到雪莱（Shelley）的诗，那么他第二次来到这个药店时就会想起这个诗人，而他下一次阅读这个诗人的诗时，就会闻到刻度盘和沐浴盐的味道。在我们阅读小说的时候，同样的事情也会发生。如果我们的英雄第一次是在墓地里遇见某个特定人物，那么这个人物的第二次出现就会带有墓地背景的某些残留。

这一效果可以通过这样的方式进行简单的阐释。a 代表一双有血迹的鞋，我们第一次是在一棵柳树 b 下看到它；c 等于一个孤儿的房间，我们第一次在一场暴风雨 d 中遇到；e 代表一个女人的吻，我们第一次在火车 f 上经历。如果 a（有血迹的鞋）在故事的后面被提起，它就会让我们回忆起柳树 b。以同样的方式，c 会让 d 像回声一样产生，e 会让人联想起 f。如果以下线段的顶部是叙述的开始、底部是它的结尾，那么作者就可以发展出这样的联系图示：

a	b
$[b]$	a
c	d
$[d]$ c	b $[a]$
e	f
$[a]$ d	c $[d]$
$[f]$ e	a $[b]$ $[d]$
$[e]$ f	a c $[b]$ $[d]$

同小说中真正发生的事情相比，这个图示简单而粗糙，但它也许能说明一些问题。即使在一篇短篇小说的结尾，意象、事件和人物有组织地回归的魅力也是非常可观的（让我们想一想乔伊斯的《死者》）。在一部小说的结尾时刻，这样的效果非常有魅力。

当然，我们所谈论的不是简简单单的意象回归。意象在《死者》的结尾聚集在一起，每一个意象都有大量的联系，所有这些意象都是死亡的意象。在《尤利西斯》中，茉莉·布鲁姆（Molly Bloom）的独白将意象和经验聚集在一起，这样的意象和经验营造了具有同样象征意义却更加复杂的思想情感。在这种思想情感中，要使故事连贯，充满爱的肯定与通过关联回想起的琐事之间的对应不可少。“是的”作为一个连续的呼喊而开始，并向外扩大开来，成为对整个宇宙神秘之处的肯定，甚至包括了死亡。为了实现这样的效果，作者一定会超越客观的情节，力图让读者理解所有情节因素和它们之间的联系，包括那些没有得到表达的因素。换言之，小说的结尾并不是简简单单的故事的结尾，而是故事的实现。在此，读者理解了所有的内容，所有的一切都有象征意义，即使不是在理智上如此，至少也是在情感上如此。作者在让读者理解之前，自己一定要先获得这样的理解（当然，这样的理解在小说构思阶段就完成是不可能的）。读者能够理解，这是小说家对现实进行仔细考虑，对每一个意象、每一个行动、每一个词语进行思考，对作品在开始时就计划的事情和为了使情节可信而逐渐添加的事情进行考虑最好的奖赏。

遗憾的是，虽然一个真正的结尾所能产生的效果可以被描述出来，但是如何写出一个优秀的结尾却无法被教授。我们能做的只是给出提示或者警告。也许，最为有用的提示就是，不断地阅读故事，至少一百遍——真的是一百遍，留心精妙的意义、连接、偶然的重复、心理学意义等。不要遗漏任何内容——即使是最无关紧要的细节。当你发现某些意象或者事件的深意时，你需要将这些深意发掘出来，使之浮出表面。这可以通过许多方式实现：呈现意象中微妙的重复，以吸引读者潜意识中的注意；让意象成为隐喻，隐喻有助于确定并澄清你在其中所发现的意义；将意象（或者事件，或者其他什么）牢牢置于相关的象征符号附近。至于警告，有两点最为重要：一方面，不要过分设计结尾，不要过于急切地得到意义，不然读者就会从小说梦境中脱离出来，也会使得小说有过分自觉的、做作的或者“写作工坊”式的效果；另一方面，不要因为害怕多愁善感或者直白就写得过于不动声色或羞怯，以至于没有人可以听到回声——连飘荡在屋椽之间的天使也不能。

写作练习

学习写作最好的方法就是做练习。我发现以下这些小组练习或者个人练习非常有用，但是任何教师或者学生都可以设计出同样效果不错的其他练习。我建议将这些练习保存在一个笔记本（活页练习本或者弹簧活页夹）里，以备以后参考，也许其中还可以放一些对作者有用的其他东西——关于故事的点子、意象、对话摘录、剪报等。当然，某些作者会发现做这样的事情比做其他事情更有用。有些人从片段之中写出每一个故事，将所有的内容组合在一起；有些作家慢慢地构建——就像陀思妥耶夫斯基一样，很大程度上依赖于他们的阅读、日记以及其他这样的东西。

一、 小组练习和讨论问题

后面第二部分中的个人练习，与课堂上需要写、（自愿地）大声读和讨论的练习，效果同样理想。运用这种课堂练习的方式的第一个优点在于，学生们会发现他们有多好——这可不是小事。一旦一个班的学生都发现这样非常不错（当处理一些有限的、定义清晰的问题时，大多数学生都有令人惊讶的优秀表现），这堂课就会令他们兴奋。（根据我个人的经验，有 15 分钟或者 20 分钟的课堂时间花费在写作上就足够了；而对于超越了起点阶段的作者来说，5 分钟就足够了。）将个人练习当作课堂练习的第二个优点在于，所引发的评论对作者而言可能是最为有用的，特别是在课程开始的阶段。很少有人会极为郑重其事地对待一个 15 分钟就能完事的练习，可以想见，其中会存在一些失误和用词不当，因此，讨论就很有必要。讨论会指出小错误，但不会过分关注错误，而是关注优点和潜在可能。当然，第三个优点就是，我们立即就可以获得反馈。

每一堂关于散文体小说的写作课都应该涵盖的内容，可以被高效地涵盖在学生所进行的小组练习中。没有哪一堂课可以完成所有这些内容。教师和学生都应该记住，一旦基础内容已经完成，教室里应该做的最重要的事情就是对原创小说的阅读和批评。有时候，对练习进行思考，与坐下来做练习有同样的价值。一般来说，整个学期都做某种练习——特别是关于情节设计的练习——非常有用，因为通过这些练习获得技巧并不是一蹴而就的事情。随着练习的逐步进行，小组和其中的每一个成员可以越来越快、越来越好地完成任务。对大多数练习而言，教师或者小组中的某些同学需要承担黑板记录员以及裁判的任务。学生需要将裁判的决定视为最终决定。如果没有设定好争论的裁决者——例如那些关于虚构人物的姓名和年纪的争论——小组练习就会变得非常混乱，因此也会非常无聊。毫无疑问，在有些情况下，这些练习不但可以当作小组讨论的话题，也可以当作作者笔记本中的散文或者沉思录素材。

1. 以口头合作的形式，创造两个适合于鬼故事的人物：一个是受害者（受到惊吓或者伤害的那个人），另一个是幽灵。设计出这些人物的姓名、年龄、背景、心理构成、外观描写、家庭关系、亲近的朋友圈、职业、故事适合的背景，以及任何看上去重要的因素。在做这个练习以及做后续练习的过程中，不要故作聪明，例如选择一条狗和一只蜥蜴作为两个人物，这会破坏练习的目的，在简单的问题解决之前将问题复杂化。

2. 以口头合作的形式，为一则戏仿的或者严肃的哥特式传说写出开篇段落（一个场景描写）。

3. 以口头合作的形式，为一则幽默逸事写出开篇段落（以一个贫穷的、容易轻信的、愚蠢的叙述者的口吻，对逸事讲述者进行描写）。考虑不使用传统逸事讲述者（一个来自南方某闭塞落后地区的人或者一个来自新英格兰地区的人），而是使用其他有趣的变形，如一位精明的老妇、一个黑人、第一代华裔美国人等。

4. 以合作的方式列出以下文体中的一个或者多个典型要素：哥特式浪漫传奇、谋杀破案故事、逸事、情景喜剧、西部片，或者其他所有成员都熟悉的一些流行文体。这些要素中的每一个具有什么样的哲学深意？例如，传统的鬼故事要素包括某些古老而偏远的建筑、对气候（特别是风、寒冷以及潮湿）的强调、一只不安的动物（狗、狼、猫头鹰、蝙蝠）。在心理层面上，这些要素有何意义？以上列出的所有文体都是“流行的”，即它们吸引人的地方通常在于探险或娱乐。指出其中的一类或者多类文体如何能提升至严肃小说的水平，并给出方法。例如，采用鬼故事的传统，如何探究一个独立的、有控制倾向的母亲和她胆怯的女儿之间的关系？

5. 为一部现实主义短篇小说设计情节，从高潮开始反方向设计。为了实现高潮，我们需要什么样的人物，这些人物是什么样的？（参见上面的练习 1。）为了使高潮可信，对哪些因素一定要进行戏剧化的处理？需要多少场景才可以实现高潮？

6. 运用练习 5 中已经获得的故事，在小组成员中分配场景，并将场景写出，之后大声阅读并进行讨论。

7. 为一部现实主义小说设计情节，从最初的情境向前推进。

8. 为一则建立在某个传奇之上的故事设计情节。

9. 为一则幽默的或者严肃的寓言设计情节，寓言形式参见伊索寓言或者詹姆斯·瑟伯（James Thurber）的作品。

10. 为一部寓意小说设计情节，从思想或者素材碎片开始设计，再将其转化为人物、地点以及事件。

11. 为一部超现实主义小说、一部表现主义短篇小说设计情节。

12. 为一个传说设计情节。

13. 为一部现实主义短篇小说或者寓言式短篇小说设计情节，以三个基本象征物（例如一把斧子、月亮、一副镶金的假牙）开篇。在情节设计之前，讨论象征物的可能含义。这里所谓的“寓言式”小说包括不存在的事物或者某些想象的、怪诞的地点，虽然有这些奇怪的因素，但是依然通过现实主义的方式推进，即通过普通的因果关系而非诗化因果关系推进。

14. 为一则现实主义故事或者神话寓言故事设计情节，用某个主题或哲学话题（例如，童真的失去、占有式的爱与无私的爱之间的对抗、各式各样的勇气与懦弱）开篇。

15. 讨论如何不借助因果关系事件，而赋予小说事件流（向前推进）的方法。为这样的一则故事设计情节。

16. 选择一种风格，并为一则故事设计情节。令风格因某种方式而奇怪或不同寻常，例如大量使用长句，或者使用很少被使用的第二人称视角。

17. 为一部中篇小说设计情节。

18. 为一部长篇小说设计情节。

19. 为一个陈腐的主题构思有趣的长篇小说。例如，一部关于马戏团、无人知道的山谷、金矿、不忠的妻子、即将毁灭的星球、初恋等的长篇小说。

20. 为一部建筑式（或者多情节）小说设计情节；为一部模仿传记形式的长篇小说（比如《大卫·科波菲尔》）设计情节。

二、训练技巧的个人练习

初学写作者没有必要做完所有这些练习，一个学生不可能在一个学期内完成所有这些练习——这样做也会浪费时间，因为练习不应当替代短篇小说、故事、寓言、逸事、速写、中篇小说或者长篇小说的实际写作。写作者能学习到的最为重要的事情之一，就是从一部完整的小说形式的作品的内部进行感受。因此，学生应该在课程开始的前几周进行这些练习——只需要偶尔进行这些练习，并将大部分精力放在完整的小说上，尤其是短篇形式，然后是长篇形式。

这些技巧练习的要点在于，大多数写作学习者低估了成为艺术家的难度，他们不理解或者不相信，伟大的作家就像钢琴演奏家一样，对自己要做的事情通常会知晓很多种方法。知识不能代替天分，但是由大量技巧支持的天分可以塑造一位文学大师。特别是现在，出版的竞争比以往任何时候都激烈，掌握技巧对一位写作者而言很有帮助。

如果写作者可以扎实地、很好地完成这些练习之中的至少一部分，他就会发现，当进行到第 20 个练习的时候，他再做前面的练习，会比开始的时候更加轻松。每一个被扎扎实实完成的练习，都将教会他一种对写作短篇或者长篇小说有所帮助的技巧。如果一位写作者刻苦地进行这些练习，他就会发现，无论何时，当他写作一则故事或者小说时，在故事或者小说的每一个环节他都有多种选择空间，他也有能力做出最好的选择或者发明出一些新的东西来。

那么，写作学习者应该以最为严肃的方式对待这些练习。无论他们如何努力对他人甚至对自己掩饰，真正的写作学习者都只有一个主要目标，这个目标就是——荣耀。次等的作者仅仅需要发表。只要一个人愿意每天投入 12 小时至 14 小时的时间来写作，最后他就一定可以发表作品，这样的人有很多。但是，只有伟大作家的作品才可以流传下来，这些作家完全了解他们的行当，愿意投入时间并愿意承受必要的风险，当然，前提是这些作家是完全真诚的，而且至少在其作品之中是理智的。

一位作家的理智基本上是指，无论在个人生活中多么愚蠢，他在写作中从来不说谎话。他从来不会忘记，他的读者——至少在理想状态下——同他一样（或者比他更为）高贵、慷慨、宽容；他从来不会忘记他所写作的内容就是人，所以，将人物变成卡通、让他的人物比自己劣等、忘记展现人物之所以如此的原因、将人物当作兽类一样处理，所有这些都是不好的艺术。一位作家的理智也与品位有关，真正的作家同大多数人相比有其优势：他了解文学的伟大传统，文学一直以来就是道德、宗教、政治尤其是社会改革的先锋。他知道历史上最伟大的文学巨匠会对哪些事引以为荣又会对哪些事不愿屈从，他的这种了解指导了他的实践。他愿意追随他最尊敬和最喜爱的那些人——荷马、维吉尔、但丁、莎士比亚，等等。在某种程度上，他们的标准就成了他的标准，琐碎、低俗、低品位自动与他远离。当他阅读二流作家的作品时，他立刻就会发现他们品位较低。他会发现他们痴缠于莎士比亚根本不会在意的问题：并不是因为莎士比亚没有发现这些问题，而是因为莎士比亚认为其无足轻重。（除非为了研究新的技巧或者因为个人友谊，否则严肃的学习者绝不应该去研究二流作家的作品。）

在最高意义之上，本着品位去写作就是带着下面的假设去写作：在一百个阅读作品的读者中，有一个人可能即将死亡，或者某个他挚爱的人即将死亡；由于我们的写作，不再有人想要自杀，不再有人感到绝望；我们写作，就像莎士比亚曾经做的那样，让人们实现理解、同情，看到痛苦的普遍性，即使不能直接因此获得继续生存下去的勇气，也会变得强大起来。当然，这并不是说，即使作者并没有关于痛苦和恐惧的个人经验，他也应该写作关于痛苦和恐惧的内容，或者说写作就不应该轻松幽默，而仅仅是说，每一个作者都应该认识到，他的作品可能被那些认真的读者阅读，被那些可能因为他的作品或生或死的读者阅读。这也并不意味着作者应该以道德说教家的方式写作，就像牧师一样。尤为重要的是，这并不意味着作者可以说谎。这仅仅意味着作者应该始终知晓他可能会在无意之中造成某种伤害并应避免这样做。如果有美好的事情可以告知，作者应该记住一定要说；如果有不好的事情要表述，他所选择的表述方式应该反映这样的事实，即：我们虽然看到了邪恶，但仍然选择继续活着。真正的艺术家，从来就不会过分迷失在自己想象的世界里，以至于忘记真实的世界。在真实世界中，十多岁的人对于痛苦有一种奇怪的倾向，三四十岁的人常有离婚的打算，七十岁的人则容易偏向孤独、贫乏、自我哀怜和心怀怒气。真正的艺术家不会去选择成为一名糟糕的医生，他坚信艺术是有力量的——即使是糟糕的艺术——并从中获得价值感和荣誉感。

在使用所有这些练习时，我们应该避免那些低劣、过于浅显、陈词滥调式的写作。例如，在下面的练习 3 中，不要写出一个几乎完全由形容词构成的句子。换言之，不要浪费时间。

1. 写一个段落，这个段落会出现在一篇小说中发现尸体这个情节之前。你也许会描写人物如何即将发现尸体，或者是发现尸体的地点，或者两者都写。这一练习的目的在于训练立即吸引读者的写作技巧，让读者对作品的后续章节产生兴趣，让其有跳过本章的冲动，却又将其吸引在这一段落之中，因为这一段落有其趣味所在。如果我们没有能力写出这样的铺垫性段落，我们永远都无法展现真正的悬念。

2. 选择一个简单的事件，比如一个男人从公交车上下来，脚下绊了一下，在尴尬中四下望去，看到一个女人正在发笑。[可以对比雷蒙·格诺（Raymond Queneau）的《风格练习》（*Exercices du Style*）。]

对这一事件进行描写，运用同样的人物和背景因素，运用五种完全不同的方式（风格、口吻、句子结构、声音、心理距离等的变化）。我们需要确保风格完全不同，否则练习就是浪费时间。

3. 写出三句令人印象深刻的长句，每一句至少写满一页打印纸（或者 250 个单词*），每一句都有关一种不同的情感（例如气愤、沉思、痛苦、喜悦）。练习目的：在复杂句子中进行口吻控制。

4a. 一位老妇的令人讨厌、憎恶的年迈的丈夫刚刚去世。对她眼中的风景进行描写，不要提到她的丈夫或者死亡。

4b. 一个年轻人刚刚杀害了别人。对他眼中看到的湖水进行描写，不要提到谋杀这件事。

4c. 对一只鸟看到的风景进行描写，不要提到鸟。

4d. 一个男人的儿子刚刚在战争中死去。对他看到的一座建筑进行描写，不要提到儿子、战争、死亡或者看建筑的男人。之后，对一对幸福情人眼中的同一座建筑进行描写，天气状况相同，处于一天中的同一时间，不要提到爱情或者被爱着的人。

5. 运用作者全知视角创作一个小说开篇，建立这样的定位之后，通过进入一个或者多个人物的内心让作者全知视角得到明确。以旅行或者一个陌生人的到来作为主题（对某种秩序的扰乱——小说常见的开头）。

6. 以任一主题写一部长篇小说的开头，使用第三人称客观视角。再以同样的视角写一部短篇小说的开头。

---

* 此处为英文词数，中文字数约为其 1.2～1.5 倍。——译者注

7. 写一段至少三页的独白，其中所有的中断——停顿、动作、描写等——都鲜明并有说服力地塑造了人物的性格，从独白到动作和背景气氛的描写（比如人物触碰到某个物体，或者瞥了一眼窗外）在节奏上感觉是合宜的。练习目的：学习令人物长篇大论而不显得无聊或做作的技巧。

8. 写一篇对话，其中两个人物都有一个秘密。不要揭露这一秘密，让读者凭直觉猜想。例如，对话可以在一个丈夫和他的妻子之间发生。丈夫刚刚失去工作，还没有足够的勇气将这件事告诉妻子；妻子则在卧室里藏有一个情人。练习目的：让两个人物获得不同的说话方式，让对话充满不能直接表达的感觉。记住，对话的一条普通规则是，每一处停顿都应该以某种方式被呈现出来，或者通过叙述（例如“她停了停”），或者通过某个动作，或者通过其他表示停顿的间断。同时记住，动作是所有真正对话的一个组成部分。比方说，我们有时会选择移开视线，而不是直接回答。

9. 写一篇两页长（或者更长）的人物速写，运用物体、风景、天气等强化读者对人物的感受。不要运用明喻（“她就像……”）。练习目的：通过智力之外的因素创造令人可信的人物，同时吸引有意识和无意识的头脑。

10. 写一则两页长（或者更长）的戏剧性片段（作为故事的一个部分），运用物体、风景、天气等衬托两个人物以及他们之间的关系的描写。练习目的：同练习 9 的目的一样，但是让同样的情景实现一个以上的目的。例如，在一次晚餐中，一个人物可能会看着餐馆中的某些事物，另一个人物可以看着不同的事物或者望向窗外。

11. 从练习 10 中发展出一个短篇小说的情节。

12. 描写和创造一个简单的行动（例如削一支铅笔、刻一块墓碑、射杀一只老鼠）。

13. 以散文全知视角完成一个简短的速写。

14. 写出三篇可以接受的绚丽矫饰的散文，即具有高度自我意识的、有艺术风格的散文，因为主题、戏仿的意图、声音等而可以被接受。

15. 先以长篇小说的节奏、再以短篇小说的节奏写一个段落，主题是某个常见的话题（如旅行、风景、性经历）。

16. 围绕你的父亲或者母亲、一个神话怪物以及一个幽灵，完成一篇朴实而感官效果强烈的描写。

17. 写一个散文段落，其节奏的运用要有效并明显。

18. 完成一则传说故事的前三页写作。

19. 为以下内容设计情节：一部微型小说/小小说、一则逸事、一则寓言、一篇速写、一则传说、一部短篇小说、一部实现式长篇小说、一部建筑式长篇小说、一部情节不通过因果关系得到联系的长篇小说（例如寓意式结构或者抒情式结构）、一部广播剧、一部歌剧、一部只能是电影的电影。

20. 在一段充分发展的独白（参见练习 7）中，对你赞成的哲学观点进行展示，但是需要通过一个人物在一个对观点有所限定或者削弱的语境中进行展示。

21. 写一个段落，从作者全知视角急速过渡到第三人称主观视角，但是要完全可以被人接受。

22. 以高度戏仿的方式（例如，以莎士比亚在《哈姆雷特》中对复仇悲剧所进行的严肃戏仿的方式），为以下内容之一设计情节：一则哥特式故事、一则侦探故事、一部科幻小说、一部西部文学作品、一部杂货店罗曼史。

23. 为练习 22 中设计好的小说写出前三页，以草稿作为一部严肃小说的基础。

24. 刻不容缓地描述一个人：（1）去洗手间；（2）呕吐；（3）谋杀一个孩子。

25. 以散文和诗歌相结合的方式写一部短篇小说。

26. 不加讽刺地描写一个人物令人感动的自我辩护。

27. 运用你所知道的一切，写一部关于动物（例如一头牛）的短篇小说。

28. 写一则关于某个著名的传奇人物的故事。

29. 运用你所需要的一切，写一个真实的故事。

30. 运用你所需要的一切，写一个神话般的故事。

译后记

《小说的艺术》是一本为创意写作课程编写的阅读著作，由作者根据多年教学经验编写而成，内容丰富而教义深刻。全书包含理论讲解、实例分析、技巧辨析和写作训练等，总体上可分为审美理论和写作实践两大部分内容，另外配有情景写作练习若干。作者选取了大量经典文学文本中的精彩情节，或深入阐发，或改编原著，以这种生动而翔实的方式对写作技巧进行讲解，可谓独具匠心。读者如若可以通过阅读本书学习写作，一定可以一方面掌握深刻的理论基础，获得有效的写作技巧，另一方面重温或者熟悉西方古典文学作品和当代文学作品，一举两得。

本书的翻译并非轻而易举。作者通常应用某些精确的词语传达思想，而这些词语往往难以与汉语完全对应，找到合适的汉语来翻译并阐释作者要表达的思想是本书翻译过程中的难点。译者通过尝试比较最终确定这个译本，希望读者可以从中获得原书作者的写作精神。本书的语言表达风格很难准确传译，有时长长的圆周句可以延续七八行之多，有时短句之中竟然含有多个关键词语。译者总体上尊重汉语语言的表达习惯，兼顾作者特殊的表达风格，争取让译文既忠实地传达原文内容，又在最大限度上呈现原文的语言特征。书中还有大量作家作品的名称也给翻译带来了很多困难。古典作家作品名称全部以已有标准译名为准，一仍其旧。当代作家作品名称的翻译比较复杂，其中多数译名尚未确定，译者择其优而定；一部分未见翻译先例者，则译者自行译出。其中不当之处，恳请读者指正。

译者在整个翻译过程中查阅了多方资料，动用了多种媒体资源，并向多位师长求学请教，从中受益匪浅。译者还联系了几位在海外留学的同窗，从他们那里获得了最新的资源和信息，并听取了他们的相关意见，酌情采纳。译者的妻子刘博在本书的翻译过程中给予了译者最大的支持和帮助，她不仅承担了部分章节的翻译工作，还通读全部译稿，修改所有版式、打字和语言错误。没有她的帮忙和协助，本书的翻译将多几分困苦、少几分甜蜜。

译者在承担本书翻译工作的时候正值博士毕业前夕，本书的翻译可谓与译者的博士学业共同完成，在某种程度上，这个译本正是那段艰苦而美好时光的最后见证。

王　威

北京大学畅春园

创意写作书系

这是一套广受读者喜爱的写作丛书，系统引进国外创意写作成果，推动本土化发展。它为读者提供了一把通往作家之路的钥匙，帮助读者克服写作障碍，学习写作技巧，规划写作生涯。从开始写，到写得更好，都可以使用这套书。

综合写作		
书名	作者	出版日期
成为作家	多萝西娅·布兰德	2011年1月
一年通往作家路——提高写作技巧的12堂课	苏珊·M. 蒂贝尔吉安	2013年5月
创意写作大师课	于尔根·沃尔夫	2013年6月
作家创意手册	杰克·赫弗伦	2015年1月
与逝者协商——布克奖得主玛格丽特·阿特伍德谈写作	玛格丽特·阿特伍德	2019年10月
心灵旷野——活出作家人生	纳塔莉·戈德堡	2018年2月
诗性的寻找——文学作品的创作与欣赏	刁克利	2013年10月
写好前五页——出版人眼中的好作品	诺亚·卢克曼	2013年1月
写好前五十页	杰夫·格尔克	2015年1月
从创意到畅销书——修改与自我编辑	詹姆斯·斯科特·贝尔	2016年1月
来稿恕难录用——为什么你总是被退稿	杰西卡·佩奇·莫雷尔	2018年1月
虚构写作		
小说写作教程——虚构文学速成全攻略	杰里·克里弗	2011年1月
开始写吧！——虚构文学创作	雪莉·艾利斯	2011年1月
冲突与悬念——小说创作的要素	詹姆斯·斯科特·贝尔	2014年6月
情节与人物——找到伟大小说的平衡点	杰夫·格尔克	2014年6月
人物与视角——小说创作的要素	奥森·斯科特·卡德	2019年3月
经典人物原型45种——创造独特角色的神话模型（第三版）	维多利亚·林恩·施密特	2014年6月
经典情节20种（第二版）	罗纳德·B. 托比亚斯	2015年4月
情节！情节！——通过人物、悬念与冲突赋予故事生命力	诺亚·卢克曼	2012年7月
如何创作炫人耳目的对话	詹姆斯·斯科特·贝尔	2016年11月
超级结构——解锁故事能量的钥匙	詹姆斯·斯科特·贝尔	2019年6月
故事工程——掌握成功写作的六大核心技能	拉里·布鲁克斯	2014年6月
故事力学——掌握故事创作的内在动力	拉里·布鲁克斯	2016年3月
畅销书写作技巧	德怀特·V. 斯温	2013年1月
30天写小说	克里斯·巴蒂	2013年5月
弗雷的小说写作坊——让劲爆小说飞起来	詹姆斯·N. 弗雷	2015年7月
弗雷的小说写作坊——劲爆小说秘境游走	詹姆斯·N. 弗雷	2015年7月
从生活到小说（第二版）	罗宾·赫姆利	2018年1月

虚构写作		
小说创作谈	大卫·姚斯	2016年11月
写小说的艺术	安德鲁·考恩	2015年10月
成为小说家	约翰·加德纳	2016年11月
小说的艺术	约翰·加德纳	2021年7月
非虚构写作		
开始写吧！——非虚构文学创作	雪莉·艾利斯	2011年1月
写作法宝——非虚构写作指南	威廉·津瑟	2013年9月
故事技巧——叙事性非虚构文学写作指南	杰克·哈特	2012年7月
新闻写作的艺术	纳维德·萨利赫	2017年6月
光与热——新一代媒体人不可不知的新闻法则	迈克·华莱士	2017年3月
自我与面具——回忆录写作的艺术	玛丽·卡尔	2017年10月
写出心灵深处的故事——非虚构创作指南	李华	2014年1月
写我人生诗	塞琪·科恩	2014年10月
类型及影视写作		
开始写吧！——影视剧本创作	雪莉·艾利斯	2012年7月
开始写吧！——科幻、奇幻、惊悚小说创作	劳丽·拉姆森	2016年1月
开始写吧！——推理小说创作	劳丽·拉姆森	2016年7月
弗雷的小说写作坊——悬疑小说创作指导	詹姆斯·N. 弗雷	2015年10月
好剧本如何讲故事	罗伯·托宾	2015年3月
经典电影如何讲故事	许道军	2021年5月
童书写作指南	玛丽·科尔	2018年7月
网络文学创作原理	王祥	2015年4月
写作教学		
小说写作——叙事技巧指南（第十版）	珍妮特·伯罗薇	2021年6月
你的写作教练（第二版）	于尔根·沃尔夫	2014年1月
创意写作教学——实用方法50例	伊莱恩·沃尔克	2014年3月
故事工坊	许道军	2015年5月
大学创意写作·文学写作篇	葛红兵 许道军	2017年4月
大学创意写作·应用写作篇	葛红兵 许道军	2017年10月
小说创作技能拓展	陈鸣	2016年4月
青少年写作		
会写作的大脑1——梵高和面包车（修订版）	邦妮·纽鲍尔	2018年7月
会写作的大脑2——怪物大碰撞（修订版）	邦妮·纽鲍尔	2018年7月
会写作的大脑3——33个我（修订版）	邦妮·纽鲍尔	2018年7月
会写作的大脑4——亲爱的日记（修订版）	邦妮·纽鲍尔	2018年7月
奇妙的创意写作——让你的故事和诗飞起来	卡伦·本基	2019年3月
写写画画故事书	白铅笔	2018年7月
成为小作家	李君	2020年12月
写作魔法书——让故事飞起来	加尔·卡尔森·莱文	2014年6月
写作魔法书——28个创意写作练习，让你玩转写作（修订版）	白铅笔	2019年6月
写作大冒险——惊喜不断的创作之旅	凯伦·本克	2018年10月
小作家手册——故事在身边	维多利亚·汉利	2019年2月
北大附中创意写作课	李韧	2020年1月
北大附中说理写作课	李亦辰	2019年12月

图书在版编目（CIP）数据

小说的艺术/（美）约翰·加德纳（John Gardner）著；王威译. -- 北京：中国人民大学出版社，2021.7
（创意写作书系）
书名原文：The Art of Fiction：Notes on Craft for Young Writers
ISBN 978-7-300-26734-0

Ⅰ.①小… Ⅱ.①约… ②王… Ⅲ.①小说创作-研究 Ⅳ.①I054

中国版本图书馆 CIP 数据核字（2019）第 028382 号

创意写作书系
小说的艺术
［美］约翰·加德纳（John Gardner） 著
王 威 译
Xiaoshuo de Yishu

出版发行	中国人民大学出版社		
社　　址	北京中关村大街 31 号	**邮政编码**	100080
电　　话	010－62511242（总编室）		010－62511770（质管部）
	010－82501766（邮购部）		010－62514148（门市部）
	010－62515195（发行公司）		010－62515275（盗版举报）
网　　址	http://www.crup.com.cn		
经　　销	新华书店		
印　　刷	北京联兴盛业印刷股份有限公司		
规　　格	145 mm×210 mm　32 开本	**版　　次**	2021 年 7 月第 1 版
印　　张	7.5 插页 2	**印　　次**	2021 年 7 月第 1 次印刷
字　　数	161 000	**定　　价**	45.00 元